ABDELHAK SERHANE

SONNE DER FINSTERNIS

ABDELHAK SERHANE

SONNE DER FINSTERNIS

Roman

aus dem
Französischen
von
Stephan Egghart

VERLAG DONATA KINZELBACH

Mein Dank gilt dem Ministerium für Kultur, Jugend, Familien und Frauen für die gewährte Unterstützung.

ISBN 3-927069-26-4

originaltext
le soleil des obscurs

druck
dan
ljubljana, slowenien

Den Menschenrechten in Marokko
und den Kindern, die am 14. Dezember 1990
den Martyrertod gestorben sind,
weil sie ihren Teil an Würde einforderten,
widme ich dieses Buch.

Die Dinge sind was sie sind. Die Dinge sind wie sie sind. Auch der Hund hat seinen Platz in der Gesellschaft. Ich weigere mich, diesen Platz einzunehmen. Ich verweigere mich dem Schlamm und dem Morast. Dem Schweigen vor allem. Sollte man mich vor die Wahl stellen zwischen der Schlammsuhle, den Menschen und der Sprache, ich wählte die Schrift, sie allein und gegen alle Widerstände. Denn mein Platz liegt in den Wörtern, irgendwo zwischen den Zeichen und ein paar Träumen.

A. Serhane

Leute von Orphalese, ihr könnt die Trommel dämpfen und die Saiten der Leier locken, doch wer soll der Lerche befehlen, nicht mehr zu singen?

G.K. Gibran

1

Aufrecht mitten im Feld, mit zusammengebissenen Zähnen und beklommenem Herzen, stand Soltan und betrachtete den blauen Himmel. Die Hitze lastete auf Mensch und Tier und machte unser Sein zum Leidensweg. Wir dachten, Gott habe uns unserem traurigen Schicksal überlassen. Eine Prüfung nach der anderen wurde uns abverlangt. Überschwemmungen folgten auf Heuschreckenplagen; Heuschrecken auf Erdbeben; Erdbeben auf Invasionen und Dürre. Zuerst die Dürre der Natur. Dann die der Herzen. Es war November. Ein besonders drückender Monat. Mehr als dreißig Grad im Schatten in diesem Spätherbst, wie es noch niemals einen gegeben hatte. Die Ältesten behaupteten, es sei ein Zeichen des Himmels. Jedesmal, wenn eine Katastrophe über uns kam, machten sich gewisse Leute ein teuflisches Vergnügen daraus, uns Schuldgefühle einzuflößen. Tief im Innern waren wir von unserer Schuld überzeugt. Doch keiner fragte sich, welche Untat wir wohl begangen hatten. Wir akzeptierten unser Schicksal als unausweichliche Fügung. Die Alten hatten gesprochen. Niemandem wäre es in den Sinn gekommen, ihre Worte in Zweifel zu ziehen. Die Erde wurde mit jedem Tag älter, und wir alterten mit ihr. Manche Kinder wurden bereits mit Falten geboren. Wie vom Schicksal gezeichnet. Wir rechneten auf die göttliche Barmherzigkeit, um uns ohne allzu große Anstrengung aus der Affäre zu ziehen. Wir warteten ab, geduldig, fügten uns in Erdulden und Schweigen. Unser Heil lag in den Gebeten, die wir noch öfter aufsagen sollten. Wir sollten uns in bodenlose Versenkung begeben. Nur die Sonne, majestätisch und stolz, war unser Begleiter in diesen Momenten von Einsamkeit und ratloser Verwirrung. Wir bekamen, so sagten manche Erwachsene, genau das, was wir verdienten. Wir erfüllten nicht unsere Pflichten als gute Muslime. Wir sprachen nur gelegentlich unsere Gebete, genügten nicht den gesellschaftlichen Pflichten, rauchten bereits in unserem Alter, tranken gar hin und wieder, trieben Unzucht mit den Haustieren und logen den lieben langen Tag. Wir waren der Müßiggang selbst, Arroganz und Aufmüpfigkeit. Die Alten verstanden nicht, weshalb Gott nicht diese Jugend dezimierte und die Ältesten schützte, die doch alle Regeln und Traditionen achteten. Wir durften nichts sagen, um nicht den Zorn unserer Eltern zu wecken, denen jeder Vorwand recht war, um ihn ausbrechen zu lassen. Wir mieden ihre Blicke und ihre Gegenwart; eine Lösung war das nicht. Wir mieden sie, so behaupteten sie, um niemandem Rechenschaft ablegen zu müssen. Sie verfolgten uns. Die weniger glücklichen wurden öffentlich bestraft, als Exempel. Die Wagemutigen wurden von der Allgemeinheit ausgeschlossen und aus dem Dorf gejagt. Wir mußten äußerst vorsichtig sein und alle Eventualitäten abwägen, bevor wir eine Entscheidung trafen. Wir fühlten uns als Gefangene, vom Schicksal verfolgt und Opfer des Aberglaubens. Es hieß, wir seien wenig geneigt, Opfer zu bringen, kümmerten uns nicht um das Schicksal unserer Gemeinschaft, neigten zu Sitten- und Sorglosigkeit. Nach und nach verloren wir den Glauben und ließen alle Werte fahren, alles, was uns zu Menschen machte, zu Wesen mit Stolz und Würde. Wir waren die Schande des Dorfes; die Quelle allen Übels.

Soltan betrachtete noch immer diesen reinen Himmel, diese Sonne aus zur Weißglut gebrachtem Stahl, die in den Menschen Schwindelgefühle hervorruft, Gefühle vom Ende der Welt. Die Erde alterte zusehens, und Soltan spürte ihre tiefen Risse unter seinen nackten Füßen. Die verkohlten Bäume reckten jämmerlich ihre entblätterten Äste in die Luft, wie Derwische mit wirren Haaren, so daß die knochenstarrenden, kranken Tiere auch nicht das kleinste Fleckchen Schatten fanden, ihre ausgedörrte

Haut zu schützen. Die Brunnen hatten schon lange ihre Seele ausgehaucht und die Vögel den Landstrich verlassen. Die Alten dachten niemals an die Vögel. Sie hatten andere Sorgen, ernstere, dringendere. Sie beteten Tag und Nacht, um der großen Gnade würdig zu sein und die Gegend vor dem Übel zu schützen, das über sie gekommen war. Soltan war allein auf dem Feld seiner Vorfahren. Seine erschöpfenden Bemühungen waren zwecklos. Alles, was dabei herauskam war, daß die Erde sich in Staub verwandelte. Das Leben war hart für jemanden seines Alters, insbesondere, da er für die gesamte Familie sorgen mußte. Er war dynamisch und leistungsfähig, hatte sich immer voll Stolz und Freude seiner Pflichten entledigt. Der Segen der Seinen lag auf ihm und seiner Nachkommenschaft. Er gehörte nicht zu dieser Bande von Nichtsnutzen, die den Zorn der Alten auf sich zog und die Verdammung Gottes. Er war ein Sohn des Wassers und der Bäume, die Erde sein Lebenszweck. Er liebte die Hacke und den Geruch des Heus. Er liebte den feinen Duft der Erde, wenn der Regen heftig auf den Boden niederschlug und den Staub aufwirbelte, um den Pflanzen das Leben zurückzugeben und den Menschen das Lächeln. Den Geruch der Erde, der sich mit dem des Regens mischt. Der Anblick des jungen Weizens entzückte ihn, das Zwitschern der Vögel an den Brunnen, der Gesang der Frauen, wenn sie abends nach Hause gingen mit ihren Krügen kühlen Wassers, die sie auf den Köpfen balancierten. Er sah sie noch vor sich, die stolze Haltung, den festen Schritt, den schüchternen doch sicheren Blick, wasserhell. Und ganz besonders liebte er das selbstbewußte Lachen der Männer zwischen den Weizensäcken, zwischen den Haufen von Früchten und den Bergen von Gemüse auf dem Dorfplatz am Tag des Souk. Er liebe die zum Verkauf zusammengebundenen Tiere, die klingenden, klappernden Münzen, die Geldscheine, die mit vollen Händen zusammengeknüllt und in die Taschen aus Leder oder geflochtenem Doum gestopft wurden. Er liebte...

Doch die Zeiten hatten sich geändert. Die Frauen waren erstarrt in unfruchtbarem Warten, und die Jungfrauen waren gealtert unter der Last leerer Eimer und Krüge. Das Lachen hatte die Gesichter der zerschlagenen Männer verlassen, aus denen der Stolz, die Männlichkeit geflohen waren. Hatte Gott seinen Fluch über diesen Teil seines Reiches ausgesandt? Hatte er seine Wolken endgültig aus unserem Himmel vertrieben? Welche Sünde hatten wir begangen, damit wir eine solche Strafe verdienten? Waren wir zum verfluchten Volk geworden? Wir durften uns diese Fragen nicht stellen. Nur Gott hat Antworten auf alle Fragen. Wir mußten uns in Geduld üben, in tiefer Bescheidenheit, still leiden, unter allen Umständen die Barmherzigkeit des Allerhöchsten anerkennen und um seine Güte für die Menschen bitten. All das war nur eine Prüfung, eine vorübergehende Situation, eine zeitweilige Mühsal. Warten mußte man und beten. Den Kindern und den Tieren würde Allah seine Milde schon schicken. Wir, die untätigen Heranwachsenden, waren bereits vom Himmel gestraft, der uns zu Arbeitslosen gemacht hatte. Gab es schlimmere Strafe, als sich unnütz zu fühlen, als Last für die Gesellschaft? Wir fühlten uns als Waisen, wurzellos. Und wir verzweifelten an diesem langen Warten, da nichts geschah. Der Himmel blieb taub für die Gebete der Menschen, kümmerte sich nicht um das Weinen der Kinder, war ungerührt vom Siechtum der Tiere. Das Land starb unter den hoffnungslosen Blicken seiner Bewohner, die doch geschaffen waren, um die Erde zu lieben.

Soltan war nicht wie die Heranwachsenden des Dorfes. Er ging kaum in die Cafés, und man sah ihn selten zusammen mit den Kindern seiner Straße. Die verbrachten ihre Zeit in den Cafés oder trieben sich auf der Straße herum auf der Suche nach dem Mädchen ihrer Träume. Die Sonne strahlte über das weite Land und schenkte der Erde einen metallischen Glanz. Die Luft war wie Blei. Soltan hob den Kopf und schaute in die Ferne. Seine Augen sahen nichts als Verlassenheit, Angst und Trübsal. In seiner Vorstellung wurde die Erde zu dieser alten Hure, die man skrupellos ausgebeutet hatte und die nichts mehr zu geben, nichts mehr zu erwarten, nichts mehr zu hoffen hatte. Man konnte zusehen, wie alles sich auflöste. Es fehlte an Wasser. Am Wasser des Lebens und der Hoffnung. Es war Leben für diese Menschen, die Hunger und Krankheiten verfolgten. Es war die Hoffnung der Jungen gegen die Vernichtung. Sie hatten das Dorf verlassen, um den Rausch und die Illusion der großen Städte zu suchen, um Arbeit zu finden in den Häfen, den Fabriken, den Markthallen. Nach langer Suche hatten sie sich schließlich als fliegende Händler niedergelassen oder als kleine Kaufleute für Knabberkram und Zigaretten. Die Wagemutigsten und Ehrgeizigsten unter ihnen beendeten ihr Abenteuer irgendwo in den dunklen Staatsgefängnissen. Junge Leute, verloren für die ländlichen Regionen, nutzlos für die Städte. Verloren und nutzlos wegen des Wassers. Wegen des Regens. Wegen des mangelnden Interesses für die Bauern, die ständig in Sorge leben, deren Leben und deren Zukunft in den Händen des Zufalls liegen, des Unvorhergesehenen und des Unvorhersehbaren. Doch niemals verläßt Gott seine Gläubigen. Es hieß nur, Geduld zu zeigen und sich dieser Prüfung würdig zu erweisen. Gott ist barmherzig! Wie Soltan dachten auch wir, daß die Kinder und die Tiere nicht das Geringste zu schaffen hatten mit dem Mangel an moralischer Feinfühligkeit derjenigen, die dem Dorfe Unheil brachten. Wir saßen alle im gleichen Boot auf einem wütenden Meer. Und dennoch hatten die Privilegierten nichts zu fürchten. Sie profitierten weiter von den Wohltaten der Natur und den Reichtümern der Erde. Sie lenkten das Schiff, und sie lenkten es, wohin sie wollten, traten dabei die Hoffnung derjenigen in den Staub, die nichts besaßen. Ihnen mangelte es nicht an Wasser. Sie verfügten über Macht und Autorität. Macht, das Wasser der Quellen und Flüsse umzuleiten und Autorität, den anderen Schweigen zu gebieten, den Armseligen, Mittellosen. Wenn diese Leute wenigstens wüßten, wohin sie steuerten! In ihrer wilden Jagd nach Reichtum rissen sie die Welt ins Unwiderrufliche. Unser koloniales Erbe. Eine Form der Kolonisierung ersetzt die andere. Das braucht man nicht zu verstehen. Wir sind dazu verurteilt, so zu funktionieren. Alles für die einen, für die anderen nichts als Abwarten, Gebete und Not. Gott ist gerecht! Dabei fehlte es doch nicht an Entschlossenheit, Mut oder Glauben. Es mangelte an Wasser und Gerechtigkeit. Das Wasser für die Erde. Gerechtigkeit unter den Menschen. Ein wenig Brüderlichkeit und Unparteilichkeit. Und doch würde, abgesehen von den tagtäglichen Problemen, ein Fremder nichts anderes sehen als eine solidarische Gemeinschaft, die zusammengehalten wird von den Banden des Blutes und der Religion. Exemplarische Freundschaft. Anderswo unbekannt, ja unvorstellbar. Eine Frage des Stolzes. Und wenn das Messer bis zum Knochen drinsteckt, der Bauer wird noch ein Lächeln bereithalten für den Fremden. Ganz gleich, welcher Fremde. Fremd dem Haus, dem Viertel, der Gegend, dem Land. Das ist keine Heuchelei. Einfach eine Frage des legitimen Stolzes, den ein heftiges Gefühl von Ehre und Würde stützt. Sich glücklich zeigen und reich den anderen gegenüber, die empfangen werden müssen mit allem, was die Gesetze der Gastfreundschaft vorschreiben, ganz egal, welche Opfer das erfordert. Die Traditionen, die Kultur ehren. Das Blut des Gesichts ist von unschätzbarem Wert.

Wie alle anderen auch war Soltan den Normen seiner Gemeinschaft treu, war insbesondere dieser Erde verbunden, die der Regen vergessen und die himmlische Gerechtigkeit aufgegeben hatte. Eine wilde Wut packte ihn bei der Kehle, und Tränen sammelten sich unter seinen Lidern. Doch Tränen hätten der Erde das Leben nicht wiedergeben können, noch Hoffnung denjenigen, die das Schicksal niedergeschlagen hatte. Mit feuchten Augen warf er die Hacke in einer Geste der Verzweiflung von sich und ging mit einem Gebet auf den Lippen fort. Er schlug den Weg mit den wilden Feigenbäumen ein und blieb vor dem hohlen Ölbaum stehen, der, so hieß es, der Königin Aïcha Kandicha als Zuflucht diente, seit das Wasser im großen Wadi knapp geworden war. Stoffstücke in bunten Farben hingen an den nackten Ästen und gaben dem Bild eine barocke Note. Soltan näherte sich zögernden Schrittes, hob eine zitternde Hand zu dem Stamm hin und ließ einen schuldbewußten Finger über die Rinde gleiten, die über und über mit Wachs bedeckt und an manchen Stellen verkohlt war. Unterdrückte Frauen kamen hierher, um Zuflucht zu finden. Sie legten ihre Opfergaben am Fuß des Baumes ab, steckten brennende Kerzen und Wachslichter an den Stamm und banden ihre Stoffstücke um die Äste, damit die Königin des Wassers ihnen zu Hilfe komme; einen flatterhaften Ehemann nach Hause zurückbringen, mit einer allzu eifersüchtigen zweiten Ehefrau abrechnen, das Herz eines übertrieben zurückhaltenden Mannes gewinnen, ein liebendes Paar auseinanderbringen, schwere Krankheiten heilen... alles lag in der Macht der Königin.

Ein seltsames Gefühl ergriff Soltan, der sich mit einer beinahe unbewußten Bewegung auf die Knie niederließ und mit dem Kopf gegen die Rinde des Baumes stieß. So verblieb er eine ganze Weile, mit geschlossenen Augen und den Kopf gegen das von Rauch geschwärzte Wachs gelehnt. Er hatte den Eindruck, daß eine fremde Macht von seinem Körper und seinem Geist Besitz ergriff. Er war, wie er uns später immer wieder erzählte "zwischen Himmel und Erde". Die Nacht brach schlagartig herein. Schwarz, schwer, klebrig. Als habe eine unsichtbare Hand den Tag erdrosselt und das Licht ausgewischt. Soltan sah nichts mehr. Er befand sich in einem schwarzen Loch. Nahm nichts mehr wahr von der ihn umgebenden Welt. Eine seltsame Stimme habe zu ihm aus dem Baum gesprochen, sagte er uns noch. Und sie habe folgendes gesagt:

"Sohn der Bäume und der Erde, hör auf mich! Gott hat seinen Blick von eurem Dorf gewandt und mir befohlen, alles Wasser der Quelle und des Brunnens zu trinken, denn die Menschen hier sind zu feige und zu kleingeistig geworden. Sage zu ihnen: Die Welt versinkt in der Sünde, und nichts wird euch jetzt mehr bewahren können vor dem Zorn des Blitzes; nicht die Gebete der Greise, nicht die Tränen der Kinder, noch die Klagen der Witwen. Am Ende werdet ihr Sand und Steine fressen. Dein Leben wird rauh sein, Kind! Du wirst kennenlernen, was noch kein Mann kannte. Wegen des Regens. Wegen der Dummheit der Menschen und deiner eigenen Arglosigkeit. Du gerade. Nicht weil du verflucht seist von den Menschen der Erde oder verdammt von den Engeln des Himmels, sondern weil das dein Schicksal ist. Im Unglück werdet ihr leben, denn ihr werdet das Unglück auf euch gezogen haben. Geh nun, Kind! Recht harte Proben werden dich erwarten, denn auch du wirst schließlich die Erde der Vorfahren verraten!..."

Soltan befand sich in einem Zustand heftigster Verwirrung. Die seltsame Stimme brummte in seinen Ohren wie ein Schwarm Wespen. Er hatte den Eindruck, sein Kopf sei zersprungen und die Welt um ihn stürze zusammen und begrübe ihn unter ihren Ruinen. Er versuchte sich aufzurichten. Es gelang ihm nicht, die Augen zu öffnen oder sich zu bewegen. Er war weit weg von seiner eigenen Haut. Weit weg von seinem Körper. Weit weg von seinem Kopf, den schwebende Bilder und nebelhafte Ideen verstellten. Jemand, oder etwas, hatten ihn all seiner Fähigkeiten beraubt. Ihn ausgeleert, wie man einen Sack ausleert oder eine Tasche umstülpt. Doch trotz seiner Erschöpfung, seiner Angst und seiner zerschlagenen Glieder hörte er seine innere Stimme mit folgenden Worten protestieren: "Kinder... Tiere und Kinder können ein solches Los nicht verdient haben. Die Menschen sind schlecht geworden, doch die Tiere und die Kinder haben nichts getan. Die Welt ist schrecklich. Das Schicksal ist ungerecht. Wir müssen beten! Beten für die Kinder und die Tiere..."

Wütende Worte taten alles, um in Soltans Kopf aufzuräumen, um Platz zu schaffen für eine Sprache der Auflehnung und des Hasses. Eine neue Sprache nahm den Platz der alten ein im Kopfe des Jungen. Die Worte von früher, bescheidener und weniger gewalttätig, zogen sich zurück in seinem Geiste. Soltan verstand nicht, was ihm geschah. Sollte ihn Wahnsinn befallen haben wie seinen Großvater? Ein vorbeikommender Schäfer ging zu ihm hin, schüttelte ihn brutal und sagte vorwurfsvoll:

"*Noud Alkhaoua!* Steh auf, Bruder, und geh weg von hier, sofort! Du hast hier nichts verloren. Verlaß den Ort, der denjenigen gehört, die ihn zu nutzen wissen! *Sir f'fhalak fissâa!* Geh sofort weg, sonst ruf' ich die Gendarmen! Wenn du ein Dieb bist, der hier ein paar Kerzen stehlen will, dann wird dich die Königin dein Leben lang verfolgen und dir das Licht deiner Augen nehmen. Sei ein Mann, geh fort und mach keine Schwierigkeiten. Laß diesen Moment ohne Heftigkeit vorübergehen! Begib dich unter einen anderen Baum, wenn du willst; dieser hier gehört niemandem..."

Soltan richtete sich mühsam auf. Seine formlosen Beine trugen nur schwer das Gewicht seines Körpers. Sein windelweicher Kopf schien an den Schläfen zu zerreißen. Ein unerträglicher Schmerz hatte sich in seinem Nacken angesammelt. Von den Worten des Schäfers waren nur Fetzen zu ihm durchgedrungen: "Geh!... Hier nichts verloren!... Kein Ort für Männer!... Steh auf!..." Der Himmel war ein bleierner Deckel über Soltans Kopf. Soltan versuchte, ein paar Schritte zu machen, wäre fast auf dem mit Wachs und Staub bedeckten Boden zusammengebrochen, rappelte sich wieder auf, hob eine zitternde Hand zu seinem schweißbedeckten Gesicht. Seine Stirn brannte wie Feuer. Er fühlte plötzlich, wie sich die Erde unter seinen Füßen zurückzog und gab jeden Widerstand auf. Er fiel auf die Knie, dann der Länge nach auf den Boden. Sein Kopf schlug gegen den Stamm des heiligen Baumes. Der Schäfer schlug mehrmals mit seinem Stab auf den Boden, spuckte auf den ausgestreckten Körper und beschimpfte ihn mit folgenden Worten:

"Was ist das nur für eine Zeit! *Salama ya Moulana!* Die Sicherheit, guter Gott! Sie haben nichts zu fressen und finden doch die Mittel, um sich vollaufen zu lassen! *Noud In'al din ammak!* Steh auf, verflucht sei die Religion deiner Mutter! Not und Alkohol! Steh auf und hau sofort ab, Sohn einer Hure! Du schändest den heiligen Ort! Und sie tun so, als verstünden sie nicht, warum Allah seinen Blick von uns abwendet! Geh fort, wenn du nicht willst, daß ein Unglück geschieht!..."

Ein erster Tritt war auf Soltans Rücken gelandet, in der Nierengegend. Der Junge stöhnte vor Schmerz. Er kroch einige Meter weiter, bevor er aufstand. Sein schmerzender Körper gehörte ihm nicht mehr. Die Worte des Schäfers drangen wirr zu ihm durch. Schwindel trübte seinen Blick. Seine ganze Erschöpfung hatte sich in den Knien konzentriert. Als habe man seine Kniescheiben verschraubt. Undeutliche Bilder schwebten vor seinen Augen und setzten sich nur unter Schwierigkeiten in seinem Kopf fest. Einzig das seiner Mutter erschien in aller Klarheit. Sie war über die Wiege eines Säuglings gebeugt. Ihr Gesicht strahlte vor Glück. Soltan näherte sich dem kleinen Korb, und Panik erfaßte ihn. In dem reich geschmückten Kinderwagen klebte eine Brut Kakerlaken an einem formlosen Körper, dessen Augen vom Ungeziefer aufgefressen waren; ein Körper, in dem er seinen eigenen zu erkennen glaubte. Soltan verbannte dieses Bild aus seiner Vorstellung und machte noch ein paar Schritte. Ein zweiter Tritt streckte ihn zu Boden. Ein fürchterlicher Schmerz schlug sich in seinem Bauch nieder und zermalmte ihm die Gedärme. Er drehte sich um. Seine Augen schleuderten Blitze. Er funkelte den Schäfer an, der über das Feld floh, so schnell ihn seine Beine trugen, hinter ihm der Staub und das Gekläff der ausgehungerten Hunde. Soltan erhob sich auf die Knie, wurde von krampfhaften Schauern gepackt und erbrach all seinen Schmerz und all seine Eingeweide. Endlich stand er auf und ging los. Nach und nach lichtete sich der Nebel, der sein Gedächtnis umwallte. Er sah sich wieder aufrecht stehen mitten im Feld, in der Sonne, sah wieder den schreienden Schäfer. Seine Mutter über das Bettchen gebeugt. Den Baum, buntgeschmückt mit farbigen Stoffetzen... und dann die Stimme der Königin des Wassers, die sich in den hohlen Ölbaum geflüchtet hatte, seit das Wadi ausgetrocknet war. "Ich habe sie gesehen", sagte er noch zu uns, "und sie hat zu mir gesprochen."

Als Soltan im Dorf ankam, war seine Erschöpfung gänzlich geschwunden. Verschwunden ebenso war der schreckliche Schmerz in seinem Bauch. Seine Schläfen brummten weniger, und seine Beine hatten etwas von ihrer Kraft wiedergefunden. Es war, als sei ein übler Traum zu Ende gegangen.

2.

Soltan war der Jüngste einer Familie mit sieben Kindern, der einzige Sohn des Hauses. Das Lieblingskind. Seine sechs Schwestern waren da wie Schatten, wie bewegliche Silhouetten, ohne Alter, ohne Namen. Der Vater hatte Schlimmes durchgemacht als Mann, ja seine Männlichkeit selbst war von seinen Feinden in Zweifel gezogen worden. Die aufeinanderfolgenden Geburten hatten das Ansehen der Familie geschädigt, und die Ehefrau beweinte ihr Schicksal als Gebärerin von Mädchen. Jede neue Schwangerschaft wurde zur Leidenszeit für sie. Den Fquihs und den Marabuts war es nicht gelungen, das böse Schicksal abzuwenden. Sechs Schwangerschaften in Angst. Die letzten waren gräßlich. Jede Geburt war ein kleiner Tod für die Frau, ein kleiner Tod für den Mann, so daß schließlich der Tod selbst sich bei dem Paar eingenistet und Schweigen und Verachtung ins Haus gebracht hatte. Der Mann war davon überzeugt, daß seine Frau verflucht und er selbst von Allah und den Engeln des Guten verlassen sei. Was hatte er getan, um ein solches Los zu verdienen? Er erinnerte sich seiner Vergangenheit in allen Einzelheiten, einer Vergangenheit ohne Wolken, tadellos. Abgesehen von dieser kleinen Eskapade in seiner Jugend, diesem Abenteuer, das ihn für immer zeichnen sollte. Aouicha. Doch er konnte sich nicht vorstellen, daß er ihretwegen im Unglück leben sollte. Lauter Mädchen!

Aouicha! Vielleicht lag es doch daran.

Die schlimmen Zeiten hatten einen schwarzen Pessimismus entstehen lassen. Die Schwangerschaften seiner Frau gingen unter Gleichgültigkeit und schneidender Verachtung von allen Seiten vonstatten. Die Frau verbarg ihren Zustand solange wie möglich. Lebte in Angst und Schweigen. Das Heim war ihr zum Grab geworden, und jede Geburt tötete sie ein wenig mehr. Da sie Unglück und Ohnmacht gebar, akzeptierte sie die Unterdrückung wie ein Schicksal des Himmels, überzeugt davon, daß sie verdiente, was ihr geschah. Sie betete. Tag und Nacht. Daß Gott ihren Schoß mit der Geburt eines Sohnes segne. Gott ist barmherzig! Eines Nachts schließlich, als sie auf der Terrasse schlief, erschien ihr der Heilige Moulay Brahim im Traum und sagte:

"Gott ist mit dir, Frau! Bald wird dein Sohn kommen. Ich erwarte deinen Besuch und deine Opfergaben! Verlier das Vertrauen nicht! Was Gott gehört ist Gottes! Der Sohn, den du voll Ungeduld und Verlangen erwartest, hat das Gesicht des Mondes. Er wird der Sultan dieser Familie sein und deinen Lippen das Lächeln zurückgeben. Vor allem vergiß nicht deine Pflichten gegen den, der dich erfüllt hat..."

Am nächsten Morgen bei Morgengrauen ging sie zum Fquih des Dorfes. Der schwieg lange, bevor er seinen *Qalam* nahm und Vierecke auf ein Stück Papier zeichnete, in das normalerweise Zuckerhüte eingewickelt wurden. Er schrieb Buchstaben und Zeichen in die Kästchen, brummelte eine Sure zwischen den Zähnen, bevor er den Traum der Frau bestätigte. Sie eilte sich, die Hände des Mannes zu küssen, lang und tief bewegt, voll Dankbarkeit. Sie holte ein paar kleine Geldstücke hervor und legte sie in eine Schüssel, die zu diesem Zwecke auf einem niedrigen Tisch stand. Sie stand auf, dankte dem Fquih, bevor sie im Morgendunst verschwand. Sie erzählte ihren Traum allen, weinte bei jedem Satz. Der Heilige war ganz in weiß gekleidet gewesen, mit einer Gebetskette in der Hand. Ein strahlendes Gesicht, ein Lächeln wie die Sonne. Ein feiner, durchdringender Duft. Er habe ihr übers Gesicht gestreichelt. Sie habe ihm die Hand geküßt. Sie frohlockte, während sie ihre Vision erzählte, dankte Gott für seine ungezählten Wohltaten. Sie hob die Hand an die Stirn und küßte die Spitzen ihrer Finger. Ihr Mann erlag bald einer solchen Hoffnung. Er nahm mit seiner Frau den Bus in Richtung Marakesch. Gemeinsam beteten sie auf dem Grab des Heiligen und verbrachten drei Nächte im Tempel, um danach einen schwarzen Ziegenbock auf dem Altar des Heiligtums zu opfern. Das Blut des Tieres ergoß sich unter den Jujuschreien einer alten Frau. Mit einige Tropfen wurde ein weißes Taschentuch benetzt, das dann auf den Bauch der Bittstellerin gelegt wurde.

Im gleichen Jahr erstrahlte ihr Heim von der Geburt eines Sohnes, der Soltan genannt wurde. Er war ein Kind des Wunders und gebot als Herr über seine stummen, durchscheinenden Schwestern. Sechs Mädchensilhouette, die wie diskrete, bleiche Schatten lebten. Sie waren graue Spuren, vergraben in den Falten der Zeit. Soltan war der Gesang der Dünen, der Duft der Rosen, ein Gedicht von Selbstbewußtsein und Stolz. Die Mädchen ein kläglicher Irrtum zwischen dem undurchdringlichen Wort und dem eiligen Lauf hin zu den verrammelten Toren aller möglichen Unwägbarkeiten. Sie lebten ein Trugbild von Leben durch die Pflicht, aufs schärfste bewacht von einem unerbittlichen Schicksal. Sie wuchsen auf in der Verneinung ihres Körpers und ihrer Identität. Mit der Pubertät begannen ihre Blicke, sie zu verraten. Und auch ihre Bewegungen. Manchmal verleitete sie ein Zeichen ihres Fleisches zu verstörenden Überlegungen, und sie schämten sich dafür. Sie fühlten Schmerz in diesem Körper, der an ihnen rieb. Ein negativer Körper zwischen zwei Ufern, dem männlichen und dem weiblichen. Ein tauber Körper, ungeschickt. Ein bedauernswerter Körper in seinem Zögern, seiner Angst, seinen linkischen Bewegungen, ständig verschleiert, den Blicken entzogen, in tausend Falten gehüllt. Ein gefürchteter Körper, geliebt, besungen, erbrochen, vermauert in Widersprüche, gehüllt in Vieldeutigkeit und Geheimnis. Soltan mußte damit leben. Inmitten der Silhouetten seiner Schwestern sich würdig erweisen für das Leben als Mann. Den Schmerz überwinden. Gleichgültigkeit zeigen gegenüber Tränen und Klagen. Die sechs Schatten mußten vor dem Bruder ihre Bewegungen kontrollieren und ihre Worte abmessen; vor dem Mann, der leben sollte, damit die anderen atmeten. Der geliebte Sohn, der Liebling aller, mußte den Seinen gegenüber sein Schicksal als Mann mit Ehre und Würde bestreiten. Sein Vater ließ ihm von Geburt an eine Erziehung zum Manne angedeihen. Wo immer er auch hinging, sein Sohn war an seiner Seite. Aufmerksam und unterwürfig hatte er sehr früh seinen Platz unter den Männern des Dorfes eingenommen. Ein jeder hatte ein Auge auf ihm. Er war die Hoffnung aller Familien, die eine Tochter zu verheiraten hatten. Pläne wurden geschmiedet. Versprechen wurden zu Gewißheiten. Einladung folgte auf Einladung, und jede Familie glaubte, er gehöre ihr. Männer wie Frauen sorgten sich um das Schicksal von Mädchen, um es vorherzusagen und zu lenken. Man vergaß, daß das Leben vorbestimmt war, und öfters entwandt man gar Gott die Macht, sich ins Leben eines jeden einzumischen. Dann wurden feste Entscheidungen getroffen und, *Inschallah*, man verharrte in der Erwartung weniger schwerwiegender oder folgenreicher Entscheidungen. Soltan war "eine Goldmine", wie die Frauen untereinander sagten. "Ein guter Same", sagten die Männer immer wieder, die ihn mit Aufmerksamkeit und Schmeicheleien bedachten. Er war eine winzige Tür, durch die jede Familie ihre größte Last entsorgen wollte: die Verheiratung einer Tochter.

An seinem fünfzehnten Geburtstag kam Soltan früh vom Feld zurück. Seine Mutter wartete auf ihn an der Schwelle des Hauses. Sie nahm ihren Sohn beim Arm und zog ihn auf die Seite. Sie versicherte sich, daß kein neugieriges Ohr sie belauschte und sagte dann in vertraulichem Ton zu ihm:

"Gott hat gewollt, daß ich lange genug lebe, um dich zum Mann reifen zu sehen. Ich fühle langsam die Last der Jahre schwer auf meinen Schultern. Meine Augen unterscheiden nur noch schwerlich schwarz von weiß, und mein Kopf ist nur noch ein Knäuel weißer Wolle. Ich fühle, daß mein Leben seinem Ende zugeht, und ich habe noch einen Wunsch in dieser niederen Welt: Deine Kinder möchte ich sehen vor meinem Tode, damit ich mit friedlicher Seele scheiden kann. Ich möchte, daß du heiratest, Sohn, damit es mir noch vergönnt sei, deine Kinder im Arm zu halten und auf dem Rücken zu tragen. Dies ist mein letzter Wille, wenn du möchtest, daß mein Segen dir Bett und Decke sei. Die Frau, mein Sohn, ist das Schicksal des Mannes! *Lamra mektoub.* Früher oder später wirst du doch heiraten. Wieso also nicht gleich? Du bist jetzt ein Mann! Deine Schwestern werden mir helfen, deine Kinder großzuziehen. Du wirst sehen, wir werden im Glück leben, ich bin dessen sicher. Vertraue deiner Mutter!"

Mit gesenktem Kopf hörte Soltan seiner Mutter regungslos zu, in andächtigem Schweigen. Die Worte in ihrer Regelmäßigkeit trugen ihn aus seinem Körper heraus, weit weg von seiner eigenen Haut. Die Stimme seiner Mutter ähnelte seltsam derjenigen, die zu ihm gesprochen hatte aus dem hohlen Baum, der mit Wachs bedeckt war und mit vielfarbigen Stoffetzen. Ein undefinierbares Unwohlsein erfaßte sein Fleisch und nistete sich ein in jeder einzelnen Faser. Unfähig, ein Wort zu sagen. Hatte er das Recht, diejenige zu enttäuschen, die ihn neun Monate lang in ihrem Leib getragen hatte, alle Leiden der Welt erlebt hatte um ihn zu gebären, die ihn zwei Jahre lang gestillt und seit seiner Geburt über seine Gesundheit und Erziehung gewacht hatte? Soltan sagte nichts. Er begnügte sich damit, die Augen zu senken und zuzuhören. Seine Mutter überschüttete ihn mit ihrem ewigen Segen und ihren Gebeten. Und, obwohl er weder bereit noch vorbereitet war für ein solches Unterfangen, lächelte Soltan unwillkürlich und gab so seiner Mutter den Eindruck seiner Zustimmung. Das Gesicht der Mutter erstrahlte vor Freude. Sie küßte ihren Sohn auf die Stirn und sagte dann:

"Du senkst die Augen vor deiner Mutter, weil du dich schämst. Das ist gut so, mein Sohn! Es ist das Zeichen deines Einverständnisses. Du bist mein gesegnetes Kind, mein Augapfel und die Hoffnung der gesamten Familie. Dieser Tag ist wie der Tag deiner Geburt. Ich erkenne das Ergebnis meiner Erziehung und bin stolz, daß mein Leib einen Sohn hervorgebracht hat, der alles Lob verdient. Wenn Gott will, so habe ich schon einen Blick geworfen auf diejenige, die unser Leben und unser Glück teilen wird. Hoffen wir, daß sie noch keinem anderen versprochen ist. Nach allem, was die Frauen sagen, ist sie fleißig, und sie schämt sich ihres Schattens. Sie muß zwölf oder dreizehn Jahre alt sein. Das ideale Heiratsalter. Ihre Eltern werden unsere Bitte nicht ablehnen. Wo würden sie einen besseren Mann finden für ihre Tochter als dich? Die anderen Familien werden enttäuscht sein, aber sei's drum. Du kannst schließlich nicht alle Jungfrauen des Dorfes heiraten!"

Die Worte der Mutter fielen mit der Regelmäßigkeit der Perlen einer Gebetskette. Jede Silbe grub eine Mulde im Gedächtnis des Sohnes. Mit noch immer gesenkten Augen hörte Soltan der Predigt seiner Mutter zu, ohne das geringste Zeichen der Verwirrung oder des Widerspruchs auf seinem Gesicht erscheinen zu lassen. Die blanken Worte drangen durch seine Haut wie tausend Skalpelle. Die Wörter ketteten ihn an die mütterliche Brust. Sie waren wie Worte des Schicksals; Widersprüche konnten ihnen nichts anhaben. Die Mutter fuhr im gleichen regelmäßigen, entschlossenen Ton fort:

"Deine zukünftige Ehefrau ist die Tochter von Lalla Aïcha und Sidi Bouali. Du wirst sie nicht kennen, denn sie steckt nie den Kopf aus der Tür. Ihr Vater ist ein ehrenwerter Mann. Korrekt und konservativ. Eine Familie, wie man sie sich wünscht. Nur wenige wissen, daß sie eine Tochter haben. Du brauchst dir keine Gedanken zu machen. Geh! Und möge mein Segen dich begleiten am Morgen wie am Abend."

Soltan verbeugte sich vor seiner Mutter und küßte ihr beide

Hände, bevor er sich auf Zehenspitzen zurückzog. Er war gerade fünfzehn Jahre alt. Für seine Mutter war er bereits ein Mann. Sein Vater dachte ebenso. Ein Mann mit allen Vorteilen der Männer. Und mit ihren Problemen. Soltan arbeitete und verdiente seinen Lebensunterhalt. Er mußte für seine Familie sorgen, denn sein Vater war alt und krank und ging nur gelegentlich hinaus aufs Feld, um die getane Arbeit zu begutachten oder um seinem Sohn Ratschläge zu erteilen. Anfangs machte das keine Schwierigkeiten. Die Erde gab willig und lieferte genug, um das Leben der Familie zu sichern. Sogar für Ersparnisse reichte es. Soltan schuftete, ohne sich je zu beschweren. Die regelmäßige Arbeit war sein Lebenszweck, denn schon früh hatte ihn der Vater die Liebe zur Erde gelehrt:

"Je mehr du die Erde liebst", sagte er, "desto mehr wird sie dir geben. Die Erde ist wie eine Frau; je mehr du in sie hineinsteckst, desto fruchtbarer ist sie. Du mußt die Erde lieben wie ein Mann eine Frau liebt, wenn sie dir geben soll, was du von ihr erwartest!"

Und Soltan hatte die Erde auf seine Art geliebt. Von ganzem Herzen, mit ganzer Seele, mit all seinen Gedärmen des Landbewohners. Die Erde der Vorfahren! Ihr war es zu verdanken, daß er erhobenen Hauptes leben konnte, ohne von den Launen eines verdorbenen, ehrlosen Arbeitgebers abhängig zu sein.

"Wenn du mit der Pflugschar die Erde durchschneidest", sagte der Vater außerdem zu seinem Sohn, "ist es, wie wenn der Mann eindringt ins Fleisch der Frau. Dieser Akt muß vollzogen werden mit Verlangen und Selbstlosigkeit. Auch mit Brutalität. Man muß sich herzlos erweisen können mit den Dingen, die man liebt. Bald wird mich die Erde wieder in ihren Leib zurücknehmen, und an diesem Tage werde ich der glücklichste der Menschen sein; ich werde zurückkehren in den Schoß der Mutter. Allein die Erde, mein Sohn, verdient wirklich unsere Liebe und unsere Dankbarkeit. Alles andere ist nichts als Qual und Täuschung, Eitelkeit und Hohn."

Während der Vater sprach, hallten in Soltan Bruchstücke der Worte seiner Mutter wieder: "Aus gutem Hause... Du ein Mann... Sterben... Deine Kinder..." Die Stimme des Ölbaums gesellte sich zu der der Mutter, und beide vermischten sich in seinem kleinen Kopf. Es fiel ihm schwer, die Stimme der Mutter von der zu unterscheiden, die aus dem Baum zu ihm gedrungen war. Die Worte seines Vaters waren hingegen klar unterscheidbar und inhaltsschwer. Diese Worte glichen ganz und gar nicht denen der Mutter, die aus Rührung oder Frustration gesagt worden waren. Die Worte des Vaters waren Worte der Zukunft. Worte, aus denen die Erfahrung der Vergangenheit und die Hoffnung für die Zukunft sprachen.

"Allein die Erde ist nicht undankbar. Solange du ihr gibst, wird auch sie dir geben. Nie verrät sie, nie betrügt sie ihre Kinder. Sie ist immer treu ihren Wurzeln, ihren Tiefen."

Der Vater nahm ein Taschentuch aus seiner Tasche und schneuzte sich sorgfältig, verschloß das eine Nasenloch und blies die Luft heftig durch das andere. Er wiederholte das drei oder vier Mal, bevor er das Tuch in der Tasche seines *Saroual* verschwinden ließ. Dann fuhr er zufrieden mit der Hand über seinen Bart, streichelte lange den Schnurrbart und sagte in einem weniger pathetischen Ton:

"Die Erde und die Frau... Je mehr du der Frau gibst, desto unzufriedener ist sie und desto mehr verlangt sie von dir. Erinnere dich dieser Worte, Sohn! Eines Tages wirst du vor dem großen Ereignis stehen, das dein Leben umwälzen wird. Aus der Unbekümmertheit wirst du in die Betriebsamkeit des Ehelebens stürzen. Verantwortung, Kinder, Schwangerschaftsprobleme, Sorge... Danach wird deine Seele keine Ruhe mehr finden, denn die Frau ist der Gipfel der Undankbarkeit. Deine Mutter genau wie alle anderen. Doch auch wenn sie von übelster und wertlosester Art ist, muß man sich der Frau mit einer gewissen Aufmerksamkeit nähern und insbesondere mit Mißtrauen. Ist es nicht ihre Bestimmung, die Mutter unserer Kinder zu sein? Möge Gott mir dieses Urteil verzeihen, doch er allein weiß um die Doppelzüngigkeit der Frauen. Sie setzen ihre Heimtücke ein gegen Freund und Feind. Sie sind ein notwendiges Übel! Allein die Erde verdient unsere Zuneigung!"

Vater und Sohn gingen Seite an Seite. Soltan dachte bitter an seine Zukunft als Ehemann und Familienvater. Der Vater erinnerte sich mit Sehnsucht an seine Junggesellenzeit. Das waren Zeiten der Sorglosigkeit und des Wohlstands, damals. Der Regen kam regelmäßig, und in den Herzen herrschte Brüderlichkeit. Er war noch jung. Das Hochgefühl des Zusammenseins im einzigen Café des Dorfes. Die heimlichen Treffen mit den Töchtern der Nachbarn an der Quelle oder am Brunnen. Das Wasser des Lebens ertränkte alle Sorgen, allen Kummer, alle schwarzen Gedanken. Die Frauen waren unerreichbar und die jungen Mädchen strengstens bewacht. Doch das Verlangen, sie zu berühren, die Lust, über ihre Haut zu streichen, waren so stark, daß nichts die Männer aufhalten konnte. Ein kleines, verstecktes Haus auf halbem Weg zwischen der Moschee und dem türkischen Bad war die Heimstatt aller Lüste und Phantasien. Ein Haus aus gestampfter Erde, um das Stöhnen besser zu dämpfen und Geheimnisse zu wahren. Die rissigen Wände waren Zeugen des Liebestreibens der Männer des Dorfes. Tabu und Schande legten eine Atempause ein für launenhaften Taumel. Nach einem Minztee sangen die Frauen, und die Männer klatschten in die Hände. Das Spiel der Verführung führte zur Bildung von Paaren. Ausgeleierte Matratzen empfingen von Gesang und Verlangen erregte Körper. Man zog sich nicht wirklich aus. Nur das Nötigste. Die Frauen wuschen sich in einem Nachtgeschirr. Brüchige Wände saugten Geräusche und Worte auf. Lachen brandete hin und wieder auf, und die Lust drang in die Bewegung unregelmäßiger Atemzüge. Soltans Vater bevorzugte Aouicha, die kleine Brünette mit den festen Brüsten und den Augen einer Gazelle. Er liebte ihre weiche Haut, ihre sanfte Stimme, die poetischen Windungen ihres Körpers. Jedesmal, wenn er ankam, beeilte sie sich, ihren Knoten aufzubinden und die Haare lang über ihre Schultern fließen zu lassen...

Soltan ging aufrecht und hörte der verschlungenen Stimme seines Vaters zu. Der redete und dachte dabei an seine Vergangenheit. Seine Gedanken und seine Worte bildeten zwei parallele Linien in seinem Gedächtnis. Er war in der Lage, seine Gefühle zu beherrschen und nach außen Abwesenheit, Vergessen oder Gleichgültigkeit zu zeigen. Er war durchaus fähig, von einer Sache zu reden und an eine andere zu denken, zur gleichen Zeit. Er hatte lange lernen müssen, das zu denken, was ihm Vergnügen bereitete, aber nur das zu sagen, was den Ansichten der Allgemeinheit angemessen erschien. Anfangs war es schwierig gewesen. Oftmals mußte er sich maßregeln lassen wegen eines Fehlers in der Wortwahl, weil seine Gedanken weiter waren als seine Worte oder weil die Worte die Form seiner Gedanken verrieten. Lange glaubten die Seinen, er sei von einer Krankheit befallen. Es hatte Monate unendlicher Geduld bedurft, bis er seine Worte unter Kontrolle und von der Knechtschaft der Gedanken befreit hatte. Soltan hörte den Worten seines Vaters zu. Seine Stimme war entspannt. So hatte also jeder seine Rolle im Leben. Der Vater hatte das Recht zu reden, zu entscheiden, zu handeln. Der Sohn hatte die Pflicht zuzuhören, zu schweigen und sich dem Willen der Älteren zu unterwerfen.

Die zwei Männer kamen zur Moschee. Sie zogen am Eingang ihre Schuhe aus und schauten, wo noch ein Platz frei war. Wir waren alle da zum gemeinsamen Freitagsgebet. Soltan und sein Vater schoben einige Körper beiseite und nahmen mitten unter den anderen Platz. Koranische Stille schwebte über dem Ort. Soltans Vater sagte nichts mehr. Er dachte an Aouicha, sah sie wieder, lächelnd, die Haare auf den Schultern. Er nahm sie bei der Hand und zog sie in das niedrige Zimmer mit den rissigen und stellenweise abblätternden Wänden. Aouicha war schön wie der Mond. Er verlor sich im Anblick ihres nackten Halses, ihrer dezent mit Khôl hervorgehobenen Augen.

Soltan seufzte. Sein Vater schloß die Augen und fuhr mit der Hand über das Gesicht der jungen Frau. Barg seinen Kopf an ihrer Brust. Aouicha streichelte mit zärtlicher Geste über seine kurzgeschnittenen Haare. Wir hörten den Blinden zu, die in ernstem Ton Koranverse psalmodierten, und warteten auf die Ankunft des Imam. Mit noch immer geschlossenen Augen folgte Soltans Vater dem Echo seiner Erinnerungen. Aouicha nahm ihn wie ein Kind. Er weinte vor Freude und Dankbarkeit. Sie nahm ihn fest in die Arme, legte ihr Verlangen in diese unendliche Geste. Er war wieder bei ihr, mit der gleichen Lust wie beim ersten Mal. Es war immer wieder das erste Mal. Sie sah ihn wieder mit dem gleichen Feingefühl, der gleichen Sanftmut. Seit er sie kannte, hatte er keine andere Frau berührt. Aouicha erfüllte ihn, er brauchte nichts zu sagen, damit sie ihn verstand. Sie verstand ihn durch seine Bewegungen, sein Schweigen, seine Seufzer, sein Zögern. Aouicha war keine Frau wie die anderen; wie die, die in diesem niederen Haus lebten; von Geld und Sperma lebten. Aouicha stand für die Kommunion im Rausch des Fleisches. Sie war liebevoll und warmherzig mit diesem jungen Mann, und sie trug die Sonne in ihrem Blick, trotz ihrer vom blinden Schicksal und der Feigheit der Menschen zernagten Vergangenheit.

Der Imam erschien in seinen weißen Freitagsburnus gehüllt. Er setzte sich der Gemeinde gegenüber und zwängte seinen Hintern zwischen zwei mit Wolle ausgestopfte Kissen. Die feuchten, von Ungeziefer bewohnten Matten juckten auf unserer Haut. Doch niemand kratzte sich. Aus Respekt. Und aus Angst. Wir hatten davon überzeugt zu sein, daß es kein Ungeziefer gäbe in diesen Matten. Um das Ungeziefer zu vergessen, dachten wir an etwas anderes. So vergaßen wir uns, vergaßen, wo wir waren. Soltan dachte an seine Zukunft. Sein Vater an Aouicha. Schön war sie. Wie das Meer. Sie hatte den jungen Mann verführt, der nun in Ketten lag in den wilden Wellen der fleischlichen Lust. Er war ganz ruhig dabei. Doch seine Freunde fürchteten um ihn wegen dieses Abenteuers, auf das er sich eingelassen hatte. Sie fürchteten insbesondere, daß die anderen davon erfahren würden, die, die Regeln und Tabus machten und sie aufhoben. Es war nicht der richtige Augenblick. Die Erwachsenen beschuldigten sie, vor uns schon, das Unheil über das Dorf zu bringen. Der junge Mann hätte gerne von seiner Liebe zu dieser Frau gesprochen. Sie an der Hand genommen und sich mit ihr in der Öffentlichkeit gezeigt. Doch Aouicha war keine freie Frau. Mit sechs Jahren Waise, war sie von der Frau eines Getreidehändlers aufgelesen worden. Sie machte die Hausarbeit und knetete das Brot. Aß Reste und schlief in der Küche zwischen Töpfen und dem Geruch der Tajinen. Die Herrin des Hauses schlug sie oft, jeder Vorwand war recht. Ihre Kindheit verfloß zwischen dem Brunnen, dem Backhaus und der Küche. Wenn sie sich bückte, um die Fliesen zu scheuern, stellte sie sich vor, sie sei dieser Wischlappen aus Binsen, mit dem sie den Fußboden ihrer Herrschaft zum Glänzen brachte. Als sie eines Tages besonders wütend war, schlug die Herrin sie mit einer Stange und brach ihr den Arm. Mehrere Wochen lang trug sie den Gips. Doch nichts konnte sie von der Hausarbeit befreien. Mit nur einer Hand schrubbte sie den Boden, trug das Brot zum Backhaus, fegte, schöpfte Wasser aus dem Brunnen...

Der Imam hüstelte mehrmals, um seine Stimme zu säubern. Der Saal war brechend voll. Die, die zu spät gekommen waren, blieben draußen. Sie breiteten ihre Teppiche aus und besetzten die Straße. Der kleine, den Frauen vorbehaltene Fleck, war dichtgepackt. Man hörte, wie sie sich um einen Platz zankten, um einen Gebetsteppich, auf den jemand getreten war oder um eine verlorengegangene Babusche. Mit gesenktem Blick lauschten wir mit der notwendigen Versenkung des Hadith unseres Imams, der folgendermaßen ging:

"Nach Soundso, der es vom Dem-und-dem gehört, der es wiederum von Wer-weiß-wem hat, nach irgendwem, nach Anas Ibn Malik, hat der Prophet, gesegnet seien sein Name und seine

Seele, gesagt: Hilf deinem Bruder, sei er Unterdrücker oder Unterdrückter!"

Soltan schloß die Augen. Ein Vogel, ein Kolibri mit buntem Gefieder setzte sich auf den kahlen Kopf des Imam. Der fuhr selbstsicher mit seinem Hadith fort. Wir hörten zu, geduldig, schweigend, die Gedanken anderswo. Unhörbare Schnabelhiebe schallten in allen Ecken von Allahs Haus. Wir zählten die Hiebe im Geiste. Soltan hob die Augen und kreuzte den Blick seines Vaters. Beide verstanden sie die Verstörung des anderen. Der Vater senkte den Blick, und seine Phantasie trug ihn weit in die Vergangenheit. Aouicha erwartete ihn auf ihrer Matratze, mit aufgelösten Haaren und auf halbe Schenkelhöhe hochgeschobenem Kleid. Er näherte sich ihr langsam, wie im Traum. Als er das Knie der jungen Frau berührte, meinte er, sein Herz schlüge außerhalb seiner Brust. Nie zuvor hatte er das erlebt. Eine ungeheure Verwirrung ergriff seinen Körper, und sein Fleisch erzitterte, schrie, liebte das Fleisch dieser Frau, den Mund dieser Frau, das Geschlecht dieser Frau und verweigerte doch sein Schicksal. Würde er sie in Freiheit lieben? Sie heiraten? Was würden die Leute sagen? Sein Vater würde sicher in wüste Wut ausbrechen, ihn eigenhändig erwürgen. Seine Mutter würde den Schock nicht überleben; ihr schwaches Herz würde aufhören zu schlagen, und er hätte ihren Tod auf dem Gewissen bis zum Tage des jüngsten Gerichts. Diese Frau heiraten?

Die erschöpften Körper warteten auf das Ende der Ansprache. Der Imam trug seine Predigt mit Nachdruck vor, er unterstrich besonders die Qualen der Hölle. Um nicht Opfer der Angst zu werden, dachte jeder von uns an etwas anderes. Soltan war in Gedanken bei dem, was ihn erwartete. Sein Vater bei dem, was er erlebt hatte. Aouicha war schön, mit ihren losen Haaren auf den Schultern. Er liebte sie. Er atmete ihre Haut und ihr Parfum. Eine *femme fatale*, Aouicha. Seine Freunde hatten ihn doch gewarnt. Mit einer solchen Frau schläft man nur einmal. Hatte sie ihn vielleicht behext? Seine Mutter, die von Nachbarinnen unterrichtet wurde, war zu sämtlichen Marabuts gegangen, die auf Herzensdinge spezialisiert waren, und hatte sie um Hilfe gebeten. Opfergaben folgten auf Opfergaben. Doch nichts half. Der verlorene Sohn war unwiederbringlich dahin. Aouicha! Aouicha! Sein gesamtes männliches Fleisch rief nach ihr, suchte sie, verlangte nach ihr. Die Männer verstanden ihn nicht. War eine solche Bindung möglich, ohne daß Zauber im Spiel war? Sich mit einer solchen Frau abzugeben hieß, die Kräfte des Bösen in sein Herz zu lassen, die Zellen der Intelligenz zu zerstören und auf ewig die männliche Potenz zu erschüttern. Aouicha! Aouicha! Jede Faser seines Körpers sang ihren Namen. Er hatte mit dieser schlechten Angewohnheit begonnen. Einmal im Monat, anfangs. Später dann einmal pro Woche. Dann sah er sie jeden Tag. Aouicha war nicht wie die anderen Frauen des Freudenhauses. Sanft und zuvorkommend war sie, nicht für dieses Geschäft gemacht. Eine Hure ist einfach nur eine Hure! Er konnte es nicht glauben. Verstand nicht, was in ihm geschah. Die anderen belauerten ihn, löcherten ihn mit Fragen, mit Vorwürfen... "Ein Sohn aus gutem Hause! Laß doch diese Hure sein!" Alle Mädchen des Dorfes hätten ihn geheiratet. Er mußte sich fügen, sich des Vertrauens würdig erweisen, das die Erwachsenen in ihn gesetzt hatten, vorausschauen, nicht solchen ungesunden Trieben nachgeben.

Der Imam machte eine Pause zur Meditation. Ein undefinierbares Unbehagen ergriff die Gemeinde. Als seien wir alle bedroht. Eine kräftige Stimme drang von außen zu uns. Sie sagte:

"Wir verlangen die Gerechtigkeit der Menschen. Gottes Gerechtigkeit ist für die Engel. Fordern wir erst einmal Gerechtigkeit auf Erden!"

Alle Blicke starrten auf die Eingangstür, doch niemand erschien. Mit dem Rücken seiner rechten Hand wischte sich Soltans Vater eine verstohlene Träne weg, die seinen Augen entronnen war. Der Imam hüstelte noch einige Male, um die Aufmerksamkeit der Gemeinde auf sich zu ziehen. Wir senkten den

Blick. Ein streunendes Wort hatte unseren Geist ablenken können. Wir achteten den Tag des Herrn. Der Kolibri klammerte sich noch immer am Kopf des Imam fest. Wir hofften. Abwesend. Hofften auf ein Versprechen, ein Ausspeien. Soltan folgte jeder Bewegung des Vogels. Blut floß über das Gesicht des Mannes des Koran, über seine weißen Kleider; Blut, so schwarz wie die Sünde und die Schande. Der Imam stimmte einen Koranvers an:

"Hat nicht Gott gesagt in seinem heiligen Buch: Wir haben dem Himmel, der Erde und den Bergen unseren Glauben dargebracht; sie haben ihn nicht nehmen wollen; sie zitterten ihn anzunehmen. Dann hat der Mensch es zu seiner Sache gemacht; und er ist ungerecht geworden und wahnsinnig..."

Der Imam setzte seinen Monolog im gleichen sauren Ton fort, wie das Schaben einer Feile auf dem Gewissen der Leute. Wir flüchteten in Träume und Phantasiewelten. Aouicha hatte dieses Schicksal nicht verdient. Sie wartete täglich auf ihren Geliebten und vergaß in seinen Armen alle schmerzensreichen Körper. Da er kein Geld hatte, steckte sie ihm Münzen in die Hosentaschen, damit er die Bordellwirtin zahlen konnte. So hatte sie ihren Frieden. Wer von uns verdient schon sein Schicksal? Eines Nachts, als sie friedlich zwischen ihren Töpfen schlief, kam der Herr des Hauses leise in die Küche und ging zu dem Körper, der unter einer uralten Decke zusammengekauert lag. Aouicha öffnete die Augen und verbiß sich einen Schrei. Der Mann bedrohte sie mit seinem aufgerichteten Glied, das er mit der rechten Hand gepackt hielt. Der Mann beherrschte sie, wie ein Berg, durch seine Körperfülle. Oft hatte dieser Mann sie beschimpft, geschlagen, erniedrigt, doch niemals hatte sie ihn bisher in einer solchen Pose gesehen. Sie verstand nicht, was er von ihr wollte, um diese Uhrzeit. Hatte er vielleicht vergessen, sie zu bestrafen wegen einer Verfehlung, derer sie sich schuldig gemacht hatte, und kam nun, um es nachzuholen? Aouicha legte schützend ihre mageren Arme vors Gesicht und wartete auf den ersten Schlag.

Es kam kein erster Schlag. Der Mann beugte sich über den Körper des Mädchens und legte ihn mit Gewalt bloß. Aouicha dachte, er habe eine neue Form gefunden, sie zu bestrafen. Sie zitterte wie ein Blatt im Wind, und ihre Tränen strömten. Als der kleine Körper völlig nackt war, legte sich der Mann mit seinem ganzen Gewicht auf den Bauch des Mädchens und zermalmte ihre rachitischen Glieder. Sie fühlte einen reißenden Schmerz in Nabelhöhe und verlor das Bewußtsein. Als sie wieder zu sich kam, stand die Sonne schon hoch am Himmel. Die Herrin stand über ihr mit einem Stock in der Hand. Sie bedeckte sich hastig und begab sich wieder zu Putzlappen und Töpfen. Am Abend bemerkte sie, daß ihre Beine und ihr Kleid blutbefleckt waren und daß es ihr schwerfiel zu gehen. Aouicha war zehn Jahre alt.

Ein Gliederknacken war zu hören in der Moschee. Wir hoben die Köpfe. Soltan war aufgestanden, befreit von einer Last. Der Vogel hatte ein Loch in den Kopf des Imam gepickt und die Faser der Lüge herausgeholt, die sich dort befand. Der Mann stieß einen schrillen Schrei aus, und dann fiel ihm nichts Religiöses mehr ein. Er hielt nun eine ehrliche Rede, die die Gemeinde erzittern ließ, aus Angst oder Entrüstung. Er sagte, nachdem er seine Gebetskette zu Boden geworfen hatte:

"Alle meine Worte bisher habe ich erfunden, mit dem Segen der Behörden, damit ihr in der Lethargie einer farblosen Hoffnung verharrt. Worte der Lüge und der Korruption. Bisher war ich Teil der Ordnung. Doch Ordnung ist nicht die Fortführung der Dinge oder der Schutz der heimeligen Systeme. Ordnung, das seid ihr und ich. Außerhalb unserer selbst ist Unordnung und Verwirrung!"

Die überzeugten Gläubigen senkten den Blick und verrammelten ihr Gewissen gegen die Worte des Imam. Soltan hörte den Mann nicht mehr reden. Sein Vater neben ihm sprach mit lauter Stimme Gebete, in denen er um die Gnade Gottes und die Milde seines Propheten bat. Wir anderen tranken die Worte des Imam wie Hoffnungstropfen. Dies war ein einzigartiger Tag, ein ganz besonders aufregender Freitag. Die mächtige Stimme des Imam schlug gegen die stahlbetonbewehrten Geister. Er wiederholte jedem, der es hören wollte, daß diejenigen, die auf ihrem Thron saßen, geschmückt mit Diamanten und Demokratie, die das Schicksal des Volkes schufen und verwarfen, in der Hölle enden würden. Ihre Frauen würden ihnen eines Tages die Geschlechtsorgane verschlingen, und sie würden sich schämen auf der Straße. Der Imam sprach lange. Die Alten, die auf den Hanfmatten saßen, spürten, wie sich die Haut seltsam von ihren alten Schenkeln löste. Soltans Vater versuchte, die Szene in der Erinnerung an Aouicha zu vergessen. Nichts war ihm schmerzlicher als diese Erinnerung. Eines Tages hatte sie ihm alles erzählt. Sie weinte. Er weinte auch, mit ihr. Jede Nacht weckte der Herr sie aus ihrem Schlaf und vergewaltigte sie zwischen den Töpfen. Später hatten die Söhne diese Rolle übernommen. Aouicha erlebte die Hölle der Waisen. Tagsüber geschlagen, nachts vergewaltigt, lebte sie unabänderlich zwischen der Aggressivität der Kinder und dem Terror der Erwachsenen, bis zu dem Tag, da ihr Bauch sich zu runden begann und sich Brechreiz bei ihr einstellte. Die Herrin wurde fuchsteufelswild und reagierte sich am mageren Körper des Mädchens mit dem Besenstiel ab. Sie schlug mit Bosheit, beschimpfte sie, hieß das Kind abartige Hure und jagte es schließlich mit nichts als dem Kleid, das sie auf der Haut trug, davon. Aouicha glaubte, daß das das Ende sei. Wohin sollte sie gehen? Seit sie bei diesen Leuten lebte, hatte sie sich nie aus dem Viertel herausgewagt. Sie kannte eben das Bad, den Laden, das Backhaus. Sie war verloren. Verlassen wie eine Hündin. Sie weinte alle Tränen, die ihr Körper enthielt und versuchte zu verstehen, was mit ihr geschah. Sie stürzte nur noch tiefer in Zweifel und Verlorenheit. Sie war kaum zur Frau geworden. Eine ältere Frau fand sie im Morgengrauen auf der Schwelle ihres Hauses. Sie ließ sie eintreten und hörte sich ihre Geschichte an. Die alte Frau gab ihr zu essen und pflegte sie. Dann bemühte sie die Dienste einer Geburtshelferin, die den Fötus mit Hilfe einer eisernen Nadel aus der Gebärmutter des Kindes herausholte. Das Mädchen glaubte, sein letztes Stündlein habe geschlagen. Es blutete heftig und weinte die ganze Nacht. Einen Monat später war es mehr oder weniger wiederhergestellt, und mit der Zeit erholte es sich von seinen Leiden. Aouicha wußte nicht, wie sie der alten Frau danken sollte.

In der Moschee machten sich Verwirrung und Unruhe unter der Gemeinde breit. Der Imam setzte seinen Auftritt fort. Als Gläubige verkleidete Polizisten versuchten, das Schauspiel abzubrechen und so einer Situation ein Ende zu bereiten, die leicht in Revolte umschlagen könnte. Es gelang ihnen nicht, den Gottesmann zu erreichen. Sie wurden von einigen Jungen erkannt und ohne große Umstände aus Gottes eigener Wohnung geworfen. Soltan stand aufrecht inmitten der Menge. Sein Vater, am Ende seiner Geduld, stand auf und verließ den Ort, wobei er Satan und die aus Ehebruch entstandenen Kinder verfluchte. Die anderen Erwachsenen taten ein Gleiches, und die Moschee blieb in der Hand der jüngeren zurück, die es sich bequem machten, mit Begeisterung dem Delirium des Imam folgten, dessen kräftige Stimme den Raum des Wortes und der Schrift erfüllte. Der Mann stieg dann auf das reich geschnitzte Minbar und rief mit beherrschter Stimme:

"Mauern erheben sich in unserer Brust, und die Schlagstöcke der Demokratie hören nicht auf, die primitiven Formen des Staates zu verkünden. Nichts ist bedauerlicher als die Verachtung der Völker! Ihr habt vage mitbekommen, was in unseren Universitäten geschieht. Fes und Meknès. Ein Beispiel nur. Beide Städte beweinen ihre Ruinen, und die Leichen ihrer Kinder lasten auf ewig auf unserem Gewissen. Genug der Massaker! Genug der Unterdrückung. Meknès, meine Brüder, trägt Trauer um seine Kinder, in Einsamkeit und Würde. Weint um Fes, meine Brüder, um seine Märtyrer der Zukunft!"

Diese Worte riefen eine Welle der Aufregung hervor. Salven von Schreien und Lachen brandeten aus den hintersten Ecken.

Einige Jungen, im Schneidersitz oder aufrecht an Säulen gelehnt, begannen, aus voller Kehle zu pfeifen und in die Hände zu klatschen, immer im Rhythmus der Worte des Imam. Ein gräßlicher Lärm stieg auf, als der Greis seinen weißen Freitagsburnus ablegte. Die frommen Frauen hatten den ihnen vorbehaltenen Bereich verlassen, um sich den extatischen Jugendlichen zuzugesellen. Eine Gruppe von Gaffern hatte sich am Eingang der Moschee gebildet. Eine Mischung aus Wahn, Delirium und Überschwang hatte uns gepackt. Wir standen außerhalb von Zeit und Raum, wir gehörten ganz dem Licht der Zukunft. Trunken vor Hoffnung und Kühnheit.

Zweifellos ermutigt durch die Anwesenheit der Frauen legte der Imam auch noch das zweite Freitagsgewand ab. Mit begeisterter Stimme rief die Menge dem Imam einen freudenvollen Lobgesang entgegen:

Mögen Gebet und Heil ruhen Auf Allahs Gesandten!
Es gibt keinen Ruhm als den Ruhm Sidna Mohammeds!
Gott ist der Gipfel des Ruhms!

Die Frauen hoben die Hand vors Gesicht, zwischen Nase und Oberlippe, und stießen Jujuschrei aus, die hundert Meilen weit zu hören waren. Soltan sprang in der Menge umher und schrie schrill seine Begeisterung hinaus. Einige Frauen, wagemutiger als die anderen, gingen gar in die Mitte des weiten Saales und begannen einen leidenschaftlichen Tanz unter den seligen Blikken der Jungen. Wieder erhob sich die Stimme des Imam, füllte die letzten Ecken der Moschee, und plötzlich trat Stille ein. Die in Trance geratenen Körper verharrten. Der Mann hob entschlossen die Hand und zeigte dem Himmel die geschlossene Faust. Seine feste Stimme sprach:

"Erwachet und schüttelt die Kadaver eurer Alten! Werft von euch diesen Überdruß, der nur erfunden wurde, um euch in Bewegungslosigkeit zu lähmen. Der Staat will Opfer von euch. Immerzu. Er möchte einen eurer Finger. Und wenn ihr denn soweit seid, ihm zwei zu opfern, will er gleich den ganzen Arm. Und da beginnt das Massaker des wehrlosen Volkes."

Die Rede des Mannes des Korans und das Aufsehen hätten noch lange fortdauern mögen, wenn die oberste Dorfverwaltung nicht eingeschritten wäre. Gendarmen und Friedenshüter griffen hart durch mit all ihrem Können in Sachen Repression. Es gab Durcheinander in der Moschee. Es gelang nicht, den subversiven Mann zu erwischen, es war ihm wundersamerweise gelungen, im Pulk der jungen Gläubigen zu verschwinden. Die wiederum setzten ihre Ellenbogen ein, um den Schlagstöcken zu entgehen. Einige wurden festgenommen und zum Polizeirevier geführt. Die murrende Menge verlief sich in Verwirrung. Und in der nun leeren Moschee war nur noch ein Haufen Schuhe aller Marken, aller Farben und aller Größen.

Soltans Vater wußte nicht, was er von diesem Aufsehen halten sollte, das der Imam erregt hatte. Er ging eilig die Straße entlang, ohne auf die höflichen Begrüßungen der anderen zu reagieren. Seine Gedanken waren anderswo, beschäftigten sich mit der Menschheit und was aus ihr geworden war und waren insbesondere entsetzt vom Verhalten seines Sohnes. Das Bild Aouichas stieß alle anderen zur Seite. Obwohl er doch alles getan hatte, um diese Erinnerung zu verdrängen, einverstanden war, das Amulett um den Hals zu tragen, das seine Mutter für ihn hatte anfertigen lassen bei einem berühmten Fquih. Sie verfolgte ihn noch immer, trotz der verstrichenen Zeit und gegen seinen Willen. Aouicha wartete jeden Tag auf ihn, die Haare im Wind. Sie drückte ihren Kopf gegen seine Brust, und er strich über ihren feurigen Schopf. Jeder Tag band ihn ein wenig mehr an diese Frau mit dem weiten Herzen. Die alte Frau, die sie aufgenommen und gepflegt hatte, schloß sie eines Abends mit einem Unbekannten in einem Zimmer ein. Aouicha konnte nicht anders, sie mußte schreien und weinen. Der Unbekannte nahm sie ohne Zärtlichkeit, vergewaltigte sie mehrmals hintereinander. Danach gewöhnte sie sich daran, Tag und Nacht vergewaltigt zu werden, wie die Kunden es wünschten. Das Geld verschwand in der Tasche der alten Matrone. Als Gegenleistung gab sie ihr Nahrung, Kleider und Wohnung. Aouicha war fünfzehn, als sie Soltans Vater kennenlernte. Sie hatte sofort gespürt, daß er nicht wie all die anderen Männer war, die ihre Augen gesehen, die ihr Körper gespürt hatte. Zum ersten Mal in ihrem Leben trat sie einem Mann mit Gelassenheit entgegen, mit Vertrauen und Verlangen. Auch Larbi war jung. Gerade siebzehn. Ihr Beisammensein war jedesmal ein Moment der Erfüllung, der intensiven Lust. So hätte es endlos weitergehen können, hätte man dem Vater des jungen Mannes nicht die unannehmbaren Neuigkeiten zugetragen. Eines Abends, nach dem letzten Gebet, nahm der Vater seine Frau beiseite und sagte:

"Dein Sohn beginnt, meinen Stolz zu schmähen und den Namen der Familie in den Schmutz zu ziehen. Jetzt geht er auch noch zu einer Hure. Es heißt sogar, sie habe ihn behext, so daß er gar daran denkt, sie zu heiraten. Wir müssen schnell handeln, zu seinem und zu unserem Wohl. Geh morgen früh zu deiner Schwester und sag ihr, sie soll sich darauf einstellen, die beiden Kinder nächste Woche zu vermählen. Seine Cousine hat ihn zuerst verdient, vor allen Fremden. Besonders, wenn die Fremde eine Hure ist..."

Am nächsten Morgen schleppte der Vater seinen Sohn bis zum Café und sagte zu ihm vor allen Männern des Dorfes:

"Du bist mein Sohn, solange du meinen Namen würdigst und meine Befehle ausführst. Heute sage ich dir vor all diesen Männern, daß das Messer den Knochen erreicht hat. Ich kann dein Tun nicht mehr tolerieren. Entweder du handelst wie ein Mann, oder ich sende meinen Fluch über dich!"

Dann drehte er sich zu den anderen:

"Euch alle lade ich ein am nächsten Freitag. Dann wird mein Sohn hier seine Cousine heiraten. Die Hochzeit findet bei mir statt in fünf Tagen. Seid meine Zeugen vor Gott, den Toten und den Lebenden!"

Sein Sohn senkte den Kopf und sagte kein Wort. Die Männer drängten sich um ihn, beglückwünschten ihn und küßten ihn auf beide Wangen. Zwei Dinge interessierten sie vor allem: die Zeremonie und das Blut. In den Blicken einiger von ihnen schimmerte schon jetzt das Versprechen einer beispiellosen Vergewaltigung. In weniger als 24 Stunden war das ganze Dorf über das Projekt informiert. Die Verheiratung des Kindes war für den Vater eine Gelegenheit zu überprüfen, wie weit sich sein Sohn unterordnen ließ. War er noch in der Lage, Entscheidungen für die Seinen zu treffen und seine Entschlüsse, seinen Willen durchzusetzen? War er noch der unangefochtene Herr der Familie? Fragen von äußerster Wichtigkeit beschäftigten den Vater. Der Sohn wollte gar nichts. Er hatte nicht die Absicht, die Donnerschläge der Verdammung auf sich zu ziehen. Er hoffte nur auf seinen Frieden und seine Freiheit. Frieden, um über seine Zukunft nachzudenken, und Freiheit, um in aller Stille Aouicha zu sehen. Von nun an mußte er den väterlichen Vorschriften in allen Einzelheiten folgen. Jetzt, da der Vater gesprochen hatte, war der ganze Clan in die Sache hineingezogen. Larbis Heirat wurde zur öffentlichen Angelegenheit, und ein jeder hatte das Recht, seine Nase in die Sache hineinzustecken und Rechenschaft zu verlangen von dem jungen Mann. Man begann, ihm nachzuspionieren. Man predigte ihm, man trug seine Worte und Taten dem Vater zu, wobei sich jeder anmaßte, die Moral des Jungen zu beurteilen. Durch sein Verhalten zum ewigen Jugendlichen geworden, mußte Larbi sich vor allen und jedem hüten, mußte sehr genau aufpassen und sich so verhalten, daß die Erwachsenen an seine Reue glaubten und mit seiner Wiedereingliederung in den Familienkreis einverstanden waren. Ein Leben war das, ein Kampf.

Am nächsten Tag, zur Stunde des Morgengebetes, stieg der subversive Imam auf das Minarett und sagte mittels eines Megaphons dem Land ordentlich und laut die Meinung. Seine Ansprache schuf uns eisiges Entsetzen. Am selben Tag noch wurde er offiziell für verrückt erklärt und seiner Funktionen enthoben. Am folgenden Freitag leitete der Sohn des ehemaligen Imam das gemeinsame Gebet. Er saß auf dem reich geschnitzten Minbar und sagte in seinem Hadith:

"Wir haben dem Himmel, der Erde und den Bergen unseren Glauben dargebracht; sie haben ihn nicht nehmen wollen; sie zitterten ihn anzunehmen. Dann hat der Mensch es zu seiner Sache gemacht; und er ist ungerecht geworden und wahnsinnig..."

Wir Kinder des Zufalls und der Nostalgie waren versammelt an diesem Weiheort des Schmuggels von Träumen und Illusionen. Wir erwarteten ein Wunder. Wir lauschten den heiligen Worten, die uns ein kleines Glück verschafften, solange sie uns in ihrer sanften Melodie wiegten. Wir ließen uns einfangen vom Spiel einer möglichen Hoffnung. So überließen wir die Welt des Schmutzes dem Schmutz. Geld ist das einzige Dreckzeug dieser niederen Welt, das den Armen vorenthalten bleibt!

Soltan saß rechts neben seinem Vater, mit Beunruhigung im Gesichtsausdruck. Die Erwachsenen hatten darauf bestanden, daß alle Jungen der Predigt des jungen Imam beiwohnten. Ein Beispiel für uns alle. Ein möglicher Weg. Mit dem Kopf voller Gespenster saßen wir da, das Gesicht in Richtung Sonnenaufgang gewandt, die Hände vor der Brust verschränkt. Die Alten waren in tiefer Meditation versunken. Wir flüchteten in Träume und Phantasiewelten. Soltan stand plötzlich auf. Sein Vater zog an seiner Djellaba, damit er sich wieder hinsetzte. Der junge Mann riß sich heftig los. Wir waren überrascht. Revoltierte er? Das Kräftemessen hatte begonnen. Wir mußten nun auf die Antwort der verkalkten Welt der Väter warten. Der Sohn des Imam endete seine Predigt mit folgenden Worten:

"Ihr Muslime! Glaubt an Allah und an seinen Apostel, an das Buch, das Er uns gesandt hat, an die Schriften, die vor ihm offenbart wurden. Wer nicht an Allah glaubt, an seine Engel, seine Bücher, seine Apostel und an den jüngsten Tag, lebt in vollkommener Verirrung."

Soltan stieg über die zu Boden gebeugten Körper der Gläubigen hinweg, eilte zum Ausgang und atmete tief die kühle Luft, die ihm ins Gesicht schlug. Sein Vater hielt den Kopf gesenkt, um forschende Blicke zu meiden. Niemand verstand, was geschehen war. Soltan ging über die verlassene Straße. Stille Tränen liefen ihm über die Wangen. Tränen der Erleichterung. Soltan brauchte diesen Ausbruch, sollte er uns später sagen. Es sei keine Flucht. Er kenne das Ausmaß des Schmerzes, den er seinem Vater bereitet habe, und das peinige ihn. Er selbst könne seine Geste nicht erklären. Wäre er geblieben, er wäre erstickt vor Hitze und Abscheu. Als sein Vater die Moschee verließ, war sie bereits leer. Auf der Schwelle stieß er auf den jungen Imam, der seine Hand ergriff. Der Imam sprach ihm lange ins Ohr. Das Gesicht des Vaters erhellte sich plötzlich, und ein wohlmeinendes Lächeln zeichnete sich auf seinen Lippen ab. Soltan war verschwunden. Wir schwitzten ausgiebig, aus Angst um den Jungen. Seit ein paar Wochen hatten wir den Eindruck, das Dorf erstikke. Ein undefinierbares Unbehagen hielt uns alle fest in einem sterilen Spiel aus Heuchelei und Gewalt. Wir sollten die Demütigung kennenlernen und leben im Schatten einer dunklen Erniedrigung. Die bösen Mächte waren in uns.

Als der Vater am Abend nach Hause kam, schlief sein Sohn. Er weckte ihn nicht auf und machte ihm keinerlei Vorhaltungen.

3

Unruhe befiel Soltan. Befiel uns alle. Wir hatten das Gefühl, der Raum schlösse sich um uns, um uns zu erdrücken, zu erwürgen. Gesten und Worte der Alten wurden zur Anklage. Und auch ihre Blicke. Dunkle doch unscharfe Ideen kreisten in unseren Köpfen, rempelten einander hin und wieder an, stießen sich wie

Würmer und trieben uns in Wahn oder Schwachsinn. Soltan konnte sich nicht befreien von dieser Stimme, die aus dem hohlen, mit Wachs und Stoffetzen bedeckten Baum zu ihm gedrungen war. Diese Stimme, darin waren wir uns einig, hatte zu uns allen gesprochen. Eine Art Warnung vor dieser Atmosphäre aus Haß und Repression, deren Ziel wir alle sein konnten. Er sagte, die Stimme sei bestrickend gewesen. En wenig gefährlich. Wie die Stimme seiner Mutter, wenn sie um jeden Preis die Zukunft ihrer Kinder festlegen wollte. Wie die Stimme der Erde, die verstummt war, oder die des Schicksals, verirrt in den Falten der Zeit. Parallele Stimmen. Tiefgehend. Dominierend vor allem, wie subtile Gewalt, die sich zwischen allen Fasern breitmacht und Körper und Geist in Besitz nimmt. Soltan war verloren in der Intensität dieses Netzes aus Stimmen, die in ihm waren und die er manchmal durcheinanderwarf. Er wußte nicht mehr, welchen Marabut er um Hilfe anrufen sollte. Genausowenig wie wir. Manchmal sagte er uns, er fühle sich alt. So alt, daß er sich nicht mehr auf den Beinen halten konnte. Trotz seines zarten Alters ertrug er nur schwer all die Jahre der Dürre, die sich tief in seinem Körper angesammelt hatten. Genau wie wir. Er sagte, alles täte ihm weh. Besonders sein Kopf, der nicht mehr so richtig funktionierte, seit ihm seine Mutter ihre Entscheidung verkündet hatte, ihn zu verheiraten. Wir versuchten ihn zu verstehen. Wir wußten, daß er öfters von Schwindel geplagt war, daß er mit der Erde und den Bäumen sprach. Er unterhielt sich mit seiner Ziege oder seinem Maultier und erzählte ihnen von seinem Kummer und seinem Schmerz. Er verstand nicht, was ihm geschah. Und er war zu stolz, um mit uns offen darüber zu sprechen.

An einem besonders heißen Februarmorgen machte sich Soltan von hinten an seiner Ziege zu schaffen, als sein Vater plötzlich auftauchte. Dieser unterdrückte seine Wut und entfernte sich, in seinen Bart hustend, um seine Anwesenheit anzukündigen. Soltan richtete sich auf und stammelte ein paar ungeschickte Entschuldigungen. Der Vater tat, als habe er nichts gesehen und achtete nicht auf die Worte seines Sohnes. Er begnügte sich damit, laut ein Gebet zu sprechen, bevor er seinen Sohn brutal am Arm packte, um ihm in besonders ernstem Ton zu sagen:

"Es ist ganz natürlich, daß Allah seinen Blick von uns wendet! Wir bitten um seine Gnade und seine Milde! Deine Mutter hat mich von ihrem Plan unterrichtet, dich zu verheiraten. Ich kann sie dazu nur beglückwünschen, denn sie handelt zum Wohle der Familie. Du bist nun ein Mann, nach allem, was man sieht. Es ist höchste Zeit, daß du heiratest. Wir werden langsam alt, deine Mutter und ich. Wir brauchen jemanden, der deinen Schwestern bei der Hausarbeit hilft. Die ältesten sind schon aus dem Haus. Sie können uns nicht helfen. Ich habe immer gesagt, daß die Geburt einer Tochter Verschwendung ist, ein reiner Verlustposten. Die Töchter, die nicht verheiratet sind, werden uns nicht viel nützen. Alles was sie tun können ist warten. Ein Mädchen ist eine Plage. Es muß ernährt werden, unterwiesen, großgezogen werden für andere und bedarf der ständigen Überwachung!"

Der Vater machte eine nachdenkliche Pause und ließ eine träge Hand über den Bart gleiten. Trotz aller Aufmerksamkeit, die er seinen Worten schenkte, war sein Sinn weit weg, mitgerissen von der Erinnerung an Aouicha. Soltan hob den Kopf, seine Augen trafen auf die sprühenden Augen seines Vaters, und er bemerkte dessen Verstörung. Aouicha lag im Blick des Patriarchen. Schön. Jung. Unbeschädigt. Durch die Ansprache des Vaters wurden die Dinge zur Pflicht. Sie wurden sozusagen offiziell durch diese schicksalhaften Worte. Soltan hörte zu, ohne zu reagieren. Hätte er denn reagieren können? Seine Rolle beschränkte sich auf Arbeiten, Zuhören und Gehorchen. Er fürchtete den Moment, da sein Vater ihn um Erklärung für sein Verhalten in der Moschee bitten würde. Das Thema wurde zu keinem Zeitpunkt angesprochen. Die Hochzeit des Kindes war eine dringende Notwendigkeit. Also würde er heiraten. Würde eine ganze Schar von Kindern haben, die ihn nachts nicht schlafen ließen; entsprechend der Laune der Mutter, dem Willen des Vaters und um sich würdig zu erweisen für das Paradies.

Der Vater nahm seine Chechia ab, die auf seinem Kopf zum Turban gebunden war, und kratzte sich heftig den Kopf. Soltan folgte jeder dieser Gesten, wagte aber nicht, ihm direkt ins Gesicht zu blicken. Der glattrasierte Schädel glänzte in der Sonne. Der Vater plazierte seine Chechia wieder, band sie auf dem Kopf zurecht, bevor er seinen Monolog fortsetzte, während er an Aouicha dachte:

"Ein Mädchen ist wie die Milch auf dem Feuer. Ein Junge geht nie fort. Du wirst bleiben, denn du allein wirst meinen Namen bis in alle Ewigkeit tragen. Du wirst der Mann und der Familienvater im Hause sein, wenn ich einmal tot bin. Das Bestellen der Erde wird immer schwerer, und du wirst nicht mehr lange alles allein machen können. Deswegen sage ich, daß die Entscheidung deiner Mutter gut ist. Deine Kinder werden unter unserem Schutz heranwachsen und dir später Hilfe und Unterstützung bringen. Deine Mutter hat bereits ihre Wahl getroffen. Ich kenne das Mädchen nicht, doch ihr Vater ist ein Mann von unermeßlicher Qualität und Reichtum!"

Soltan kannte Sidi Bouali gut. Er wußte im voraus, was sein Vater ihm nun eröffnen würde. Ein Mann der Ehre und des Stolzes, Prinzipien und Traditionen verbunden. Nie hatte man ein böses Wort aus seinem Munde vernommen. Nie hatte er eine unangemessene Geste gezeigt. Sein Sohn mußte von den Engeln des Himmels gesegnet sein, da das Schicksal ihm eine so große Familie auserwählt hatte, wahrscheinlich die beste von allen.

Sidi Bouali. Ein Mann der Ehre und des Stolzes. Ein gottesfürchtiger Mann, dessen grünes Auge hartnäckig auf die Kinder blickte. Si Larbi wußte es gewiß. Wer im Dorf wußte es nicht! Er hatte eine Schwäche für die Dreizehn-, Vierzehnjährigen. Das Geld wusch sein Gesicht wieder weiß. Er war reich. Und infolgedessen gefürchtet und respektiert. Wir konnten die Ehrenhaftigkeit eines Bürgers, der über jeden Verdacht erhaben war, eines Bürgers mit kräftigem Schatten nicht in Zweifel ziehen. Und in dieser Zeit des Mangels und der Not hatte er keinerlei Schwierigkeiten, leicht Beute für seine Gelüste zu finden. Im Dorf hatten die Leute begonnen, Geld und Ehre zu verwechseln. Es war der Beginn eines echten Übergangs, den wir durchmachen sollten und der wie eine regelrechte Sintflut auf unsere Prinzipien, unsere Traditionen wirken würde. Schwarz sollte den Platz von Weiß einnehmen, Gerechtigkeit sollte zu verkaufen und zu erwerben sein auf dem Marktplatz. Diebstahl, Vergewaltigung, Korruption, Opportunismus, Mißbrauch... wurden zu sicheren Werten in diesem grausigen zwanzigsten Jahrhundert. Integrität, Respekt, Redlichkeit, Aufrichtigkeit... zogen sich mit jedem Tag ein wenig mehr zurück und bedeuteten schließlich Angst, mangelnden Mut und Ehrgeiz, Flucht, Feigheit. Unser Universum stand Kopf.

Soltan hatte es geahnt. Sein Vater sprach lang und breit von seinem zukünftigen Schwiegervater und präsentierte nur dessen Qualitäten. Und während er sprach, beherrschte Aouichas Erinnerung seinen gesamten Geist. Schön mit den Haaren auf den Schultern. Der junge Mann war das Opfer eines Zaubers. Liebe existierte nicht in unserem Wortschatz. Außer der Liebe, die wir Gott, unseren Eltern, unserem Vaterland entgegenbringen konnten, alles andere war eine Sache von Zauberei und Dämonen. Dem Kind mußte geholfen werden, damit es diese schändliche Krankheit überwinde, die Hingabe eines Mannes an eine Frau. Sein Vater, am Ende der Geduld, hatte ihn vor vollendete Tatsachen gestellt. Er würde seine Cousine heiraten. Damit würden Skandal und Entwürdigung ein Ende finden. Die Männer des Dorfes waren Zeuge, und die Zukunft dieser Ehe war ebenso ihre Sache wie die der Familie. Die Männer hatten sich zusammengesetzt, diskutiert, Entscheidungen getroffen. Sie gingen zu Aouicha und rieten ihr, den Jungen in Frieden zu lassen, wobei sie ihr klar machten, in welche Gefahr sie den Ruf der ganzen

Familie brachte und welches Unrecht sie Larbi antat. Sein Vater war unerbittlich. Wenn er diese Hure wiedersah, würde er ihm seinen Segen entziehen, ihn enterben und ihn aus dem Familienkreis wie aus der Gemeinschaft verjagen. Die Sache nahm enorme Ausmaße an. Die Frauen hatten sich auf die Seite der Mutter geschlagen, um Aouichas Verhalten zu verdammen. Sie hatten ein gemeinsames Interesse, jede von ihnen hoffte, daß Larbis Zukunft an eine ihrer Töchter gebunden sein würde. Hoffnung war noch erlaubt, solange noch nichts Offizielles zwischen Cousin und Cousine vereinbart war. Hartnäckigkeit tat Not.

Soltan ließ seinen Blick nicht von seinen nackten Füßen, die mit Staub und Nostalgie bedeckt waren. Die alleingelassene Ziege stieß ein Meckern aus, das die Ohren des Jungen reizte. Sein Vater setzte seine moralingetränkte Ansprache fort:

"Man muß auf das Gute hoffen, denn das Gute wird bis zu uns kommen. Deine Mutter wird die Vorarbeit leisten. Sie wird sich mit der Mutter deiner zukünftigen Ehefrau unterhalten und ihr unsere Absichten kundtun. Dabei wird sie das Mädchen aus der Nähe sehen und es beurteilen können. Ich werde die Sache dann offiziell machen mit dem Vater, wenn deine Mutter mir versichert hat, daß es keine Hinderungsgründe gibt. Ich könnte die Beleidigung einer ablehnenden Antwort nicht ertragen. Wir werden die zwei Kälber verkaufen und das alte Maultier und das Feld, das deine Mutter mitgebracht hat für die Brautgabe und die Kosten der Hochzeitsfeier.."

Soltan sah sich bereits als verheirateten Mann mit einer vielköpfigen Nachkommenschaft. Er war selber noch ein Kind. Doch der Wille der Erwachsenen mußte verwirklicht werden. Soltan hob den Kopf und sein Blick kreuzte den des Vaters. Eine undefinierbare Verlegenheit machte sich zwischen ihnen breit. Zum zweiten Mal am gleichen Tag hatte Soltan seinem Vater direkt in die Augen geblickt. Nie zuvor hatte er das gewagt. Nie zuvor hatte er die Augen seines Vaters gesehen, nie gewußt, welche Farbe sie hatten. Er hatte sie sich vorgestellt. Hart. Beeindruckend. Er war überrascht, daß diese so gefürchteten Augen frei waren von aller Bosheit, daß sie keinen besonderen Ausdruck hatten.

Während er von und in der Gegenwart sprach, dachte Soltans Vater an die Vergangenheit. Diese Vergangenheit, die völlig beladen war mit der Erinnerung an Aouicha. Die Unglückliche! Sie hatte versucht, ihrem Leben ein Ende zu setzen, nachdem die Männer vorbeigekommen waren. "Erpressung", hatten manche daraus geschlossen. Sie wurde im letzten Moment gerettet. Lange danach noch schleppte sie die Abscheu mit sich, wußte sie, was Leere war. Abscheu vor der Gesellschaft, ihrer Blindheit, ihrer Dummheit. Und Leere des Körpers. Was man fühlt, wenn das Herz nicht mehr dabei ist. Als sie sich von dem Schock erholt hatte, wollte sie diesen Körper, diese Mischung aus Schreien und Zärtlichkeit, bestrafen. Sie legte sich ausgestreckt auf das Bett, nackt, freigiebig, mit gespreizten Beinen. Die Kunden kamen, einer nach dem anderen. Die Herrin kassierte das Geld. Aouicha war wie ein Balken, zerfressen von Holzböcken und ans Ufer gespült und verlassen von einem Strom der Bitterkeit. Jeder Erguß tötete ihr Lächeln. Jeder Tropfen Sperma verbrauchte diese Leidenschaft, die in ihrem Blick lag wie ein junger Frühling. Jede Umarmung war eine Umarmung aus Abscheu und Haß. Ihr Körper gehörte ihr nicht mehr. Sie wollte ihn hergeben an jedermann, wie eine gespenstische Opfergabe. Dieses Geschlechtsteil, das ihr Schmerz bereitete, Schande, sie wollte, daß es ein Kelch der Bitterkeit und des Unheils würde, für alle, die das Geld hatten, es zu besitzen. Aouicha! Ein versilbertes Geschlechtsteil für Haß, Gewalt und Tod. Das Geschlecht als Zeuge ihrer unterdrückten Wutanfälle, ihrer unstillbaren Tränen, wenn die Männer nicht mehr da waren, um von ihr eine Geste oder ein Lächeln zu fordern. Ausgestreckt. Offen. Tag und Nacht. Trunken vor Ekel und Auflehnung. Die Kunden hatten schließlich genug von ihrer Bewegungslosigkeit und hatten der Herrin gegenüber ihre Enttäuschung zum Ausdruck gebracht.

Die versuchte, sie von ihrem großen Glück zu überzeugen. Ein unerhörtes Glück, das sie gerade zu verderben suche. Ihr Metier sei das schönste überhaupt. Alle Männer lägen ihr zu Füßen, und sie könne frei bleiben dabei. Frei verfügen über ihren Körper und ihre Zeit. Frei verfügen auch über das Los dieser arroganten Männer. Sie konnte sie alle haben und alles haben von ihnen allen. Jeder dieser Männer ließ ihr einen Teil seiner selbst, wenn er mit ihr schlief. Welch ein Glück sie doch habe, dem abgeschmackten und verrammelten Leben der Hausfrauen zu entfliehen. Wieviele Ehefrauen würden nicht ihre Seele hergeben, um sich von der Vormundschaft eines tragischen Ehemannes zu befreien, dem unterlegenen Opfer unzähliger blinder Jahrhunderte althergebrachten Rechts. Wieviele eingesperrte Jungfrauen würden nicht ihr Dasein als Töchter aus gutem Hause hergeben gegen die Lust, die Männer des Dorfes zu beherrschen und sie den tiefsten Erdniedrigungen zu unterwerfen. Sie solle weiterhin den Männern das bieten, was die Männer bei ihren Ehefrauen nicht fanden: Sinnlichkeit, die freizügige Geste, den freizügigen Blick. Doch Aouicha wollte nichts von den Männern. Sie hatte Zuneigung zu einem Mann gefaßt. Zu einem einzigen. Ihr Herz und ihr Körper schrien mit Heftigkeit nach ihm, bluteten vor Leidenschaft für ihn. Sie verlangte nichts vom Leben, außer das Recht, ihn auch weiterhin sehen zu dürfen. Da man ihr ihren Lebenszweck genommen hatte, ließ Aouicha sich von der Traurigkeit auffressen und wälzte ihren Groll.

Soltan senkte die Augen und sein Blick heftete sich auf eine Eidechse, die mit ihren winzigen Zähnen ein Stück Holz bearbeitete. Angst überfiel den jungen Mann, und sein gesamtes Fleisch zitterte. Er sagte zu sich, bald würden es die Menschen machen wie dieses Tier; sie würden Steine fressen und Not. Er konnte seine Überlegung nicht weiterführen, denn sein Vater öffnete den Mund und sprach:

"Du mußt wissen, daß man kein vollendeter Muslim sein kann, solange man nicht verheiratet ist. Von diesem Moment an wirst du ein Mann. Ein echter. Und solange du die Erde liebst und die, die sich ihr Leben lang abgearbeitet haben, um aus dir einen Mann zu machen, solange wird Allah dich nicht verlassen. Ich wollte mit dir über diese Probleme lieber außerhalb des Hauses sprechen. Es ist nicht wünschenswert, das vor deiner Mutter und deinen Schwestern zu tun. Wir haben Prinzipien. Jeder hat seinen Platz zu wahren, sonst herrscht die Anarchie. Die Ehefrau soll den Kopf gesenkt halten vor ihrem Mann. Der Sohn schuldet den Alten Respekt, und der Vater muß die Würde innerhalb der Familie wahren..."

Dann, nach einer Pause, setzte er eilig hinzu:

"Geh, mein Sohn! Geh! Und möge der Segen jeden deiner Schritte begleiten!"

Soltan beeilte sich, seinem Vater beide Hände zu küssen. Dieser rief ein letztes "Möge Allah uns beistehen!" und verschwand über den gewundenen Weg, den dichte Dornenbüsche säumten. Soltan folgte mit dem Blick der Silhouette seines Vaters, die durch den Staub glitt und in der Ferne verschwand. Er stürzte sich auf seine Ziege und bearbeitete sie mit Fußtritten. Er band sie an einen Baum und steckte ihr ein Stück Holz in den Hintern. Das Tier stieß ein grausiges Stöhnen aus, menschlich beinahe. Blut spritzte und befleckte Soltans Hose. Die Schreie des Tieres drangen bis zum Vater, der ahnte, was dort geschah. Er beschleunigte seinen Schritt, wie um vor einer schmerzlichen Erinnerung zu fliehen. Er hatte Aouicha verlassen. Sie ohne weiteres aufgegeben. Er hätte kämpfen sollen. Widerstand leisten sollen bis zum Schluß, anstatt so zu leiden im Kopfe wie im Herzen. Er hätte mit ihr fliehen können. Anderswo leben. Er war nicht fähig gewesen, den Fluch zu ertragen. Und jetzt war es zu spät, um Vergangenes zu bedauern. Er hatte sich vernünftig gezeigt und seinen Platz unter den Männern wiedergefunden. Aouicha hatte gelitten. Lange. Von den Frauen verachtet, von den Männern erniedrigt, schaute sie zu, wie die Zeit über ihren Körper zog und ihre Falten vertiefte. Die Männer zahlten und füllten ihre Gebärmutter mit Sperma und ihre Erinnerung mit Bitterkeit. Dann gingen sie zu Larbi und erzählten ihm, wie sie es mit ihr getrieben hatten, wie sie ihren Samen aufgenommen hatte und wie sie stöhnte, wenn der Orgasmus nahte. Ein jeder log, ein jeder glaubte, ihm allein sei es zu verdanken, daß der junge Mann von der teuflischen Leidenschaft für diese Frau geheilt war. Eine Hure ist einfach nur eine Hure! Aouicha machte mehrere Depressionen durch, und ihr Verhalten schlug letztlich alle Kunden in die Flucht. Die Herrin geduldete sich eine Weile, hoffte, daß sie zu Vernunft käme und ihre Arbeit wieder aufnahm. Aouicha hoffte, daß der Tod sie aufnähme. Sie hatte ihr Dasein ertragen für diese geheimnisvolle, ein wenig traurige Poesie, die ihr Herz schlagen ließ. Für die blauen Tage und das Geheimnis der Dünen. Jetzt gab es nichts und niemanden mehr, der sie das Leben lieben ließ. Sie war aufgezehrt, in Angst und Schrecken vor der ewigen Bedrohung, die auf ihr lastete.

Soltan ließ sein Stück Holz los, da ein Gefühl von Scham an ihm nagte, und eine wilde Wut packte ihn. Die Stimme des Vaters vibrierte in seiner Erinnerung wie ein Gong. Sicher lagen Fluch oder Krankheit auf ihm. Eines Tages, da gab es keinen Zweifel, würde er Tuberkulose bekommen oder die Erniedrigung der Hunde erleben. Die Stimme des hohlen Ölbaumes und die seiner Mutter besetzten die freigebliebene Parzelle seines Geistes. Dann ließ er sich gegen einen Baum fallen und weinte heiße Tränen.

4

So mußte es wohl geschehen und nicht anders, dachte Soltan tief in seinem Innern. Alles ist dort oben festgeschrieben, seit langem schon, seit dem Tag, da Gott sich entschloß, sein Licht auszuschütten über die Lehmbrocken seiner Schöpfung. Eine dramatische Wahrheit, denn wir lebten unser Dasein ohne Leidenschaft und Neugierde. Wir waren dazu verurteilt, zu warten und zu beten, über unsere Körper gebeugt wie schauerliche Kröten oder Vogelscheuchen, die ihr Geheimnis verloren hatten. Wir waren Verbannte in unserem eigenen Schicksal, umklammert von der Angst vor dem Unabwendbaren und der undefinierbaren Faszination der Freiheit. Hin- und hergerissen zwischen unserem tiefen Verlangen und der schwebenden Bedrohung unseres Lebenszwecks waren wir, und wir dachten, was alle dachten, damit wir unseren Frieden hatten.

Zwei lange Wochen vergingen, ohne dem Leben im Dorf Veränderungen zu bringen. Am Ende der zweiten Woche war Soltan mit uns auf dem Dorfplatz. Wir hörten der Geschichte von dem Großen Prinzen zu, der das Paradies für alle seine Untertanen erringen wollte. Der Geschichtenerzähler spielte mit den Händen, er war gehemmt von den schwerfälligen Worten, die auszusprechen er übernommen hatte, seit die Behörden jeden Bewohner des Landes zwangen, seinen Platz im Paradies teuer zu erkaufen. Es war zur Zeit, da das Entsetzen die Herzen der Menschen bewohnte. Ein strahlendes Bild war erblüht für die Nachgeborenen im Blick des Großen Prinzen. Das Gebet nahm monumentale Ausmaße an. Es hatte die Farbe rosigen Marmors und die Form des Gedichts. Eingezwängt zwischen Ozean und Stadt, war das TIER dem Boden entstiegen wie ein von der Hand der besten Handwerker geschnitztes Mysterium, und sein mächtiger Kopf verschlang die Sterne. Der Geschichtenerzähler hatte Schwierigkeiten, die richtigen Worte für seine Gedanken zu finden. Die Wut der Ohnmächtigen. Baumeister der Träume, hergereist aus fernen Gegenden. Die Stunde rief nach Besinnung. Die Demokratie hatte die Sprache der blinden Jahrhunderte wiederentdeckt, und das Licht, das aus den Eingeweiden der Erde und den Fluten des Meeres entsprungen war, mischte sich mit dem erschrockenen Blut der Massen. Der Geschichtenerzähler, den der Taumel packte, erzählte uns von den Totengräbern der Sterne, und seine Worte durchquerten wie eine Klage unser Gedächtnis und hinterließen alle Spuren der Verzweiflung, alle

Zeichen der Bitterkeit. Das Tier stieg auf durch den reinigenden Schaum unseres Schwindels. Das Volk applaudierte der unbefleckten Göttin, der Jungfrau der künftigen Jahrhunderte, deren Legende vom feierlichen Gesang unserer erstickten Stimmen, von Angst und von Wut modelliert wurde. Wir folgten dem Mann in seinem Wahn, geduldig und resigniert. Wir hatten nichts anderes zu tun. Das Leben im Dorf glich dem Tod. Mit dem einzigen Unterschied, daß wir, da wir lebten, vor Langeweile, Überdruß und Abscheu verreckten. Die Worte des Geschichtenerzählers ließen das Herz in unserer Brust hüpfen. Wir waren jung und tatenlos, wir brauchten neue Worte, um unseren Überdruß auszustaffieren. Diese Worte hier rührten uns dermaßen an, daß wir ein gewisses Unwohlsein bei ihnen verspürten. Ein Leiden beinahe. Und wir freuten uns darüber. Ein kleiner Junge von drei oder vier Jahren durchquerte den Kreis im Sauseschritt, gerade als der Geschichtenerzähler zu uns vom Schicksal der Steine sprach, wenn die blinde und unbarmherzige Geschichte den Trugbildern das Aussehen von Wahrheit und Wirklichkeit verleiht. Das Kind rempelte jeden an, näherte sich dann Soltan und zog ihn am Ärmel seines Hemdes, damit er ihm zuhöre. Soltan machte schweigend eine Kopfbewegung, drehte dem Geschichtenerzähler den Rücken zu und verließ den Platz zusammen mit dem Jungen. Seine Mutter erwartete ihn auf der abgetretenen Steinschwelle, mit einem breiten Lächeln auf dem Gesicht, das gezeichnet war vom Verstreichen der Zeit und der Last der Jahre, angefüllt mit kleinen Freuden, ein paar Überraschungen und großem Leiden. Soltan erriet, was seine Mutter so glücklich machte. Sein Herz verschloß sich plötzlich, und er bedauerte es, zum Hause zurückgekehrt zu sein. Wäre er bei uns geblieben, hätte er aus dem Mund des Geschichtenerzählers von dem alten fahrenden Händler aus dem großen Dorf im Süden gehört, der für sich selbst zahlen sollte, für seine Frau und seinen Esel. Der Mann bat um Aufschub. Die Summe war schwer aufzutreiben. Seine alten Knochen würden eine Nacht im Loch nicht überleben. Die Behörden des Dorfes waren unerbittlich. Die Friedenshüter wußten, wie man Menschen überzeugt. Der alte fahrende Händler verstieß seine Frau und verkaufte seinen Esel. So mußte er nur noch für sich zahlen. Er hatte sich das Paradies für wenig Geld erkauft und war gleichzeitig seine Gefährtin losgeworden, die dreißig Jahre lang seine Läuse geknackt und seine Gewänder gewaschen hatte. Er bedauerte es nicht. Lange weinte er seinem Lasttier nach, denn von nun an hatte er sich dem Heer von Arbeitslosen und Bettlern zugesellt. In Erwartung besserer Zeiten lehnte er sich an eine Mauer und verstummte für immer.

Soltan zögerte einen Augenblick, beugte sich dann über die Hand, die ihm entgegengestreckt wurde und küßte sie ohne besondere Zuneigung. Die Hitze war noch drückender als am Abend vorher. Soltans Blick zeigte seine Verlegenheit und seine Erschöpfung. Ein langer Augenblick verging schweigend. Soltan sah eine sich nähernde Katastrophe voraus. Er schloß die Augen, um diesen Moment zu fliehen, um sich dem ruhigen Lächeln seiner unbeweglichen Mutter zu entziehen. Unreine Luft umschwebte sie. Die Luft der Not und der alten Gewißheiten, die Gerüchte mit sich spülte, diese seltsame Art, Neuigkeiten in veränderter Größe weiterzugeben. Die Mutter machte einen Schritt auf ihren Sohn zu, nahm ihn beim Arm und erklärte ihm mit zärtlicher Stimme:

"Du hast unerhörtes Glück, mein Sohn! Ich habe Lalla Zineb vorausgeschickt zu deiner zukünftigen Schwiegermutter, damit sie für mich schon alles vorbereite. Du weißt, mein Stolz würde eine Zurückweisung durch sie nie ertragen. Und das ist ja auch Lalla Zinebs Aufgabe: Vermittlerin zu sein zwischen der Familie des Heiratswilligen und der zukünftigen Braut. Und das hat sie mir erzählt..."

Die Mutter sah nicht die Unruhe, die ihr Sohn verbarg, so gut es eben ging. In Wahrheit wollte er von alledem gar nichts hören. Er wollte seinen Frieden. Seltsamerweise hatten die Worte der Mutter nicht die gleiche Macht über ihn wie früher. Die Worte der Kindheit hatten etwas Besonderes, einen einzigartigen Klang. Diese Worte hatten ihn geformt, Tag für Tag. Sie hatten aus ihm einen wunderbaren, unterwürfigen Sohn gemacht. Später hatten sie ihn in einen jungen Mann verwandelt, der sich seiner Verantwortung in Gesellschaft und Familie bewußt war. Die Worte von früher hatten Gewicht, Substanz, einen Sinn, eine Zukunft. Die Worte, die sie nun sprach, hatten nur ein einziges Ziel: den Tod. Die klebrigen Worte ließen sich viel Zeit und drückten Soltan in eine lückenlose Beunruhigung, eine lupenreine Verzweiflung. Er meinte, langsam in Wahnsinn zu versinken. Die Mutter war die Baumeisterin seines Untergangs. Er schloß die Augen, und es gelang ihm, sein Inneres zu leeren. Abwesenheit umwickelte ihn, und er hörte nicht, wie seine Mutter ihm sagte, Lalla Zineb habe an die Tür von Sidi Bouali geklopft. Es sei halb zwölf gewesen. Sie wollte sicher sein, daß die Familie auch großzügig war. Sie sei gut aufgenommen worden. Das müsse man wirklich sagen! Minas Mutter habe sie in den großen Salon geführt, wo die Matten alle aus Wolle seien. Sie habe ihr Tee gereicht und Gazellenhörner. Die beiden Frauen haben eine Weile miteinander geredet. Diskret habe Lalla Zineb gefragt, ob die Tochter noch keinen Zukünftigen habe. Die Mutter habe unterstrichen, daß das Mädchen noch sehr jung sei. Sie würde später einmal ihren Cousin heiraten, der in Belgien arbeitete. Das Mädchen sei ihm am Tage der Geburt versprochen worden. Er habe sie in ihren Windeln gesehen, am Tage seiner Abreise zu den Roumi, und sie habe ihm gefallen.

Man müsse das Eisen schmieden, solange es heiß ist. Lalla Zineb wisse sehr genau, was sie mache. Sie kenne diese unklaren Situationen, die sie im Handumdrehen auflösen könne. Man müsse ihr nur vertrauen. Es hieß, wo sie eintrete, würden bald Jujuschrei erklingen. Bedrängt von deren Fragen, habe sie Lalla Aïcha vertraulich gesagt, es gäbe ein Gerücht, das alle anderen zur Seite dränge. Man sage, Lalla Batoul habe Mina ausgewählt als Frau für ihren Sohn Soltan. Das sei natürlich nur ein Gerücht, sonst gar nichts. Aus reiner Freundschaft sei sie gekommen, die Familie vorzuwarnen, damit sie nicht überrascht werde. Eigentlich kenne sie Lalla Batoul ja kaum. Sie würde sich aber für Lalla Aïcha gerne über sie informieren. Nach allem, was die Frauen im Hammam sagten, sei es eine Familie, wie es keine zweite gibt, der Sohn ein Schatzkästchen an Unterwürfigkeit, Schamhaftigkeit und Schüchternheit. Nirgends sonst gebe es einen jungen Mann wie ihn.

Als Soltan den Blick hob, durchkreuzte ein seltsamer Gedanke seinen Geist. Diese Frau war gar nicht seine wirkliche Mutter! Er verfluchte Satan im Geiste, doch es gelang ihm nicht, sich von dieser Vorstellung zu befreien. Und wenn es wirklich so war? Soltan spürte ein Kneifen im Herz, und um sich besser gegen diese groteske Überlegung schützen zu können, schenkte er seine Aufmerksamkeit den Worten seiner Mutter. Er hörte, wie sie sagte, Lalla Aïcha sei errötet und habe den Kopf gesenkt, um dann dem Gast zu sagen:

"Wenn er geboren ist, werden wir schon einen Namen für ihn finden. So sagt man doch, nicht wahr. Doch wenn sich das Gerücht bestätigen sollte, eine bessere Partie könnten wir nicht finden für unsere Tochter! Möge Gott machen, daß die Herzen sich verstehen! Erkundige dich ausgiebig, und komm mit guten Nachrichten wieder! Wenn die Sache zum Abschluß kommt, wird meine Großzügigkeit gegen dich außerordentlich sein... Ich erwarte dich nächsten Freitag!"

Lalla Zineb hatte das Mahl mit der Familie geteilt. Sie berichtete detailliert vom Innern des Hauses, vom Essen, von der zukünftigen Braut... Sie vergaß keine Einzelheit, und ihre Erzählung war voll des Lobes und des Staunens. Soltan folgte verzweifelt dem schwindelerregenden Monolog seiner Mutter. Würde er seinem Schicksal entrinnen? Ihre dumpfe Stimme zerbarst in seinem Kopf und ließ ihn schwindelig werden. Die Stimme des hohlen Ölbaumes beherrschte einen guten Teil seines Daseins, und die beiden Stimmen vermischten sich schließlich in seiner Erinnerung. Er beschloß, sich erneut in Abwesenheit zu stürzen. Die Mutter, die das Spiel ihres Sohnes durchschaute, packte ihn beim Arm und schüttelte ihn schonungslos. Er erfuhr, daß Lalla Zineb sich ihrer Aufgabe mit dem Ernst, den man von ihr erwartete, entledigt hatte. Lalla Aïcha hatte ihre Tochter gerufen, die sich der Besucherin gegenüber gesetzt hatte. Schön wie der Mond. Die Augen eines Rehs und Haare, die bis zur Taille reichten. Zwei Zahnreihen weiß wie Milch. Ein wenig mager vielleicht. Natürlich, es fehlte ihr ja das Nötigste: Ein Ehemann, der sie erfüllte. Sie würde schon dicker werden nach der Hochzeit. Sie hatte kleine Füße und schöne, feine Hände. Und ein wichtiges Detail: sie war nie zur Schule gegangen, ging nie außer Haus außer zum Bad oder zum Marabut mit der Mutter. Ein beispielhaftes Mädchen.

Lalla Zinebs Stimme erhob sich erneut, um die Tugenden der jungen Mina zu besingen und Lalla Batoul ihren Standpunkt klarzumachen:

"Der Vater verlangt von ihr in ihrem Alter, daß sie nur verhüllt auf die Straße geht. Sie trägt den Schleier. Ein Mädchen wie die Blume im Feld! Möge Gott geben, daß sie Teil seines Mektoub sei! Eine echte Perle. Sie hat den Mund nicht aufgemacht in meiner Gegenwart, und meine Augen haben nicht ein einziges Mal ihren Blick überrascht. Sie ist von scheuem Geist, und ich denke, wenn ihr euch diese Gelegenheit entgehen laßt, werdet ihr nie wieder eine Frau finden wie sie!"

Lalla Zineb hatte ihren Lohn eingesteckt und war gegangen. Lalla Batoul hatte die Rückkehr ihres Sohnes erwartet, um ihm die gute Nachricht zu übermitteln. Die Angelegenheit wurde ernst genug, um auf ein Wunder zu hoffen. Die Maschinerie hatte sich in Gang gesetzt, und, so dachte Soltan, nur eine Katastrophe würde seine Mutter dazu bringen, von ihrem Plan abzulassen.

Nach dem Abendessen vollzog Si Larbi seine Waschungen und wandte sich gen Sonnenaufgang zum letzten Gebet des Tages. Seine Ehefrau braute ihm einen Tee mit Absinth und wartete. Si Larbi stieg in das Himmelbett, das er von seiner Mutter geerbt hatte, und nahm ein erstes Glas Tee. Die Mädchen schliefen in einer Ecke des Zimmers. Soltan lag auf seinem Halfasofa in der anderen Ecke des Raumes. Er schlief nicht. Während ihr Mann seinen Tee trank, brachte ihn Lalla Batoul auf den neuesten Stand der Entwicklungen. Soltan nahm Gesten und Worte der Mutter wahr. Nur sie sprach. Der Vater beschränkte sich darauf, mit dem Kopf zu nicken. Er goß sich ein zweites Glas Tee ein, das er mit dem gleichen Lippenschlürfen trank. Er hörte zu und dachte an etwas anderes. Aouicha! Aouicha! Er verzieh sich nicht, dem väterlichen Druck allzu schnell nachgegeben zu haben. Er sollte kämpfen, Widerstand leisten. Hätte er gegen die Allgemeinheit den Sieg erringen können? Ein jeder verurteilte sein Verhalten. Diese Frau zu heiraten war Selbstmord. Aber sie war doch schön, zart, graziös. Die Herrin hatte letztlich die Geduld verloren und sie auf die Straße gesetzt. Arme Aouicha! Sie schlich durch die Straßen, beherrscht von einer wilden Obsession: Sterben! Die Dorfkinder liefen ihr nach, die Frauen verfolgten sie, sie magerte zusehens ab. Sie kümmerte sich nicht mehr um ihr Äußeres, so daß die Leute sie schon wie eine Bettlerin behandelten. Man gab ihr einen Laib Brot oder die Reste eines Couscous. Nicht, weil jeder Muslim zum Almosen verpflichtet ist, vielmehr um sie zu erniedrigen, um ihr klarzumachen, welche Sünde des Hochmutes sie begangen hatte. Sich zu verlieben in ihrem Stand. Einer Mutter, ja der ganzen Gemeinschaft den Sohn zu rauben. Aouicha aß stumm und irrte dann weiter auf der Suche nach ihrem Schicksal, mit glanzlosen Augen und innerlich kochend. Sie trug die Last ihrer Vergangenheit wie einen Berg auf dem Gewissen. Hatte sie diesen Weg gewählt? Ihre unstillbaren Tränen hatten Ringe unter ihren Augen gegraben. Ihr Blick erlosch, und man konnte in ihm das ganze

Unglück, die gesamte Enttäuschung eines Wesens lesen, dem man Seele und Hoffnung genommen hatte. Si Larbi wischte heimlich die beiden Tränen weg, die seinen Augen entwischt waren. Er schämte sich dieses Momentes der Schwäche. Seine Frau bemerkte nichts. Was hätte sie von ihm gehalten? Er holte seine Tabaksdose hervor und schnupfte eine kräftige Prise braunen Tabaks. Er nieste mehrmals, und die Mädchen wälzten sich im Schlaf. Soltan riß sich zusammen und versuchte zu schlafen. Die Worte der Mutter störten die Stille der Nacht. Draußen blies der Chergui, trieb Feuer vor sich her und verdörrte alles, was diese langen Jahre der Trockenheit bisher überlebt hatte. Soltan drehte sich zur Wand und stopfte beide Hände in die Ohren. Die Stimme der Mutter drang zu ihm durch, ruhig, beinahe unwirklich. Si Larbi hörte auf zu niesen und Geräusche mit den Lippen zu machen. Er verjagte Aouichas Bild aus seinem Geist und räumte die Tabaksdose unters Bett. Die Nacht war schon fortgeschritten und die Hitze war unerträglich. Das Regiment der ausgehungerten Hunde knurrte in der Ferne. Der Schirokko schüttelte wütend einen schlecht verschlossenen Fensterladen, und die Äste der Bäume schwankten wie Schlangen unter dem verzaubernden Klang der Flöte. Soltan zählte im Stillen die Schläge des Fensters gegen den Rahmen. Si Larbi band seinen Gürtel auf und sprach ein Gebet. Soltan drehte sich um. Der Schatten an der gegenüberliegenden Wand war riesig. Das Himmelbett ächzte. Die Mutter hatte aufgehört zu sprechen. Soltan erkannte ihre zusammengekauerte Gestalt im Bett, die des Vaters, der sich über ihren Körper beugte. Soltan fürchtete die Nacht. In seinen Ohren brummten bereits die Atemstöße seines Vaters und das Stöhnen der Mutter. Das regelmäßige Ächzen des Himmelbettes und schließlich das Aufstöhnen des Vaters, das die Dunkelheit der Nacht zerspringen ließ. Der Südwind sang weiterhin seine Höllenserenade in den verlassenen Straßen. Die Hunde hatten ihr Hauptquartier außerhalb des Dorfes aufgeschlagen. Sie hatten verstanden, daß sie nichts zu erwarten hatten von den Mülleimern der Bewohner, deren Bosheit sie fürchteten. Ausgestreckt auf dem Körper seiner Frau konnte Si Larbi nicht anders, als an Aouicha zu denken. Lange war sie durch die Straßen gezogen, hatte von der Verachtung der Menschen gelebt. Sie gehörte sich selbst nicht mehr, da sie außerhalb der Welt und ihres eigenen Körpers lebte. Diese Phase verhärtete sie und ließ Leere um sie herum entstehen; eine Initiation in die Gleichgültigkeit und das Vakuum. Sie ließ sich Zeit, neu geboren, zu einer anderen Frau zu werden, die das körperliche Exil nicht mehr länger hinnahm. Eines Morgens tauchte sie wieder auf, vollkommen verändert. Gelassener, mit klarem Blick und sicherem Schritt. Sie durchquerte das Dorf in Festkleidung und grüßte selbstsicher die Leute. Das Lächeln, das auf ihren Lippen lag, gab ihren Zügen etwas Theatralisches. Die Gerüchte bemächtigten sich dieser unvermittelten Rückkehr ins Leben, um aus Aouicha eine Reinkarnation des Teufels zu machen. Die Frauen mieden sie. Die Kinder tauschten ihre Angriffshaltung ihr gegenüber in eine defensivere Taktik und beschlossen, sie zu respektieren. Die Männer hingegen weideten sich an diesem Wandel und ließen ihren Phantasien freien Lauf. Aouicha richtete sich in einem neuen Leben ein und zwang die Leute, mit ihrer Vergangenheit zu leben.

Lalla Aïcha, gegen die Wand gezwängt und die rostzerfressene Eisenstange des Bettes quer über dem Rücken, seufzte. Ihr Schatten an der Wand ließ an eine Tarantel im Todeskampf denken. Si Larbi beschleunigte die Bewegung seiner Hüften, wobei er immer das gleiche Gebet sprach. Soltan tauchte seinen Kopf unter das Kissen. Draußen streichelte der Chergui die Mauern mit seinen Krallen aus Stahl. Das Gebet des Vaters verwandelte sich plötzlich in einen Schrei. Das Bett knirschte unabänderlich, und dieses Geräusch, zusammen mit dem Pfeifen des Schirokko, tauchte die ganze Szene in eine makabere Atmosphäre. Die Mädchen schliefen, trotz der Hitze, trotz des Lärms des Fensterladens, der gegen den Rahmen schlug, trotz des Knurrens der ausgehungerten Hunde, der Seufzer des Himmelbettes, das von den beiden von Selbstverlust gepackten Körpern geschüttelt wurde, gleichgültig gegenüber der Hoffnungslosigkeit des in seine Einsamkeit verbannten Kindes. Das wiederum suchte unter der Decke. Seine knotigen Finger klammerten sich um seinen Penis. Eine schuldbeladene Lust zeichnete sich am Horizont ab, und die Bewegung der Hand folgte dem Rhythmus der Körper hinten vor der Wand. Die Mädchen schliefen. Der Chergui leckte weiter die Gesichter der lehmgestampften Häuser. Der Morgen war noch fern. Der lustvolle Schmerz konzentrierte sich in den Geschlechtsorganen des Jungen. Das Bett schwankte tragisch. Draußen waren die Hunde verstummt. Eine Windbö schlug den Fensterladen mit Macht zu und brach ihn entzwei. Si Larbi wieherte nun über dem zerbrochenen Körper seiner Frau. Er hatte das Gebet kurzzeitig aufgegeben, um geräuschvoll durch die Nase zu blasen. Soltan beschleunigte die Bewegung seiner rechten Hand. Die milchige Nacht verbarg seine Bewegungen. Seine Muskeln verhärteten sich auf einmal. Si Larbi klammerte sich an die seitliche Bettstange und verharrte einen Moment über dem Körper seiner Frau, bevor er sich auf ihn fallen ließ, wie eine Zeder, die der Orkan gefällt hatte. Soltan drückte seine Finger ganz fest um seinen Penis und das Sperma spritzte. Die Hunde begannen wieder zu knurren in der Ferne, und der halb zerbrochene Fensterrahmen seufzte weiter in seinen quietschenden Angeln. Die Dunkelheit war dick, unrein. Der Schatten an der Wand rührte sich nicht mehr, wie auch die Hand des Kindes auf seinem Fleische. Die Nacht, beladen mit Pfeifen, verschiedenen Geräuschen, Knarren und Schattenspielen, schloß sich mit einem verzehrenden Schrei; der Schrei, der die Liebe trennt vom Tod, und der doch die eine nicht vom anderen unterscheidet.

5

Es vergingen noch zwei Wochen. Soltans Gedanken waren für nichts anderes mehr ansprechbar als für seine bevorstehende Hochzeit. Alle sprachen nur noch davon. Seine Mutter hatte mobil gemacht, seit die Idee in ihrem Kopfe erblüht war. Sie zog unermüdlich ihre Runden, machte Besuch um Besuch. Von Haus zu Haus ging sie, hier um eine weitere Auskunft, dort um einen Rat, da um eine Meinung. Abends kam sie todmüde aber befriedigt zurück. Dann unterrichtete sie ihren Mann von den Ergebnissen ihrer Nachforschungen über die zukünftige Ehefrau und jedes einzelne Mitglied der Familie. Die mehrheitliche Meinung, von ein paar Neidern abgesehen, war, daß es eine perfekte Familie war. Ihre Qualitäten waren weit bedeutender als gewisse Mängel, mit denen einige alte Vetteln die Familie bombardierten, um das Heiratsprojekt platzen zu lassen. Die homosexuellen Neigungen Sidi Boualis wurden nie erwähnt. Das irritierte die Jungen, amüsierte die Alten. Ein ruhiger Mann, der Gott kennt und die Vorschriften seines Boten befolgt. Seine von einer Mischung aus Bosheit und Grausamkeit sprühenden Augen vergaßen schon einmal die Gebetskette, die die rechte Hand unablässig befingerte. Dieses Problem war es nicht wert, angesprochen zu werden. Die Erwachsenen fanden eindeutig ihre Harmonie im Widerspruch. Wie ein trauriges Gedicht akzeptierte das Kind die Zeichen, die das Gespenst Sidi Boualis auf seinen Körper schrieb. Ohne Wut, doch voll heimlicher Abscheu für die Heuchelei der Seinen, die sich hinter einer tausendjährigen Moral verschanzte, die tausendmal am Tag gepriesen, die zehntausendmal am Tag gebrochen wurde. Die Geheimnisse der Not sind unergründlich. Wie die saudischen, kuweitischen und anderen Petrodollars, die ein sicheres Asyl finden im mädchenhaften, rasierten Schoß unserer ungetrösteten Jungfrauen. Land des Friedens und der Freiheit, wo Jugend und Schönheit verblühen zwischen dem Glanz eines Orgasmus, der Brillanz eines Rubins und einem Kelch bitteren Champagners.

Si Larbi selbst hatte Rat bei seinen Freunden gesucht. Es war die beste Wahl, alles wies darauf hin. Da hieß es vor allem nicht zögern. Die Männer, weniger unbeweglich als die Frauen, sahen zuerst das Interesse der Allgemeinheit und waren auf der Seite der Kräfte, die die Gemeinschaft zusammenhielten. Dem Vater war es recht. Als er jung war, war es ihm gelungen, seine ungesunden Sehnsüchte zu bekämpfen. Er hatte diese junge Frau aus seinem Herzen und aus seinem Körper vertrieben, die ihn ins Verderben stürzen wollte. Er war ein Mann. Ein echter Mann. Aouicha war mit einem Mal verschwunden. Eben zu der Zeit, als die Männer langsam Hoffnung schöpften, eines Tages wieder die unbestimmten Rundungen ihres Körpers zu berühren. Ein Gerücht war umgegangen. War mit jedem Tag ein wenig ausladender geworden. Eine der Frauen, die eifersüchtig war auf Aouichas Erfolg bei den Männern, habe einen Säufer angeheuert, um sie zu ermorden und sie heimlich irgendwo zu verscharren. Eine erniedrigte Ehefrau habe sich an ihr gerächt, weil sie deren Mann verführt habe. Man habe sie in einer Vollmondnacht im Brunnen untergehen sehen. Die Stimme des hohlen Ölbaumes sei in Wirklichkeit die Aouichas. Der Dämon habe sie entführt und geehelicht, damit habe sie die Macht des Teufels erhalten. Wie auch immer! Aouicha war nicht mehr da, und das war eine Gnade des Himmels. Die Männer würden nun nicht mehr leiden unter den Qualen des Körpers und des Gewissens. Es gab wohl andere ihrer Art. Doch waren die weniger gefährlich. Die anderen verrichteten ihre Arbeit als Prostituierte. Sie interessierte nur das Geld. Sie waren immer nur sie selbst, unter allen Umständen, und man verlangte von ihnen keine wie auch immer geartete Teilnahme. Aouicha hatte mehrere Rollen. Hinterhältig. Ihre Arbeit als Hure. Daneben aber lebte und weckte sie Liebe. Die Liebe ist eine Schwäche, die es zu meiden, zu bekämpfen gilt. Lieben kann man seine Erde, sein Land, seine

Eltern, Gott, die Propheten, Spaziergänge, den Alkohol, Pferde, seine Pantoffeln... Doch eine Frau! Ein notwendiges Übel. Mißtrauisch muß man sein, auf der Hut, muß wissen, daß alle Übel des Himmels und der Erde von ihr kommen. Sie zu lieben heißt, einen Pakt mit dem Teufel zu schließen. Aouicha war verschwunden in die Stille und die Anonymität. Sie war vor denen geflohen, die sie daran hinderten, ihren Körper zu fühlen und ihr Verlangen auszuleben. Geflohen vor Feigheit und Dummheit. Die Gemeinschaft hatte sie nicht ihr Schicksal leben lassen und war daher unfähig, sie zu schützen vor der gebieterischen Tyrannei des männlichen Gesetzes. Aouicha zog Leere und Vergessen der Borniertheit gewisser kollektiver Ideen und Verhaltensweisen vor. Solange sie ihre Kraft und ihren klaren Blick noch nicht wiedergefunden hatte, weigerte sie sich, mit den gemeinen Menschen die banale Existenz zu führen, die sie verachtete. Sie war nicht geflohen. Sie hatte sich zurückgezogen, um ein wenig Abstand zu gewinnen gegenüber ihrem Dasein, ihrem Los. Auf die Suche hatte sie sich gemacht nach ihrem Schatten, nach ihrem eigenen Duft, ihrer eigenen Stimme. Die Männer im Dorf waren gleichzeitig gequält und erleichtert. Anfangs mochten sie Aouicha ja recht gern. Sie gehörte zur Kulisse des Dorfes. Doch sie hatte das schändliche Gift der Liebe in den Brustkasten eines der Ihren gespritzt, und der Wahnsinn war ihm zu Kopfe gestiegen. Was erhoffte sie sich? War sie sich ihres wahren Platzes in dieser Gesellschaft bewußt? Heirat ist das Los der Töchter aus gutem Hause. Sie würde dieses Glück nicht erleben; sie war Opfer ihres eigenen Lebens, eingezwängt gegen ihren Willen zwischen einer perversen Familie und einer pathologischen Zukunft. Sie hatte nicht gewählt. Weder ihr Waisendasein noch das älteste Gewerbe der Welt. Es war ihr Mektoub. Sie nahm es an. Jetzt, da die Welt sich vor ihr verschloß und Hoffnung nicht mehr möglich war, durfte sie doch etwas anderes vom Leben verlangen. Revolte? Der Anfang war dieses mysteriöse Verschwinden. Wie konnte sie es wagen, den Lauf der Zeit zu durchbrechen? Ihre Schönheit, ihre Jugend und die glücklichen Umstände riefen geradezu nach einer glorreichen Karriere als Freudenmädchen. Warum sich seinem Schicksal entziehen? War Aouicha etwa dabei, der Bestimmung einen üblen Streich zu spielen?

Soltan wurde schweigsam, und das Lächeln verließ seine Lippen. Die Entschlossenheit seiner Mutter war wie eine Katastrophe über ihn hereingebrochen. Was ihn verfolgte war nicht so sehr die Tatsache, daß er nun würde schuften müssen, um einen Esser mehr zu ernähren, als vielmehr die Notwendigkeit, sein schmales Bett mit jemand anderem zu teilen. Was sollte er sagen zu dieser bisher unnahbaren und unbekannten Ehefrau, die die Hälfte seines Nachtlagers besetzen würde? Außer mit seiner Mutter, seinen Schwestern und der alten Tante hatte er noch nie ein Wort mit einem weiblichen Wesen gewechselt. Er hatte keinerlei Erfahrung, und er fragte sich, wie er sich denn gegenüber dieser zukünftigen Ehefrau verhalten sollte. Und wenn sie dann allein wären, nur sie beide, welches Spiel erwartete man dann von ihnen? Der kleine Verschlag, den seine Mutter zum Brautgemach herrichten wollte, erschien ihm wie ein Sarg, das Grab von Unschuld und Jugend. Die Wände mit den klaffenden Löchern gaben dem Ort etwas Düsteres. In seinem ganzen Leben hatte sich Soltan nie einer Fremden genähert. Während wir miteinander scherzten, hatte uns jemand seine ersten sexuellen Erfahrungen mit einer Prostituierten geschildert. Er hatte behauptet, ja geschworen, daß die Scheide der Frau mit Zähnen besetzt sei. Er hatte uns das Ding in allen Einzelheiten beschrieben, Blut und Gewalt hatten seine Erzählung geformt. Wie wir alle hatte Soltan zugehört, ohne ein Wort zu sagen, mit Unbehagen angesichts dieser verstörenden Geschichte. Bilder von verstümmeltem Fleisch glitten durch unsere Vorstellung. Er beobachtete uns, und die Augen traten aus ihren Höhlen, zweifellos stellte er sich die Geschlechtsorgane alter Frauen mit schlecht angepaßten Zahnprothesen vor oder mit Maulkörben aus Queckenwurzeln.

Die Art, wie er die Augen schloß und sich auf die Unterlippe biß, zeigte uns, daß er in Gedanken ganz woanders war. Tatsächlich hatte er uns im Geiste verlassen, um ganz für das Bild der Mutter da zu sein, das alle anderen Bilder verdrängt hatte. Er gestand uns, daß er vor seinem inneren Auge die bedrohlich gespreizten Beine seiner Mutter gesehen hatte. Wie wir alle hatte auch er ausgiebig Gelegenheit gehabt, sie kennenzulernen und sich ins Gedächtnis einzuprägen während der schmerzlichen Sitzungen im Hammam. Verheißungsvoller Abgrund. Gedehntes Fleisch. Die Geschlechtsteile der Frau: ein aggressives Loch, stinkend nach dem Gift fleischlicher Lust, ein unergründlicher Schlund zum Verderben der Männer. Wir sahen sie vor unseren Augen, hingehockt, damit beschäftigt, sich zu rasieren, sich die Schamhaare auszureißen, noch das allerletzte überflüssige Härchen auszumerzen. Die Scham so glatt wie die Eichel des Gliedes zum besonderen Vergnügen der Männer mit unklaren sexuellen Vorlieben. Da er die Verstörung ahnte, die er in uns hervorgerufen hatte, beschwichtigte uns unser Zotenschmied mit folgenden Worten:

"Du meine Güte, ihr habt sie doch nicht mehr alle! Unsere Mütter sind doch ganz normale Frauen; sie sind verheiratet und haben Mann und Kinder. Ich rede von den anderen: den Huren, die verdammt sind von den Engeln des Himmels. Die Zähne in der Scheide sind eine Strafe Gottes. Diese Frauen kennen kein anderes Zusammensein als unter Schmerzen, und die, die sich mit ihnen abgeben, müssen ebenso Schmerz erleiden, denn Unzucht ist eine Sünde. Versteht ihr?"

Wir hatten überhaupt nichts verstanden, doch wir hatten den Kopf von unten nach oben bewegt in verblüffender Schweigsamkeit. Soltan bewegte sich keinen Millimeter. Seine Verwirrung war auf dem Höhepunkt angelangt. Es trat ein Moment der Stille ein, während unser Freund starr wurde vor lauter Emotion. Er hob eine fiebrige Hand an seine schweißgebadete Stirn und murmelte in einem Atemzug:

"Aber das ist ja monströs!"
Soltan wandte uns einen entgeisterten Blick zu und fuhr fort, als spreche er zu sich selbst, mit einer Stimme, die in seiner Kehle erstickte:
"Das ist grausig! Guter Gott, ihr jagt uns vielleicht Angst ein!"
Unser Zotenreißer schüttelte stumm mit dem Kopf. Keiner hatte sich bei seiner makaberen Geschichte amüsiert. Soltan zeigte der Gruppe sein Entsetzen. Zwar war er nun beruhigt, was seine Mutter anging, doch die Zweifel hatten seine Gedanken noch nicht völlig verlassen. Dieses Mädchen, das seine Mutter ihm zur Ehefrau wählen wollte, wie sah das wohl aus? Hatte es auch Zähne in der Scheide, wo es doch nicht seine Mutter war? Und selbst, wenn man davon ausging, daß sie normal war, wie konnte man den wissen, daß sie keine andere Gefahr in sich barg? Soltan hatte noch nie den Körper einer Frau berührt. Die Sitzungen im Hammam während seiner Kindheit hatten letztlich nur Komplexe in ihm hervorgerufen. Er fragte diejenigen, die sich am besten auskannten um Rat für den ersten körperlichen Kontakt mit seiner Zukünftigen. Einer von uns erklärte ihm:
"Laß dir vor allem Zeit! Wenn der Moment kommt, wird Gott bei dir sein! Wenn sie nur ordentlich die Beine spreizt, dann geht der Rest ganz von allein. Entspann dich, das ist alles, was ich dir sagen kann. Für die Hochzeit suchst du dir am besten einen guten Wesir aus; er wird dich beraten, wird dir genau sagen, was du zu tun hast. Du solltest Honig essen, geröstete Mandeln, Rosinen und Ingwer; das stärkt, und das gibt dir die nötige Härte, mit der du es auch der widerspenstigsten Jungfrau besorgen kannst!"
Soltan verstand nicht, warum es nötig sei, sich mit Nahrungsmitteln vollzustopfen, als ziehe man aufs Schlachtfeld. Er dachte, es gäbe keine Verbindung zwischen dem Bauch und dem Geschlecht. Sex wahr für ihn eine Männerangelegenheit. Eine allzu komplexe Angelegenheit im übrigen. Was diese Vorstellung anging, so waren wir recht skeptisch. Entweder, man ist ein Mann,

oder man ist keiner. Wenn uns da einer erzählen wollte, bestimmte Nahrungsmittel könnten die sexuelle Lust anfachen und die Kopulation erleichtern... Aphrodisiaka? Was die anging, so waren wir nicht überzeugt. Weniger überzeugt als von den Zähnen in der Scheide. Soltan schloß wiederum die Augen und biß sich auf die Lippen, so daß sein Gesicht einen tragischen Ausdruck bekam. Wir verstanden, daß er in seine meditative Abwesenheit abgetaucht war. Einige Minuten vergingen, auf denen die gesamte Bitterkeit der Gegenwart und der Zukunft lastete. Soltan fühlte ein Brummen in seinem Kopf von all diesen Fragen, die ihn bedrängten und auf die er keine Antwort hatte. Er öffnete die Augen wieder und verlangte Erklärungen zum Blut der Frauen. Dieses befleckte Tuch, das man der Menge vorzeigen mußte am Morgen nach der Hochzeitsnacht. Wo kommt es her, dieses Blut, und was bedeutet es? Die erste Frage war wichtiger als die zweite.

"Man könnte meinen, du kommst von einem anderen Stern", warf ihm ein etwas älterer Freund vor. "Das Blut kommt aus der Scheide der Frau, mein Lieber! Wenn der Mann die Beine der Frau zum ersten Mal spreizt und seine Harpune in sie hineinstößt, na dann reißt er sie auf, und sie fängt an zu bluten. Kapiert? Die Frau ist eben eng, und unser Glied ist dick; das führt dann eben zu einem Riß in der Scheide, das geht gar nicht anders. Und daher kommt das Blut dann."

Die Atmosphäre war drückend. Wir erstickten fast vor Hitze und Ängstlichkeit. Soltan hörte zu, bewegte von Zeit zu Zeit den Kopf. Die, die sich besser auskannten, machten sich ein böses Vergnügen daraus, uns auf die Folter zu spannen. Ein Junge ergriff das Wort, um uns eine ganz andere Version der Dinge zu erzählen. Er hatte seine Informationen von einem verheirateten Vetter, der selber schon Kinder hatte.

"Das Blut ist das Blut der Ehre", hatte der ihm erzählt. "Nur ehrenwerte Mädchen bluten. Die, die keine Ehre mehr haben, sind wie ein versiegter Wasserlauf. So ist das. Du hast ja mit deinen eigenen Augen das saubere Blut gesehen nach meiner Hochzeitsnacht! Das ist es, Vetter, das Blut der Ehre!"

Wir zögerten, den Berichten aus zweiter Hand Glauben zu schenken. Wir verlangten selbst Erlebtes, denn Ansichten und Erklärungen waren oft widersprüchlich und stillten daher in keiner Weise unsere Neugierde. Diejenigen, die das Glück hatten, Erfahrungen mit Prostituierten zu haben, hielten das entweder geheim, oder sie erzählten uns Dinge, die sie als wahre Liebeskünstler dastehen ließen und breiteten vor uns die schlagenden Ergebnisse ihrer Liebeserfahrungen aus. Wir wußten außerdem, daß Prostituierte sich gegen die Gewalt der Männer zur Wehr setzten, indem sie ihnen Kerzen oder hölzerne Phalli in den Hintern schoben. Die Opfer beknieten die Frauen oder zahlten, damit diese nicht darüber redeten. Die Opfer tauchten entweder nie wieder auf, oder sie kamen wieder, weniger stolz, vorsichtiger diesmal. Das war ein Grund, warum wir diese Frauen mieden. Wir waren auch so schon reichlich verstört. Die Unkenntnis aller sexuellen Dinge erfüllte uns mit einem Gefühl des Verlustes und der Bedeutungslosigkeit. Um Männer zu werden, richtige Männer, mußten wir durch die Sümpfe des Blutes waten und durch die Gefilde der Gewalt, ganz allein, mit nichts als den eigenen Erfahrungen als Lehrmeister. Die Informationen, die wir auf der Straße aufschnappten bei zufälligen Begegnungen, verstärkten noch unsere Zweifel und ließen uns selbst unleugbare Tatsachen nur zögernd glauben. Das war unser Schicksal. Und wir mußten ihm blind folgen, denn Tabus und Verbote klammerten sich an unser Dasein, das unbemerkt und verschwiegen vonstatten gehen mußte.

Wie wir alle dachte auch Soltan immer wieder an diese Dinge. Blut, Schreie, Freude oder Entrüstung, der Klang von Tamburinen und kupfernen Kastagnetten, das Pfeifen der Jujuschreie... Dieses ganze Programm lief in seinem Kopf ab. Doch niemand hatte ihm den Sinn dieses ganzen Zirkus erklärt. Sein Vater sprach oft zu ihm von der Liebe zur Erde, die irgendwie so ähnlich war wie die Liebe zur Frau. Doch die Worte blieben immer wirr für den Jungen. Soltan war nichts als ein Kind im Körper eines Erwachsenen. Er hatte den Worten des Vaters entnommen, daß die Liebe zur Erde sich darin ausdrückte, daß man die Erde bearbeitete. Die Liebe zur Frau stand auf einem ganz anderen Blatt. Und das war so vieldeutig, daß Soltan nicht wußte, von welcher Seite er es angehen sollte. Er war fünfzehn Jahre alt, ein Alter, da anderswo die Kinder begannen, ihren Körper als Mann oder Frau kennenzulernen und sich vertraut zu machen mit den verschiedenen anatomischen Veränderungen. In den Augen seiner Eltern war Soltan kein Kind mehr; er hatte das Alter der Vernunft und der Reife erreicht. Die Heirat war notwendig, um ihn endgültig in die Gemeinschaft der Männer aufzunehmen; ein Ritual, das den Übergang von der Kindheit zum Erwachsenendasein bezeichnete. Soltan heiratete. Und das wenige, was er über Sexualität wußte, verdankte er der Straße. Unbehaglich in seinem Kopf wie in seinem Körper stellte das Kind sich seinem Schicksal; ausgeschlossen durch das leicht traurige Lächeln seiner Schwester, durch den natürlichen Überschwang der Mutter, durch die Zufriedenheit des Vaters; ausgeschlossen von sich selbst.

Soltan arbeitete hart. Er liebte die Erde seiner Vorfahren, ehrte seine Eltern, sprach täglich seine fünf Gebete, fastete wie alle anderen auch, achtete Traditionen und Autorität... Darüber hinaus wußte er nicht viel. Er wußte nichts. Noch war er nichts als ein Kind, gefangen im Wahn einer Gesellschaft, die selber eine Geisel war ihrer eignen Legende, ein Opfer ihrer jahrhundertealten Widersprüche.

6

Wenige Wochen nach dem kleinen Erkundungsgang Lalla Zinebs warf sich Soltans Mutter einen Haïk über, kaufte beim Händler um die Ecke zwei Zuckerhüte und ging Lalla Aïcha besuchen. Sie wählte eine Zeit, da sie sicher war, dem Herrn des Hauses nicht zu begegnen. Welch eine Schande, wäre es dazu gekommen! Sie hätte kein Gesicht mehr gehabt, ihm in die Augen zu schauen.

Der Hochsommer erzeugte metallische Wellen. Der gleißende Lärm der Raubvögel, die mit ihren stählernen Flügeln den Himmel zerrissen, trat den Schwingungen der Sonne entgegen, die das Universum verbrannte. In der Ferne warfen die geschwungenen Hügel das Echo ihrer Luftspiegelungen auf das Dorf. Wir vergruben uns in den Falten der Erde, waren erfaßt vom Gefühl zu ersticken. Die Männer beteten stumm. Auch die Tiere beteten wohl, auf ihre Art. Soltan schlief unbehaglich, hin- und hergerissen zwischen dem Verlangen, sich selbst zu befriedigen, und der Angst vor der eigenen Scham. Er zog es vor, zwischen beidem vor sich hinzudösen und sachte sein Glied zu streicheln, durch die wollene Djellaba hindurch. Er stellte sich seine zukünftige Ehefrau vor, ausgestreckt auf dem Bett, nackt, die Hand flach auf dem Haarbüschel zwischen ihren Schenkeln. Seine Hand krampfte sich um sein Glied und erwürgte den Orgasmus im Entstehen. Schmerzhafte Erektion angesichts des unbestimmten Bildes der klaffenden Schenkel. Die Ejakulation war greifbar. Er verlängerte seine Lust, um seine Phantasien besser genießen zu können. Der Körper der Frau lag bewegungslos auf dem Bett, die Brust üppig, die Hüften ebenmäßig. Beschleunigte Bewegung der Hand um den Penis. Soltan stand kurz vor der Erlösung, wiegte sich in der Weite seines Wahns und den aufbrechenden Bildern des weiblichen Körpers, der unordentlich über dem Bett lag, das Laken blutbefleckt. Der Hochsommer überbot sich noch einmal, und die Atmosphäre wurde klebrig, trotz des trockenen Klimas dieses Landstrichs. Soltan gab nun sein Verlangen auf, das dabei war, sich Befriedigung zu verschaffen, und kehrte zu seinen schmerzlichen Gedanken zurück. Wie sollte er auf dieses Wesen zugehen, das ihm die Mutter zur Ehe ausgesucht hatte? Noch nie hatte er sich mit einer Frau eingelassen.

Er befriedigte sich selbst, häufig. Sein Schaf lieferte ihm eine gewisse Befriedigung und reichlich Schuldgefühle. Die Leute sagten, Gott würde den Sünder dieser Art im Jenseits mit dem Tier verschweißen, mit dem er es auf Erden getrieben hatte. Die unmittelbare Bestrafung schwebte über unseren Köpfen. Wenn der eine oder andere von seinen kleinen sexuellen Erlebnissen sprach, tat Soltan alles, um das Thema zu wechseln oder von Frauen zu reden. Immer war jemand da, der die Tiere zur Sprache brachte, um damit Soltan zu provozieren. Der stotterte dann vor Scham, wurde rot wie ein kleines Mädchen, das sich ertappt fühlt, verknotete seine Finger, bevor er sich unter Beschimpfungen zwischen den Lippen und Flüchen gegen alle anderen aus dem Staub machte. Das Lachen, das sich dann erhob, zeugte mehr von den Verwüstungen unserer Kindheit, denn von der Befriedigung, Soltan wütend gemacht zu haben. Es war uns klar, daß wir Opfer eines Verrates waren, und wir bemühten uns, unser eigenes Unglück der Lächerlichkeit preiszugeben. Wir lebten eingepfercht in der Angst, dem Haß und der aberwitzigen Schwarz-Weiß-Malerei unserer Vorfahren. Soltan ließ die Nerven mit sich durchgehen und rannte heftig gestikulierend davon. Wir blieben, aufgestellt wie armselige Vogelscheuchen, wußten nicht, was wir sagen sollten, mit dem unangenehmen Gefühl, des Wertes der verborgenen Dinge beraubt zu sein. Wir lasen im traditionsbestimmten Spiel der Erwachsenen. Manchmal machten wir uns ihren heuchlerischen Puritanismus und ihren verkalkten Aberglauben zueigen. Doch wir waren unfähig, durch den Widerspruch hindurchzustoßen und zu unserem eigenen Wahn zu stehen. Wir waren die willigen Geiseln der Erwachsenen, der Autorität und der Traditionen, die Repressionsmechanismen und Anfälle reformistischer Propaganda heraufbeschworen. In uns verfaulte die Hoffnung. Und die Jugend, der enthusiastische Schwung, zum Herzen der Nacht vorzudringen und das Wesen der verbotenen Dinge zu entdecken. Wir vertrauten auf die Zukunft, auf die Möglichkeit, von anderen befreit zu werden, wenn nicht gar vom Himmel selbst. Auf ein ordentliches Erdbeben oder eine Invasion von Riesenameisen. Wir warteten ab, geduldig und fügsam im Schweigen. Soltan dachte nur an Frauen. Wie wir alle. Besessen waren wir vom sanften Fleisch und dem samtenen Haar zwischen den Schenkeln, Vergewaltigung lag in unserem blitzenden Blick, und wir gingen den jungen Mädchen auf die Nerven mit unserem Augenzwinkern, unseren Pfiffen, unserem Geflüster, den Seufzern und den wie zufälligen Berührungen... Wir lagen auf der Lauer wie der Falke, der auf Beute aus ist. Unsere Zuflucht war der Stolz. Wir durften unsere Angst nicht zeigen. Das Blut, dem Schrecken entrissen, mußte in uns leben. Das Knirschen des Stahls im Fleische des Schafes von Aïd el-Kebir mußte uns begeistern. Alle wurden gerufen, und alle sollten dem Opfer beiwohnen. Das heiße Blut des Tieres wurde in einer Schüssel aufgefangen und an sicherem Ort verwahrt. Die scharfe Klinge des Barbiers durchschnitt uns die Vorhaut mit einem Streich. Heftiger Schmerz im Unterleib. Verschluckte Tränen. Sprudelndes Blut, sprudelnde Gewalt. Die blutige Entjungferung der Braut sollte sich im Blick eines jeden verankern als Versprechen oder Erlösung. Stickige, enge Hochzeitsnacht. Jungfrauenblut ausgestellt wie eine Opfergabe. Ein jeder sieht. Ein jeder jubelt. Soltan dachte an den unausweichlichen Tag seiner Hochzeit. Blut nahm breiten Raum ein in unseren Gesprächen, in den Gesten der Nacht. Tief in uns verknotet die Angst wie ein dichter Nebel. Um uns Mut zu machen sagten wir uns immer wieder den endgültigen Satz: "Wir sind doch Männer, verdammt noch mal!"

Soltans Mutter wurde würdig empfangen. Lalla Aïcha küßte sie mit Leidenschaft auf Wangen und Stirn und sagte alle Begrüßungsformeln auf, die sie kannte:

"*M'hraba b'lalla!* Sei willkommen! Dein Kommen ehrt uns und erleuchtet diesen Ort! *M'hraba!* Heute ist ein großer Tag; der schönste Tag meines Lebens! Heute morgen zuckte mein rechtes

Auge. Ich habe zu meiner Tochter gesagt, jemand ganz Besonderes wird uns einen Besuch abstatten. Mein rechtes Auge täuscht sich nie. Ich schwöre dir, Lalla Batoul, in letzter Zeit war ich in Gedanken immer bei dir. Gott ist Zeuge für das, was ich hier sage. Ich weiß ja nicht, aber ich habe den Eindruck, daß auch du an mich gedacht hast. Ich hab es meiner Tochter gesagt - Allah möge die Deinen beschützen! Erst gestern haben wir von dir gesprochen. Ich habe zu ihr gesagt: Dieser Tage muß ich unbedingt einer alten Freundin, einer Schwester gar, einen Besuch abstatten. Das warst natürlich du! Ich schwöre es dir bei unserer Freundschaft, bei allem Warmen und Salzigen, das wir früher geteilt haben, beim Grabe aller Heiligen!"

Lalla Aïcha gab sich den Formeln der Höflichkeit hin in ihrer Begeisterung über diesen Besuch. Ihre Tochter lauschte hinter der Tür: sie hatte das Herannahen einer Katastrophe vorausgeahnt. Diese Frau war niemals zuvor zu ihnen gekommen. Dieser überraschende Besuch trug nichts zu ihrer Beruhigung bei. Sie fühlte ein heftiges Unbehagen, auch wenn sie nicht wußte, was der Zweck dieses Besuches war. Eine wirre Furcht hatte sich ihrer bemächtigt, und sie war unfähig, den wahren Grund ihrer Angst zu benennen. Was, wenn diese Frau die Mutter des Heiratskandidaten wäre, von dem Lalla Zineb gesprochen hatte? Sie preßte ihr Ohr gegen die Tür, um besser verstehen zu können, was im Nebenraum gesagt wurde und hielt den Atem an. Die frische Farbe hinterließ Flecken auf ihrer rechten Wange.

Lalla Batoul senkte den Blick und ließ die Finger über ihr Kleid gleiten, ein Streicheln beinahe, so als wolle sie Lalla Aïchas Aufmerksamkeit auf die Qualität des Stoffes ihres Festkleides lenken. Sie brachte auch die Armreifen und die goldenen Ohrringe in Ordnung, die sie sich von der Nachbarin geliehen hatte, und drehte mehrmals an dem Ring an ihrem Finger. Diese Gesten entgingen nicht der Aufmerksamkeit Lalla Aïchas, die sich beeilte, ihrem Gast Komplimente zu machen über die Qualität des Stoffes und die Kostbarkeit des Schmucks. Lalla Batoul

dankte ihr mit einem befriedigten Lächeln und sagte:
"Habibti, meine Liebe, dein Zartgefühl beschämt mich zutiefst! Du bist die Güte und die Aufrichtigkeit selbst. Ich habe ständig an dich gedacht, doch die Kinder, der Haushalt, der Herr des Hauses... du weißt ja, wie das ist. Trotzdem habe ich dich nie vergessen. Heute habe ich mir gesagt: Du mußt unbedingt bei Lalla Aïcha vorbeischauen, sonst stirbst du, so sehr fehlt sie dir. Allah bezeuge jedes meiner Worte!"

Während sie sprach, untersuchte Lalla Batoul mit forschendem Blick die Örtlichkeiten und achtete auf alle Einzelheiten. Insbesondere schaute sie nach allem, was man der Familie vorwerfen konnte, sollte es einmal zum Streit kommen. Diese Spinnwebe in der Mauerecke, dieser Wasserfleck an der Decke, eine gesprungene Kachel, ein schlecht gewaschener Vorhang, dieses Bänkchen, dem ein Bein fehlte... Nach diesen negativen Posten sammelte sie die positiven Seiten, um ihr Plädoyer gegenüber ihrem Ehemann abzustützen, zur Verteidigung der Braut, die sie für seinen Sohn ausgewählt hatte: der königliche Empfang, die reiche Ausstattung des Zimmers, die Säcke voll mit Vorräten, der große Teppich aus feinster Wolle, das Diplom eines der Kinder, das an der Wand des Wohnzimmers hing, die Gebetskette und der Gebetsteppich in der Ecke...

Lalla Batoul war zufrieden. Ihr Sohn hatte es gut getroffen. Sie sagte erst einmal nichts von den Dingen, die ihr mißfallen hatten. Sie richtete ihr Kleid und sagte so zurückhaltend und neutral wie möglich:

"Nicht weniges haben wir zusammen erlebt, als wir noch jung waren, nicht wahr? Ich habe gehört, du hast fünf Kinder. Möge Allah sie bewahren und dich schützen, bis daß du sie so vor dir siehst, wie du sie dir wünschst! Möge Er euch mit Seinen Wohltaten überhäufen, und möge Er dem Herrn des Hauses langes Leben schenken, daß euch an nichts fehle! Ich fühle einen großen Frieden, nun, da ich dich wiedergesehen habe. Meine Freude kennt keine Grenzen. Gott sei Zeuge meiner Worte!"

Diese Zeremonie der Höflichkeitsfloskeln und Nettigkeiten dauerte einen gute halbe Stunde. Lalla Batoul drückte einige nostalgische Tränen in Erinnerung an die guten alten Zeiten. Das machte Eindruck. Die beiden Frauen erinnerten sich an das Zusammensein der Mädchen an der Wasserstelle, die vor dem Dorf lag, an die Spiele ihrer Kindheit, die Besuche beim Marabut, die schillernden Feste, die Hochzeit des Wie-hieß-er-doch-gleich mit jener Frau, die zahlreichen Wiederverheiratungen jenes anderen, die Zeit, da sie von der Meisterin das Teppichknüpfen erlernten...

Nachdem dieses dichtgepackte Programm absolviert war, holte Lalla Batoul ein Körbchen hervor, reichte es ihrer Jugendfreundin und sagte:

"Nimm, Lalla Aïcha, nimm dieses bescheidene Geschenk an! Es ist nur eine Kleinigkeit, ich weiß. Ihr verdient die edelsten Geschenke der Welt. Ich konnte doch nicht mit leeren Händen kommen! Möge Allah uns leiten auf dem Wege der Weisheit!"

Lalla Aïcha errötete vor Scham und Freude, nahm das Körbchen aus den Händen Lalla Batouls und antwortete:

"In dir, Frau, ist alle Güte und alle Höflichkeit, Lalla Batoul!" Sie küßte sie auf beide Wangen. "Aber das war doch wirklich nicht nötig, zwischen uns! Du hättest dir nicht solche Umstände machen sollen! Möge Allah euren Besitz vervielfachen und eure Reichtümer wachsen lassen! Ich hoffe, mich das nächste Mal dessen würdig zu erweisen! Doch bleiben wir nicht an der Tür stehen. Tritt ein! Drinnen ist es doch viel bequemer!"

Als sie durch den frisch gekalkten Innenhof schritten, sah Lalla Batoul ein kleines Gemach im Hintergrund, das offen stand, und beeilte sich, dort einzutreten. Ihre Gastgeberin ergriff sie darauf beim Arm und zog sie freundschaftlich in das große Zimmer, das den Ehrengästen vorbehalten war. Jede Geste wurde von Höflichkeits- und Wilkommensgesten begleitet. Jedes ihrer Worte wurde von jeder der Frauen aufmerksam verzeichnet und sorgfältig eingeschätzt zu einer möglichen Beurteilung der Familien. Beide Frauen würden ihren Männern alles erzählen. Sie waren die Drahtzieher des Vorhabens, und sie würden aus jeder Geste und aus jedem Wort schlagende Argumente entwickeln für die Annäherung der beiden Familien. Bis auf weiteres würden sie die Augen schließen vor den Mängeln und nicht von den Unzulänglichkeiten sprechen. Sie würden eine perfekte Inszenierung erarbeiten, um ihre Männer entsprechend einzustimmen, und sie würden den nötigen Ton der Wahrhaftigkeit anschlagen, um sie von ihren Ansichten zu überzeugen, wobei sie sie grundsätzlich in der Illusion wiegten, daß die Männer allein sämtliche Entscheidungen im Hause trafen.

Mit trüber Miene und düsterem Blick dachte Soltan nach über diese Wut, die ihn von innen verbrannte und der es nicht gelang, aus seinen verkrampften Eingeweiden aufzutauchen. Mehrmals war er versucht gewesen, seine Mutter zu bitten, die Entscheidung auf einen späteren Zeitpunkt zu vertagen. Er war noch nicht bereit. Weder im Kopfe noch materiell. Jedesmal hatte ihm der Mut gefehlt, angesichts ihres sprühenden, ein wenig hinterhältigen Blicks. Man hätte meinen mögen, sie habe alles im Leben erreicht, und es fehle ihr nur noch diese Zeremonie zur absoluten Erfüllung. Der letzte Wille einer vom Schicksal vergessenen Mutter, die sich noch nie im Spiegel betrachtet hatte. Die Zeit war in ihren jungen Körper eingezogen und hatte ihn verbissen ausgehöhlt, ihn tiefgehend umgepflügt, um ihn zu zerstören, mit einem Schlag, sobald der Moment gekommen sein würde. Wie seltsam dieses Leben einer Frau, deren Los die andauernde Fortpflanzung war und die Selbstaufgabe. Ganz jung war sie an den Ehemann verkauft worden, hatte sich seinen Ansprüchen, seinen Launen im Haushalt wie im Ehebett unterwerfen müssen. Sehr bald hatte sie Ringe unter den Augen gehabt, und ihr Leib hatte sich bald abgenutzt durch zu häufige Erfüllung der ehelichen Pflichten, durch zu zahlreiche Schwangerschaften. Ihre Beine wurden schwer, ihre Brüste wurden schlaff, verbraucht wie zwei alte Wasserschläuche vom ständigen Stillen. Sie sah nicht, wie ihr Leben vorüberzog, so beschäftigt war sie mit ihrer dunklen Küche, ihrer Kinderschar und den schwankenden Stimmungen eines eifersüchtigen und launenhaften Ehemanns. Es war ihr Schicksal. Trotz seiner Auflehnung und seiner unterdrückten Wut dachte Soltan, daß er kein Recht hatte, diese Frau zu enttäuschen, die eines Tages ihr eigenes Sein verloren hatte zwischen den Gegenständen ihres Herrn und Meisters, dem allwissenden und allgegenwärtigen Gott der Familie. Dürfte er es denn überhaupt? Seine Mutter brauchte dieses Ränkespiel, um zu spüren, daß sie lebte, für die gesunde Illusion, der Verknöcherung und dem Ersticken zu entrinnen; eine Rache für harte Jahre des Schweigens und der Ausbeutung, eine verdiente Freude nach einem ganzen Leben des Eingesperrtseins in den Verrichtungen einer Ehefrau und Mutter. Lalla Batoul trat erneut ein in die Welt und ins Leben. Die Allgemeinheit gestand ihr das Recht zu, sich frei zu bewegen und einige Entscheidungen selbst zu treffen. Äußerlich war sie verrostet. Und deswegen nicht störend für die sexuelle Umwelt der Männer.

Soltan hatte kein Recht, seine Mutter zu enttäuschen oder seinem Vater zu widersprechen. Er hatte insbesondere kein Recht zu entscheiden. Er mußte gehorchen. Nur das wurde von ihm erwartet. Gehorsam und Unterwerfung. Sonst nichts. Der Segen der Eltern rechtfertigt alle Opfer. Soltan war ein Junge, der an seine Ursprünge gebunden war.

Lalla Aïcha bestand darauf, daß ihr Gast es sich bequem machte, nahm ihr den Haïk aus den Händen und legte ihn vorsichtig über einen Sessel. Während sie Platz nahm, setzte Lalla Batoul ihre Erkundung fort. Mit beiden Händen stützte sie sich auf die Matte, um sicher zu sein, daß sie auch aus Wolle sei. Ein diskreter Blick informierte sie über die finanzielle Situation der Familie. Nicht schlecht! Das Holz der Fensterbänke war von guter Qualität. Der Stoff des Sofabezuges auch. Die Kacheln des Fußboden blitzten. Welch ein Luxus, wo doch die meisten Häuser nur einen Boden aus gestampfter Erde hatten. Das Teetablett aus Kupfer...

Lalla Aïcha entschuldigte sich, ging für einen Augenblick hinaus und kam mit einem Tablett zurück, das sie auf ein niedriges Tischchen stellte. Lalla Batoul bediente sich sorgsam, wobei sie ihre Freundin mit Lob und Dankesformeln überschütte. Sie legte ein befriedigtes Lächeln auf die Lippen und sagte:

"Das war doch nicht nötig, meine Liebe! Zwischen uns ist das doch wirklich nicht nötig. Dein Gesicht ist mir teurer als alles Gold der Welt!"

Lalla Batoul dehnte ihren Monolog aus, erzählte ihrer Gastgeberin, sie habe eben zuhause Tee getrunken, bevor sie losgegangen sei, sie sei einfach nur vorbeigekommen, um ihr einen Besuch abzustatten. Sie solle sich nur keine Umstände machen. Nur die Schlange krieche auf dem Bauch, wie man sagt. Sie sei außerdem gar nicht hungrig. Wenn sie geahnt hätte, daß sie solche Umstände verursachen würde, wäre sie nicht gekommen. Doch ihre Freundschaft liege ihr ja so am Herzen...

"Jetzt bin ich aber wirklich ärgerlich", erwiderte Lalla Aïcha und stütze ihr Kinn in die rechte Hand. "Sagt man denn so etwas unter Freundinnen? Nein, Lalla! Hier bist du zuhause! Nimm unsere Gastfreundschaft an, und verzeih uns, wenn der Empfang nicht so ist, wie es diesem großen Ereignis gebührt! *M'hraba bik!* Sei willkommen! Du bist es wert, daß man dir Datteln kredenzt und Milch, und auf der Glut geröstetes Lamm! Du bist die Frau, der alle Ehre gebührt!"

Lalla Batoul lächelte liebenswürdig und verschlang den Raum mit ihren Blicken. Sie mußte auf alle Fragen ihres Mannes eine Antwort haben und ihm den Ort, den sie gesehen hatte, in allen Einzelheiten beschreiben können. Sie war zufrieden, bestätigt in ihrer Wahl. Sie schlürfte ihren Tee aus dem Glas und kostete ihn ausgiebig. Das kleine Geräusch, das sie dabei mit der Zunge machte, drückte ihre Zufriedenheit aus. Er war vorzüglich; der beste, den sie seit ihrer Geburt getrunken habe. Die Gazellenhörner und der Sellou mit gerösteten Mandeln und Sesamkörnern waren köstlich. Am liebsten äße man die Finger gleich mit. Nie zuvor habe sie bessere gegessen! Möge Allah derjenigen Gesundheit verleihen, die sie zubereitet hatte! Lalla Aïcha beantwortete die Komplimente mit befriedigtem Lächeln und Dankesbekundungen. Beide Frauen spielten ihre Rolle perfekt. Die Rolle, die die Gesellschaft ihnen aufgezwängt hatte und ohne die sie unglücklich wären.

Soltan sagte sich den ganzen Tag lang den magischen Satz: "Ich bin ein Mann, verdammt noch mal!" Doch es genügte nicht, diese Worte auszusprechen, um sich bestärkt zu fühlen. Eier aus Stahl mußte man haben, wie ihm dieser Kamerad gesagt hatte, der vor ihm geheiratet hatte. Ein ordentliches Pfund zwischen den Beinen, und wissen, was man damit anfängt. Das war ein Spiel der Erwachsenen. Männer erkannte man an ihren Hoden. Welch eine Sache! Mit seiner kleinen Ziege war das nicht so. Da war nicht diese Angst tief in den Gedärmen. Die Angst war von anderer Art. Doch erträglicher. Weniger kompliziert jedenfalls. Der Akt wurde in Scham und Schweigen vollzogen. Soltan gab ihr ein wenig Heu, kniete hinter ihr nieder, und alles andere ging wie von selbst. Im Augenblick genügte ihm seine Ziege. Und seine Hand. Die Bedrohung lastete schwer. Er würde in die Hölle kommen. Kein Zweifel. Doch was konnte er sonst tun? Sein Verlangen war stärker als alles andere. Es drängte ihn, wurde so heftig, daß er sich nicht mehr beherrschen konnte. Die Sache packte ihn zuerst im Bauch, in der Höhe des Nabels. Dann durchlief sie seinen ganzen Körper und zermalmte seine Adern, seine Fasern. Unerträglich wurde es, wenn sie den Kopf erreichte. So eine Art Jucken, wie Lepra oder Wahnsinn. Soltan rettete sich vor dem Delirium, indem er sich mit Bordmitteln erleichterte. Und wenn er auch hinterher unglücklich war. Und wenn er Tuberkulose kriegen sollte und ihm Haare auf der schuldigen Hand wüchsen. Und wenn auch... Alle Mädchen und Frauen waren für ihn außer Reichweite. Prostituierte trugen die Hölle zwischen den Schenkeln. Er hätte nie gewußt, wie er es mit ihnen anfangen sollte. Ebensowenig wie wir, die wir nur auf die Gelegenheit warteten, endlich auch einmal zu dürfen. Und wenn sich die Gelegenheit dann bot, rannten wir davon und erfanden tausend Ausreden. Unsere Phantasie war bevölkert von grausamen Bildern und Gedanken, die nach Salz und Blut schmeckten.

Soltan überlegte. Und uns beschäftigten die gleichen Gedanken. Warum wollte ihn seine Mutter so hartnäckig in eine unangenehme Lage bringen? Es wurde uns klar, daß wir Angst hatten vor Frauen. Niemals würde Soltan den Akt vollziehen können mit seiner zukünftigen Ehefrau. Einige von uns dachten, daß das Zusammensein mit Jungen gesünder und weniger angsteinflößend sei. In unseren jugendlichen Phantasien hatten wir gelernt, den weiblichen Körper zu verabscheuen, denn wir hatten aus dem Munde unserer Väter gehört, welche enorme Bedrohung er darstellt. Wir sollten so sein wie sie. Wir sollten nur die zerstörten Gesichter unserer Mütter schätzen. Alle anderen Frauen waren Ausgeburten der Hölle. Wir hatten allen Frauen Vornamen von Huren gegeben, um sie so besser verhöhnen zu können, und besonders, um uns besser schützen zu können vor ihrer bösen Macht. Wir lebten unser Verlangen in den Köpfen aus und machten aus dem weiblichen Körper ein Bild, um uns, ob allein oder in der Gruppe, selbst zu befriedigen. Wir lebten in zwei hermetisch gegeneinander abgeschlossenen Welten: die unsere, mit all ihren Privilegien, und die der Frauen, in der die Mädchen aus dem Munde ihrer Mütter lernten, wie unendlich groß der Wert des Mannes war und wie grundlegend der Irrtum ihrer eigenen Geburt. In unserer Verachtung der Frauen wurde jede einzelne von ihnen zur Hure im Quadrat. Doch wir waren uns durchaus bewußt, welche Leere sie in unseren Körper brachten, wie sehr sie uns in der Kehle fehlten, im Kopf und an anderer

Stelle, wenn die Erregung am Gipfelpunkt ist, wenn die Finger sich verkrampfen um den Schwanz und wenn Bilder von Brüsten, Lippen, Hüften und flaumigen Haaren in unserem Gedächtnis aufeinanderprallen, um unserem Orgasmus Farbe zu verleihen, die Farben des Regenbogens.

Soltans Nächte ähnelten mehr und mehr Wunden im Nebel und in der Unordnung seines Daseins. Er konnte nur schwer einschlafen, dachte immerzu an die Frau und ihre Geheimnisse. Jede Nacht, trotz allen Widerstandes, streichelte er in seiner Phantasie den einen Körper, den er so gut kannte. Den der Mutter. Um seinen Schuldgefühlen zu entfliehen, kleidete er das Bild der Mutter in immer neue Körper, gab ihnen die Formen von Jungfrauen mit spindelförmigen Beinen und noch fast mädchenhaften Geschlechtsteilen. Die Frau mit dem variablen Körper hatte dennoch immer das gleiche Gesicht, und Soltan schloß die Augen, um es nicht zu sehen. Es zeichnete sich nur umso präziser und klarer in seinem Kopf ab. Dann stand Soltan auf und ging hinaus in die drückende Nacht, um seinen Träumen und Höllenbildern ein Ende zu bereiten. Wenn er dann endlich einschlief, war sein Schlaf von Alpträumen bevölkert, und sein Körper wand sich in Zuckungen. Am Morgen war sein Gesicht ganz aufgelöst, und er mied den Blick seiner Mutter.

Im Hause herrschte eine stillschweigende Verschwörung von Vater und Mutter. Als wollten beide sein Verderben. Seine Schwestern existierten nicht. Ihnen stand keine Vertraulichkeit zu. Ihre ebenmäßigen Züge hatten weder Lächeln noch Freude kennengelernt. Sie waren verdammt, ihr Schicksal zu erwarten und einen sanften Tod, ihr Leben zog vorbei wie ein diskreter Schatten. Als habe es sich bereits bei ihrer Geburt unwiederbringlich festgefahren. Als habe die Zukunft die Zeitachse verlassen, um sie einzuschließen im Nichts.

Lalla Batoul setzte ihren nicht enden wollenden Bericht fort und breitete jedes Detail ausgiebig aus. Soltan hörte zu. Oder tat so, als ob; die Stimme aus dem hohlen Ölbaum beherrschte seine Gedanken. Diejenige seiner Mutter drang nur wirr zu ihm durch. Er schnappte nur Fetzen auf, als ginge ihn die ganze Sache gar nichts an. Interessant wäre es gewesen, wenn die eine oder die andere Stimme ihm erzählt hätte von der liebevollen Umarmung, vom Taumel des Fleisches, wenn die Welt plötzlich schwarz wird und die Geheimnisse des Körpers am Fußende des Bettes zu Boden sinken, von den Worten und Gesten der Erlösung. Er wollte, daß man ihm die erste Nacht mit einer Frau erkläre, den ersten Blick, die erste Zärtlichkeit, wie man zum Mann wird. Wir waren unfähig, auf alle seine Fragen und Nöte zu antworten; wir waren zu unerfahren, und die Erwachsenen waren zu eingebildet, um unserem Delirium Bedeutung beizumessen. Bei uns werden Jungen als Erwachsene geboren, und ihr Dasein vollzieht sich ohne Zärtlichkeit und Berührung. Wir lebten mit dem Gerede, im Gerede, und wir lernten seine Launen kennen.

Soltan hörte seine Mutter nun nicht mehr reden. Eine Unzahl von Bildern und Fragen drehten sich in seinem Kopf. Die Frau vor ihm hatte keine Stimme mehr. Ihre Lippen öffneten und schlossen sich im Leeren. Ein verwelktes Gesicht schwankte im Halbschatten. Es war nicht wirklich das seiner Mutter. Er fixierte es auf der Wand gegenüber und gab ihm das Aussehen aller Frauen, die er kannte. Der Körper seiner älteren Schwester wischte alle anderen hinweg. Er zog ihn aus und streichelte ihn im unbeweglichen Licht des Abends. Die üppige Brust, die breiten Hüften, die festen Schenkel. Soltan schloß die Augen. Die Frau spreizte die Beine und hob ihr Kleid. Soltan fühlte, wie sein Glied unter der Wolle der Djellaba erwachte und hart wurde wie ein Stück Holz. Sein Herz schlug heftig, und sein Körper begann zu zittern. Kalter Schweiß überströmte sein Gesicht. Die erste Frau seiner Träume und Phantasien. Die enthaarte oder rasierte Scham im Hammam. Der Geruch nach Milch und Blut. Erregender Halbschatten. Das Geräusch des plätschernden Urins gegen die betonierte Oberfläche der Toiletten. Langsames Ersticken. Der feuchte Körper, glühend vor Hitze und Zärtlichkeiten. Unzählige Stimmen, Vertrautheit, Schauer über den Rükken. Worte und Geräusche der Frauen brummten in Soltans Kopf. Schwindel ergriff ihn, er hob die Hand an die Stirn und öffnete die Augen. Er fühlte, wie ein heftiger Geruch in ihn eindrang. Das schimmernde Fleisch verschwand unter dem Blick der Mutter, deren Lippen sich ununterbrochen bewegten. Soltan spürte, wie sein Glied weich wurde zwischen den Beinen und verbannte alle schmerzlichen Bilder aus seinen Gedanken. Das Auge des Sturms, glänzend und schelmisch, fixierte ihn mit furchteinflößender Intensität. Er senkte den Blick und verachtete sich selbst, weil er diesem Gespräch so viel Zynismus und Unvernunft beigemischt hatte.

Als er den Kopf wieder hob, war das Gesicht der Mutter dreißig Jahre jünger und zeigte feine, regelmäßige Züge. Seine Mutter war sehr schön in ihrer Jugend. Ein Lächeln malte sich auf seine Lippen, und er verspürte Lust, diese junge Haut zu streicheln, die sich ihm zeigte. Er bewegte sich nicht. Seine Hand war wie gelähmt. Dann verspürte er das Verlangen, diese Frau nach dem Geheimnis ihres Körpers zu fragen, wenn der Vater sie bestieg und ihr nächtliche Seufzer entlockte, wenn das Schnaufen des Mannes sich beschleunigte im Dunkeln und aufbrach in bittere, obszöne Worte. Er verspürte Lust, seine Mutter nach ihrer Hochzeitsnacht zu fragen, nach dem Blut ihres Leibes, ihren Tränen, ihren Narben, ihren Tätowierungen, ihren Verstümmelungen. Das Gesicht dort gegenüber hatte sein wahres Wesen wiedergefunden. Sperriges Strandgut in den Höhlungen seiner unsauberen Prophezeiungen. Er sagte nichts. Aus Trägheit. Aus Abscheu. Er würde seine Zweifel und sein Entsetzen für sich behalten. Die zähnebesetzte Scheide würden weiterhin umgehen in seinen inhaltslosen Tagen, und auch das Blut, der Schmerz der schwellenden, aufbrechenden Lust, Frauenbrüste, das opulente Fleisch, überall, schweres Geflüster unbestimmter Zärtlichkeiten... würden sich einprägen in sein Gedächtnis als Katastrophe. Schweigen. Für immer. Die Erwachsenen nicht vor den Kopf stoßen. Man braucht sich nicht zu schämen, wenn man von religiösen Dingen spricht! Das Gewissen stolpert über sexuelle Probleme, zappelt, zerfällt. Frechheit! Die Ungewißheit beschränkte unsere Autonomie. Und wir kämpften an gegen das Verlangen, voll Zorn auf die abergläubischen Vorstellungen unserer Vorfahren zu pinkeln. Also mußten wir schweigen, damit die Voraussagen sich weiterhin an den üblichen Lauf der Dinge hielten.

Lalla Batoul redete. Ihr Sohn hörte es nicht. All diese tonlosen Stimmen, diese leeren Worte machten ihn schwindelig. Er fühlte, wie der Wahnsinn bis in den Kopf stieg. Alles hätte er getan für einen Moment der Ruhe. Für einen Augenblick des Friedens und des Verstehens. Eine kurze Weile der Sicherheit. Soltan verstand all diese Geheimnisse nicht, diese widersinnige Strategie, die die menschlichen Beziehungen umgab, sie einengte in Verdächtigung und Aggression. Er verstand nicht, warum die Menschen im gegenseitigen Mißtrauen leben mußten. Und wir auch nicht. Alle lebten in Freundschaft und rechneten mit dem Schlimmsten. Einsamkeit und Übel waren in uns. Wir waren unsere eigene Gewalt.

Der Junge fühlte den forschenden Blick seiner Mutter mächtig auf ihn niedergehen und schämte sich, sich einen Moment lang der Panik und der Schwäche hingegeben zu haben vor derjenigen, die ihn neun Monate lang in ihrem Leib getragen hatte. Wenn doch nur die andere Stimme ihn einen Augenblick lang in Ruhe lassen würde! Wenn doch nur dieser Mund, der sich da öffnete und schloß, ein einziges vernünftiges Wort sagen würde! Die Lippen kneteten weiterhin Leere und Nebensächlichkeiten. All diese inhaltslosen Worte interessierten Soltan nicht. Er verbannte alles aus seinem Innern, in der Überzeugung, daß das Problem ihn gar nichts anginge. Als sei er nicht da. Als gehöre er nicht mehr sich selbst. Als gäbe es ihn nicht.

7

Mit jedem Tag nahmen die Dinge konkretere Formen an. Die Phase der Frauen war nun erfolgreich beendet. Lalla Batouls Manöver durfte sich des allgemeinen Lobes erfreuen. Nachdem sie ihren Tee im großen Zimmer getrunken hatte, hatte Lalla Aïcha rechts und links neben ihrem Gast ein Kissen plaziert und ein weiteres unter den Füßen, damit die Freundin es auch recht bequem habe. Eine symbolische Geste, zur großen Freude von Lalla Batoul. Welch warmherziger Empfang! Es gab nichts daran auszusetzen. Sie wurde empfangen mit den Ehren einer Prinzessin. Lalla Aïcha hatte mit diesem Besuch gerechnet und sich gut vorbereitet. Die Gazellenhörner und der Sellou mit Anis und gerösteten Mandeln, die frischgekalkten Wände, der neue Stoff auf den Fensterbänken, all das waren Zeichen einer wohlgeplanten Vorbereitung. Das war bedeutsam.

Soltan stand vor seiner Mutter und hörte kaum auf das, was da gesagt wurde, denn eine Furcht ergriff ihn, gegen die sein Wille machtlos war. Wie spät war es? Er wußte es nicht. Er konnte sich gerade ausrechnen, daß es wohl zwei oder drei Stunden vor dem letzten Gebet des Tages sein mußte. Seine Mutter bewegte weiterhin ihre Lippen und unterstrich ihre Rede mit gelegentlichen Kopfbewegungen und sporadischen "Gott sei Zeuge meiner Worte!" Stolz war sie auf ihre Wahl und ihre Entschlossenheit. Mehrfach wiederholte sie ihrem Sohn, daß er da wirklich auf eine bedeutende Familie gestoßen sei. Sie hatte das Spiel ihrer Gastgeberin durchschaut. Was strategisches Handeln anging, brauchte sich die eine nicht vor der anderen zu verstecken. Während sie ihren Tee trank, überhäufte Lalla Batoul ihre

Freundin mit Komplimenten für das köstliche Getränk. Sie wollte wissen, ganz unverbindlich natürlich, wer es denn zubereitet habe. Mina war es, Lalla Aïchas Tochter. Lalla Batoul hatte es geahnt. Es war praktisch unmöglich, daß die Gastgeberin ihn bereitet hatte, sie hatte ihren Gast nur so lange alleingelassen, wie sie brauchte, um in die Küche zu gehen und zurückzukommen. Die beiden Frauen hatten den Anlaß ihres Treffens noch mit keinem Wort angesprochen. Das schickte sich nicht! Mina war nicht in Erscheinung getreten, und ihre Mutter hatte ihren Namen kein einziges Mal erwähnt.

Soltan betrachtete einen Augenblick lang diesen Mund, der sich vor ihm öffnete, doch er nahm keinen Ton wahr. Als sei er taub geworden. Die Luft war schwer in diesem undeutlichen Halbschatten. Er fürchtete, eine Bewegung zu machen oder etwas zu sagen. Ein unerklärliches Brummen erfüllte sein Gedächtnis und schien eins zu werden mit jeder Faser seines Gehirns. Die Situation entsetzte ihn. Er dachte, er würde wieder in die Benommenheit verfallen, die er am Fuße des hohlen Ölbaums erlebt hatte. Würde sein Alptraum erneut beginnen? Sein Herz schlug eilig, und seine Stirn war überströmt von kaltem Schweiß. Seine Beine trugen ihn kaum noch. Die Stimme der Mutter sagte:

"Und ich sage dir, das ist eine ordentliche Familie. Ich habe die Tochter nicht ein einziges Mal gesehen. Sie trifft niemanden. Eine Familie, in der Scham und Respekt herrschen!"

Lalla Batoul machte eine Pause. Sie hob die rechte Hand zum Mund und küßte ihre Fingerspitzen als Zeichen innerer Befriedigung. Soltan machte es ebenso, er war überzeugt von der Notwendigkeit einer solchen leeren Geste für seine Mutter. Es ihr gleichzutun war der einzige Weg, sich vor ihrer Wut und ihrem Sarkasmus zu schützen. Er senkte den Blick, um ihrem auszuweichen, und spürte etwas wie die Anwesenheit eines dritten. Doch außer ihm und der Mutter war niemand im Raum. Aufmerksam achtete er auf jedes Geräusch, und er hörte seinen eigenen Atem. Als sei es der Atem eines anderen. Auf der Wand gegenüber zeichneten sich seltsame Silhouetten ab. Panik ergriff ihn, und er senkte den Blick, um diesem Bild zu entfliehen. Trotz des schummerigen Lichtes zeichnete sich ein seltsamer Fleck ab zu seinen Füßen. Es war seine eigene Silhouette. Und sie löste sich von ihm ab. Er rieb sich die Augen, um sicher zu sein, daß er nicht das Opfer seiner Kopfschmerzen oder irgendwelcher Halluzinationen war. Nein. Wenige Zentimeter von seinem Körper entfernt lag da eine seltsame, groteske, gestaltlose Form vor seinen Augen. Eine Minute lang verharrte er, den Blick unbeweglich auf dieses Ding gerichtet. Mit zögernder Bewegung setzte er einen Fuß vor, um den Schattenfleck einzuholen. Dieser erzitterte und entfernte sich deutlich, indem er Soltans Fuß auswich, der nun das gleiche Manöver in entgegengesetzter Richtung vollzog. Der Schatten bewegte sich keinen Millimeter. Soltan stellte fest, daß er von seinem Schatten abgetrennt war.

Als die Mutter dieses Spiel bemerkte, packte sie eine heilige Wut. Sie warf ihm vor, er sei zerstreut, unbedacht und ungebildet und brach dann in Schluchzen aus.

Er war so irritiert von seinem widerspenstigen Schatten, daß er den Tränen der Mutter keine Beachtung schenkte. Er stand da wie ein Pfeiler, er hatte vergessen, daß sie überhaupt da war. Mit der Geduld am Ende, hörte sie auf zu weinen, wischte sich die Tränen weg, packte ihren Sohn beim Arm, schüttelte ihn heftig und sagte:

"Was tanzt du so vor deiner Mutter herum? Hast du keine Achtung mehr vor derjenigen, die dich neun Monate lang in ihrem Leib getragen hat, und die über deine Gesundheit und Erziehung gewacht hat?"

Soltan schloß die Augen, um einen Augenblick lang seiner eigenen Verzweiflung zu entfliehen und dieser Silhouette, die ständig Form und Haltung änderte und damit den jungen Mann in Angst und Zweifel stürzte. Wie gern wäre er irgendwo anders gewesen. Hätte er sich die Ohren zugestopft, um sie nicht mehr zu hören, diese zerstörerische Stimme. Sich bis aufs Blut gekratzt, um diese andere Stimme aus seinem Körper zu reißen, die nun, in diesem Augenblick, dabei war, ihn zu quälen, indem sie ihn in den bodenlosen Abgrund von Entsetzen und Schrekken stürzte. Der Blick der Mutter und sein eigener Atem verursachten ihm panische Furcht. Wenn er doch nur taub und blind werden könnte! Wenn er doch nur weit weg wäre von allem! Hartnäckig und reizbar wie sie war, explodierte die Mutter schließlich in einem Wutanfall. Und begann, um jeder bösen Überraschung vorzubeugen, alle ihre Erklärungen von Anfang an zu wiederholen, wobei sie das Kinn ihres Sohnes in die Hand nahm, damit er gezwungen war, ihren Ausführungen zu folgen. Ihre Stimme hatte sich verändert. Noch nie hatte Soltan diesen kupfernen, aufreizenden Ton gehört; eine cholerische Stimme, ohne jede Empfindsamkeit. Der Schattenfleck erzitterte ein zweites Mal. Wie sollte er seiner Mutter das erklären? Er fühlte, wie seine Knie zitterten, wie das Blut mit heftigen Schlägen an seine Schläfen pochte, wie ihm schwindelte. Wie sollte er der Mutter die Angelegenheit nahebringen, ohne daß sie ihn für verrückt oder besessen hielt? Der Schatten wurde länger, maßlos, bewegte sich fort auf die Wand zu und grub sich dort ein, Soltan genau gegenüber, damit er ihn auch ja nicht aus dem Auge verlöre. Wenn er nur erblinden könnte! Nachdem er die Wand erreicht hatte, bewegte sich der Schatten nicht mehr. Die Stimme des hohlen Ölbaums war in ihm verstummt und überließ das Feld dem schrillen Organ der Mutter. Der junge Mann verankerte seinen Blick in dem der Frau, die aufrecht vor ihm stand, und er erkannte dieses erdige Gesicht nicht mehr, in dem die Falten tiefe Gräben gezogen hatten, in alle Richtungen, und somit dem Antlitz etwas Alptraumhaftes verliehen. Die Lippen rührten sich, doch sie ließen keinen Ton entweichen. Ein Wunder, er hörte nicht mehr. Seine Mutter schien ins Leere zu sprechen:

"Hör gut zu! Ich werde es nicht zweimal sagen! Gott ist großherzig! Er hat dir eine beispielhafte Ehefrau bestimmt! Möge Er uns bewahren vor euren unbedachten Handlungen und eurem Leichtsinn!"

Und so redete Lalla Batoul weiter, lange, unermüdlich, unerschütterlich. Soltan riß sich zusammen, bemühte sich, konzentrierte sich auf die Lippen, die sich wie in einem Zeichentrickfilm bewegten, und versuchte, die Botschaft zu entziffern. Seiner Mutter war es gelungen, Lalla Aïcha zum Erröten zu bringen. Man mußte das Eisen schmieden, solange es noch heiß ist. Ohne ihr Zeit zu lassen, auf ihre Anspielungen zu reagieren, hatte sie in bekümmertem Ton hinzugesetzt:

"Ach, wenn du eine unverheiratete Tochter hättest, ich würde nicht zögern, dich um ihre Hand zu bitten für meinen Sohn Soltan! Er kommt nun eben in das Alter, wo ich mich darum kümmern muß, ihm eine Frau zu finden, die seiner würdig ist. Ich habe ja schon immer von einer Annäherung unserer beiden Familien geträumt, Habibti. Mein Sohn - möge Gott ihn beschützen vor dem bösen Blick und unehelichen Kindern - ist ein Mann geworden, Dank sei dem, der uns geschaffen hat. Er ist von beispielhafter Zurückhaltung und Folgsamkeit!"

Sie hörte nicht auf, trotz des bestürzten Blickes ihres Sohnes. Mit der gleichen vibrierenden Stimme sagte sie ihrer Gastgeberin, daß ihr Sohn einzig sei in der ganzen Gegend; er sei nicht wie diese Taugenichtse, die durch die Straßen zogen und die Cafés anfüllten. Wenn man sie so hörte, hatte er nichts als positive Eigenschaften. Er rauchte nicht, er trank nicht, und er trug sein Geld nicht zu Prostituierten. Möge Allah ihm ein langes Leben schenken und ihn beschützen. Drei seiner Schwestern hatten bereits ihr Heim gefunden. Auf daß sie in Frieden lebten! Die Ehe ist ein Geschenk des Himmels. Nie sollte man sie von sich weisen. Besonders nicht, wenn es sich um eine Tochter handelt. Wenn Lalla Aïcha eine heiratsfähige Tochter hätte, wäre Lalla Batoul nur zu glücklich, wenn...

Soltan hörte seine Mutter nicht reden. Doch aus den Bewegungen ihrer Lippen erriet er, was sie sagte. Ihre Stimme kam trotz allem von innen heraus zu ihm. Er fühlte, wie sie sich durch seinen Körper bewegte, ganz eindeutig, lauter als alle anderen. Mächtiger als die des hohlen Ölbaums. Soltan las auf den Lippen und hörte die innere Stimme sagen, daß, während sie gesprochen hatte, sie Lalla Aïchas Gesicht beobachtete hatte. Die wiederum war mehrmals rot geworden, und ihre Augen hatten vor Glück gefunkelt. Sie hatte Lalla Batoul ausreden lassen und, als die fertig war, mit gesenkten Augen geantwortet:

"Ich bin der Staub, der von deinen Füßen fällt! Ich könnte auf keine bessere Verbindung hoffen. Wärest du gekommen, mich um mein Augenlicht zu bitten, ich hätte es dir nicht verweigert. Doch meine Tochter ist noch jung. Und dann ist da auch das Versprechen, das mein Mann seinem Vetter gegeben hat, der im Ausland arbeitet, und ich weiß nicht, ob dessen Vater..."

Lalla Batoul unterbrach ihre Gastgeberin:

"Nein, Habibti! Nein! Ich spreche vom Heiraten. Das ist eine ernste Angelegenheit. Ich suche eine Frau für meinen Sohn, kein Mädchen, das noch an der Brust hängt!"

Es war nichts zu machen. Soltan wußte eindeutig, daß die Stimme der Mutter alles andere übertönte. Selbst die Taubheit. Selbst den Tod. Die andere Stimme begann wieder, in ihm zu erklingen, sie bereitete ihm Schmerzen in der Schläfengegend. Sie war so kräftig, daß sie alle Worte der Kindheit, die sich in seinem von der täglichen Ermüdung gebrochenen Körper angesammelt hatten, zu Staub zermahlte. Dieses Stimme, der jede Zärtlichkeit abging, wiederholte die Worte im Kopf des Kindes ohne Hast und ohne Wut:

"Es gibt die Zeit des Geldes, dann die Zeit des Vergessens. Du wirst die Zeit vergessen und dem Gelde nacheilen. Du wirst deine Wurzeln verlassen und im Lehm versinken. Dann wird die Zeit den Schatten deines Schicksals verlassen, und du wirst im Unglück leben!"

Lalla Batoul wechselte den Ton, und Soltan verscheuchte für

einen Augenblick die aufmüpfige Stimme, die, die angeblich aus dem hohlen Ölbaum zu ihm gedrungen war, dessen Stamm mit Wachs bedeckt war und an manchen Stellen verkohlt. Auf der Wand gegenüber hatte sich der Schatten über Gebühr nach rechts hin verlängert, die rissige Decke in Längsrichtung berührt und war weiterhin einige Zentimeter vom Körper des Kindes entfernt geblieben. Was könnte ihm nur ermöglichen, sein eigenes Bild wiederzuerlangen, das inzwischen unmäßig geworden war und alle überflüssigen Flecken und Schatten verschlang? Die Lippen seiner Mutter bewegten sich heftig, um Soltan mitzuteilen, daß Lalla Aïchas Tochter dreizehn Jahre alt war. Laut Lalla Zineb hielte man sie leicht für sechzehn oder siebzehn. Wie schnell doch Töchter groß werden! Doch da die Mutter sie bis dahin noch nicht gesehen hatte, konnte sie Genaueres nicht sagen. Sie mußte also ein Mittel finden, damit die Tochter sich zeige. Deswegen sagte sie zu ihrer Gastgeberin:

"Ich habe Durst, Habibti, würdest du dein Hausmädchen bitten, mir ein Glas Wasser zu bringen?"

Lalla Aïcha war erneut errötet. Sie wußte, daß sie der Falle nicht ausweichen konnte, die ihr Gast ihr gestellt hatte. Sie knautschte den Stoff ihrer Mansuria zwischen den Fingern der rechten Hand, kratzte sich am Ohr mit dem Zeigefinger der linken, warf einen scheuen Blick in Richtung der Tür, stieß einen tiefen Seufzer aus, bevor sie mit Bedauern in der Stimme sagte, als habe man sie bei einer Untat erwischt:

"Ich habe kein Hausmädchen, Lalla Batoul! Solange ich lebe, setzt mir keine andere Frau ihren Fuß hier herein. Die Männer haben grüne Augen, und alle Frauen wollen nichts, als anderen den Ehemann stehlen!..."

Soltan schwitzte nun in Strömen. Seine Mutter fuhr mit gereizter Stimme in ihrem Vortrag fort. Die Bewegung ihrer Lippen entmutigte Soltan, dessen Blick weiterhin die gegenüberliegende Wand fixierte. Der Schatten hatte nun begonnen, sich mehr und mehr von seinem Körper zu entfernen. Die beiden Bilder waren eindeutig getrennt, als die Mutter ihrem Sohn eine erste Ohrfeige verabreichte. Er reagierte nicht. Er hielt derjenigen, die ihn in ihrem Leib getragen und mit ihrer Milch genährt hatte die andere Wange hin. Eine zweite Ohrfeige hallte wider in den vier Ecken des Raumes. Soltan senkte den Blick und wünschte sich, auf der Stelle zu sterben. Daß die Erde sich auftue und ihn verschlinge. Es war unverzeihlich. Wie konnte er sie nur so in Verzweiflung stürzen, sie, die unter ihren Füßen das Paradies trug? Die Stimme des hohlen Ölbaums graste alle Winkel seines Gedächtnisses ab und ließ Ekel in ihm hochsteigen. Er kämpfte gegen das Verlangen zu erbrechen und fühlte, wie sein Fleisch erzitterte. Die Stimme des Baumes vermischte sich mit der der Mutter in seinem Kopf. Es fiel ihm schwer, diejenige, die aus seinen Gedärmen kam von der zu unterscheiden, die ihn in seiner Einsamkeit begleitete. Seine eigene Stimme war völlig körperlos. Sie irrte zwischen den beiden anderen herum. Ihm gegenüber bewegten sich die Lippen seiner Mutter um Worte herum und zwangen ihn in die Angst derjenigen, die dazu verdammt sind, zwischen Schweigen und Verdrängung zu leben.

Lalla Batouls Strategie war an ihrem Ziel. Lalla Aïcha war in die Enge getrieben. Sie konnte die Anwesenheit ihrer Tochter nicht mehr verbergen. Soltan hörte der inneren Stimme zu, die sein Gewissen plünderte und mit seinen Nerven spielte. Die dichten, hartnäckigen Worte richteten Verwüstungen an in seinem von Sonne, Gewissensbissen und tiefsitzender Furcht benommenen Kopf. Der Schatten, inzwischen riesenhaft, schwankte unbekümmert über die Decke, die weiß geworden war wie ein Blatt Papier. Wirre Wörter drehten sich in einem Höllentempo im Raum. Ausgestreckt auf der Decke und einem Teil der Wand, begann die Form nun einen Totentanz, nahm herausfordernde Stellungen ein und mokierte sich über seine Naivität und seine anrührende Unwissenheit. Die Mutter nahm sein Gesicht in beide Hände und zwang ihn so, den Blick wieder in dem Ihren zu versenken. Sie teilte ihm mit, sie habe Lalla Aïcha gefragt, wer denn in der Küche sei.

"Meine Tochter", rief Lalla Aïcha beschämt aus; "Gott möge deine Kinder beschützen!"

Lalla Batoul spielte Wut und Enttäuschung:

"Und ich habe dich für eine treue Freundin und eine unvergleichliche Schwester gehalten! Jetzt bin ich schon über eine Stunde da, und das Mädchen hat noch nicht einmal seine Tante begrüßt! Oh, wie unglücklich bin ich doch! Ich hätte nicht gedacht, daß du eines solchen Vorgehens fähig wärest mir gegenüber! Du beleidigst mich mit deinem Verhalten, und ich hoffe, du erkennst, welche Erniedrigung du mir zugemutet hast!"

Lalla Aïcha war das peinlich, sie wußte nicht, was sie antworten sollte. Sie stammelte ein paar Entschuldigungen und knitterte einen der Schöße ihres Kaftans, um ihrer Verlegenheit und Ratlosigkeit Ausdruck zu verleihen. Lalla Batoul blieb unerbittlich. Um dieser unangenehmen Situation ein Ende zu bereiten, brach Lalla Aïcha in Tränen aus und erklärte sich bereit, alles Unglück und alle Katastrophen auf sich zu nehmen, wenn sie je auch nur an so etwas gedacht hätte. Sie habe nur Angst gehabt, behauptete sie, die Freundin dächte, man wolle sie beleidigen, wenn man ein Mädchen an ihren Gesprächen teilnehmen ließe. Alle Heiligen und alle Marabuts wurden zu Zeugen ihrer besten Absichten berufen.

Soltan war von dieser langen Predigt ermüdet. Draußen hatte sich die Heftigkeit des heißen Windes verstärkt. Die Straße war leergefegt, ganz grau, mit unvermittelten Schatten entlang den Mauern. Von Zeit zu Zeit hörte man das Weinen eines Kindes oder die Schreie der Tiere. Außer Leere fühlte sein Herz nichts. Ein metallischer Überdruß hatte es gänzlich erfaßt. Und zur Müdigkeit kam noch diese andere Stimme, die wie ein Drillbohrer seine Schläfen von innen her aushöhlte. Die welken Lippen der Mutter, gefärbt mit einem Stück Nußbaumrinde, öffneten und schlossen sich über folgende Worte:

"Du kannst stolz darauf sein, eine Mutter wie mich zu haben. Lalla Aïcha dachte, ich habe ihr Spiel nicht durchschaut. Die Schule, wo sie ihre Finten gelernt hat, die hab' ich selbst gebaut!"

Lalla Aïcha war beschämt aufgestanden und hatte sich auf ihren Gast gestürzt, um ihm die Stirn und die Hände zu küssen. So gut spielte sie ihre Reue, daß sie die Vergebung ihrer Freundin empfing. Sie war verwirrt, gab vor, die Tochter aus Freude über das Wiedersehen nicht vorgestellt zu haben. Sie habe es einfach vergessen. Die beiden Frauen fielen sich gegenseitig in die Arme und küßten sich lange ab, spielten die Komödie von Verlegenheit und Verzeihen. Sie wußten beide, daß sie gerade Rollen spielten. Über dieses Spiel hinaus existierte nichts für sie. Hatten sie denn je etwas anderes getan in ihrem Leben? Als sie Kinder waren, hatten sie gelernt, Frau zu spielen. Als Frau dann spielten sie Gattin, schließlich Mutter. Jeder Augenblick ihres Daseins rief sie in eine andere Rolle, mit häufigen Übergängen: von Kindheit zum Erwachsenenalter, von Freude zu Gereiztheit, von Mutter zu Ehefrau und von Überraschung zu Besorgnis.

Lalla Aïcha nahm schließlich in falscher Verlegenheit wieder ihren Platz ein, wischte sich die Tränen mit einem Ende ihres Kleides, drehte sich hin zur Tür und rief ihre Tochter:

"Komm Mina! *Aji Abenti!* Komm und küß deine Tante Lalla Batoul; sie stirbt vor Verlangen, dich kennenzulernen!"

8

Hochsommer draußen. Der Schirokko trieb Feuer und Staub vor sich her, peitschte die Mauern mit Entschlossenheit. Ein Esel begann zu brüllen in der Stille des Abends, und die Schreie des Tieres hieben ein auf die Wurzeln der Zeit, bloßgelegt durch das Exil des Regens und die Krallen des Schicksals. Die Erde trug Trauer um ihren grünen Schmuck.

Lalla Batoul fuhr fort in ihrem eifernden Monolog. Ihr Sohn

dachte an ganz andere Dinge. Würde er jemals ein Mann werden, ein richtiger Mann? Würde er eines Tages sein wie sein Vater oder sein Onkel Hammou? Das waren Männer. Sie konnten brüllen, wenn es nötig war, fluchen, hatten die nötige Autorität, um jede Frau ihrem Befehl zu unterwerfen. Die hatten nämlich Stahl zwischen den Beinen. Harte Männer, unnachgiebig bis zum Wahn. Sein Erzeuger hatte noch zweimal geheiratet nach dem Tod des Großvaters, bevor er dann zu seiner ersten Frau zurückkehrte, die die Dankbarkeit selbst war angesichts der Großzügigkeit dieses Mannes. Sein Onkel gebot über drei Ehefrauen und dirigierte sie dank Gottes Hilfe mit dem kleinen Finger. Fünfzehn Kinder, keines begehrte auf. Keines wagte auch nur, in seiner Anwesenheit zu gähnen; nicht einmal die, die ihren eigenen Haushalt hatten. Durch Allahs Gnade waren sein Onkel und sein Vater richtige Männer. Nie würdest du sie mit den Frauen und den Kindern scherzen sehen. Man sah sie noch nicht einmal lächeln. Immer stolz und hochmütig. Die Wände zitterten, wenn sie die Stimme erhoben. Er war sich sicher, niemals würde er sein wie sein Vater oder sein Onkel. Die hatten welche aus Stahl, während er Angst hatte vor einem Mädchen.

Lalla Batoul redete, voll Stolz auf ihr Vorgehen und ihre Kniffe. Mina trat hervor und küßte die beiden Hände, die sich ihr entgegenstreckten. Sie hatte diese Geste ohne Zögern gezeigt, und auch ohne Freude. Eine Geste wie andere auch; ohne Sinn, doch bedeutungsschwer. Ein gutes Zeichen. Das Mädchen hatte keinen Stolz. Es zitterte vor Scham und errötete vor Schüchternheit jedes Mal, da es angesprochen wurde und überließ es ihrer Mutter, an seiner Stelle zu antworten. Es begnügte sich damit, den Blick gesenkt zu halten und zu schweigen. Lalla Batoul beobachtete das Mädchen lange, bemerkte seine langen Haare, die zarten Hände, die großen Augen... Bedauerte ein wenig die Magerkeit. Eine Kleinigkeit, letztlich. Mann müßte sie nur ordentlich mästen, damit sie am Tage der Hochzeit vorzeigbar wäre. Trotz dieses negativen Aspektes war Lalla Batoul hochzufrieden.

Schon immer hatte sie von einer solchen Partie geträumt für ihren Sohn. Sie hätte es nicht besser machen können, hätte sie sie mit eigenen Händen geschaffen; das Mädchen war ganz wie sie selber, als sie im gleichen Alter war. Soltan hatte keinerlei Zweifel an der Wahl oder dem klaren Urteil der Mutter, aber er hatte Angst. Der Teufel hatte seinen Körper in Besitz genommen seit dem Beginn dieser Geschichte. Die Furcht packte ihn im Magen und stieg dann bis in den Kopf. Dann verlor er sein Selbstvertrauen. Und zu der Angst kam noch diese Stimme, diese unzähligen Stimmen, die in der Tiefe seines Wesens Schmerz und Bitterkeit ausgruben.

Lalla Batoul war beglückt über ihre Idee, die zukünftige Schwiegertochter hervorzulocken. Sie ließ ihren Blick lange über das junge Ding wandern, preßte ihren Hintern in die Kissen, streckte den Zeigefinger in Richtung ihrer Gastgeberin und rief mit ruhiger Stimme, in die sie all ihr Geschick legte:

"Guter Gott! Und du sagst mir, sie sei noch ein Kind! Das ist ja eine ganz reizende junge Frau; möge Allah sie bewahren und beschützen!"

Lalla Batoul begab sich auf die Wege der Erinnerungen. Sie gemahnte ihre Freundin daran, daß sie beide ja viel jünger noch in die Ehe geschickt worden seien; noch vor der ersten Menstruation. Das waren andere Zeiten gewesen. Viel hatte sich nicht geändert seitdem, wenn es um Frauen und geschlechtliche Dinge ging. Die Frauen des Volkes und das Geschlechtsleben der Menschen, beides vergessen vom unabhängig gewordenen Vaterland, nachdem sie für es gekämpft hatten. Für die beiden Frauen gab es kein bestimmtes Alter, mit dem man heiratsfähig war. Der Prophet - möge das Heil und der Segen Allahs auf ihm ruhen und auf allen, die seinem Wege folgen! - hatte Lalla Zineb doch schon im Kindesalter geehelicht! Sie war noch nicht neun Jahre alt, als Sidna Mohammed um ihre Hand bat; der beste aller Männer und der letzte der Propheten. Erweisen wir der göttlichen Barmherzigkeit unseren Dank, und segnen wir unseren unendlichen Herrn für die zahllosen Beispiele, die er uns liefert. Lalla Batoul hörte unvermittelt auf zu reden, starrte Lalla Aïcha mit forschender, etwas aggressiver Miene an und sagte in einem ganz anderen Ton:

"Sag es doch einfach, wir sind nicht gut genug! Ich habe dich durchschaut, Habibti! Sag doch ohne Umschweife, daß mein Sohn - möge Allah ihn vor dem bösen Blick beschützen! - deiner Tochter nicht würdig ist; er, der beste von allen! Nun stell dir nur die Erniedrigung vor, die ich in diesem Hause erdulden muß!"

Lalla Aïcha senkte den Kopf und sagte nichts. Sie war völlig überrumpelt von dieser Offensive, sie wußte nicht, wie sie reagieren sollte, um dieses neue Unrecht wieder gutzumachen, über das sich die Freundin beklagte. Die beiden Frauen kämpften mit harten Bandagen, und Lalla Batoul hatte mehr als ein As im Ärmel. Sie fand Gründe für ihre Wut, stellte fest, daß es wohl zu schade sei, seinen Besitz an Fremde zu verschenken. Würde Mina glücklicher sein mit einem anderen Mann? Lalla Batoul schwor bei allen Göttern, daß sie Mina wie ihre eigene Tochter behandeln würde. Außerdem könne Lalla Aïcha natürlich in ihrem Hause vorbeikommen wann immer sie wolle, um sich nach dem Wohlergehen ihrer Tochter zu erkundigen. Mina würde es an nichts fehlen, und Lalla Batoul würde sie schützen wie ihren Augapfel.

Durch das kleine geöffnete Fenster gegenüber sah Soltan einen Turban vorbeigehen, und allein dieser Anblick nahm ihm ein wenig von der Last der mütterlichen Worte. Abwarten und Geduld zeigen. Es blieb ihm keine Wahl. Um nicht zu ersticken, setzte er seine intellektuellen Fähigkeiten ein, um sich die Formen der künftigen Ehefrau vorzustellen, ihr Alter, ihre Größe, die Farbe ihrer Augen, das Aussehen ihres Körpers, die Rundung ihres Geschlechts. Hier blieb sein Geist am Bild eines alten blutbefleckten Lumpens hängen, den er eines Tages unter dem Bett der Mutter gefunden hatte, nach einer besonders heftigen Nacht, in der der Schatten des Vaters sich mehrmals an der hinteren Wand gebrochen hatte. Er senkte die Augen, und sein Blick fiel auf den eigenen Schatten, der auf der Wand ausgestreckt lag wie eine offenstehende Frau, die darauf wartet, den Mann in sich aufzunehmen, dort, wo tief das Leben zu wohnen schien. Saß der Teufel etwa noch immer in seinem Kopf? Was konnte er tun, um dieser Halluzination zu entfliehen? Sollte er eine Decke über diesen Fleck werfen, um seine eigene Angst zu ersticken? Die Anwesenheit der Mutter verbot ihm jede Bewegung. Er hob den Blick zu ihr und folgte der Bewegung ihrer Lippen. Aus all ihren leeren Worten stellte sich ihm eine einzige Frage: Was dachte denn das Mädchen von der ganzen Geschichte?

Mina dachte nichts Besonderes. Sie zitterte vor Scham und Angst. Sie wußte nicht, wie ein Mann gebaut war. Ein einziges Mal hatte sie ihren kleinen Bruder im Stehen pinkeln sehen, und sie hatte mit ihm geschimpft. Da hatte sie erfahren, daß Jungen im Stehen pinkelten und daraus geschlossen, daß alle, die im Stehen pinkelten, Männer waren, alle anderen Frauen. Sie hätte gerne gewußt, was Eheleute miteinander anstellten, nachdem die Tür ihres Zimmers hinter ihnen ins Schloß gefallen war; ob die Frau sich setzen sollte oder in der Gegenwart des Mannes aufrecht stehen blieb; ob sie das Bett mit ihm teilte oder auf dem Boden schlief. Sie wußte nicht, ob es die Schicklichkeit wollte, daß sie diesen Mann wie einen Fremden ansprach oder wie einen Bekannten. Mina wußte es nicht. Alle echten Probleme des Körpers und des Lebens waren ihr fremd. Sie wußte nur, daß ihr Körper anschwellen würde, sobald ein Mann sie berührt oder auch nur begehrt haben würde. Deswegen hielt man sie ja im Haus und riet ihr zur Vorsicht. Alles, was ihre Mutter ihr zu diesem Thema gesagt hatte, beschränkte sich auf folgende Ratschläge:

"Eines Tages wird jemand kommen und um deine Hand anhalten; der, für den du bestimmt bist. Sein Name steht auf deiner Stirn geschrieben, seit dem Tag, als ich dich empfangen habe. Du mußt den Mann achten, der dein Ehemann sein wird. Du mußt alles tun, um ihm zu gefallen und um ihn zu befriedigen. Er wird dein Herr sein nach Gott und deinem Vater. Niemals wirst du den Blick zu ihm aufheben, noch wirst du sprechen in seinem Beisein. Du wirst diskret sein und unterwürfig, wirst ihm bei allem und in allem gehorchen. Er hat alle Rechte über dich. Wenn er dir befiehlt, in den Brunnen zu springen, mußt du ihm gehorchen! Er ist dein Mann!"

Mina hatte mit dem Kopf ein zustimmendes Ja angedeutet zu diesem Vortrag, den ihr die Mutter nach dem ersten Besuch von Lalla Zineb gehalten hatte. Seit diesem Tag predigte ihr die Mutter lang und breit die Fügsamkeit der Ehefrau, ihre Diskretion, ihre Selbstaufgabe. Mina verstand im Groben, daß sie im Leben nichts als Pflichten hatte. Die Pflicht zum Gehorsam, zur Fortpflanzung, zur Unterwerfung... Wenn ihre Mutter doch nur von wichtigeren Dingen reden könnte... Abhängigkeit und Unterwerfung hatte Mina schon von der Mutter gelernt, aus deren Verhalten, an ihrem Beispiel. Würde sie ihr sagen, wie sie ihren Ehemann in der Hochzeitsnacht empfangen hatte? War das blutbefleckte Tuch am nächsten Tag auf einem Tablett durch das ganze Dorf gereicht worden? Was hatte sie empfunden in dieser ersten Nacht, und dann, in den anderen Nächten? Sie wünschte sich, daß sie ihr erzählen möge, wie sie all ihre Kinder bekommen hatte, daß sie ihr die Worte lehre, die man sagen mußte in der Nacht und der Einsamkeit, das Schweigen, die verrückten Träume, die den Körper der Frau bewohnen und das eheliche Leben...

Lalla Aïcha erzählte ihrer Tochter niemals auch nur irgend etwas von alledem. Das war nichts, wovon man offen redete. Sie würde ihr ganzes Leben haben, um alle Erfahrungen des Lebens zu machen. Vor Ort. So wie alle würdigen, tugendhaften Jungfrauen. Voll Scham mußte man sein. Jederzeit. Alles, was geschlechtlich ist, ist tabu. Das Geschlecht ist schmutzig. Das Geschlecht muß verschwiegen werden, und die Frauen waren immer schon die wildentschlossenen Wächterinnen der Traditionen gewesen.

Nachdem sie diese Miene der beleidigten Frau aufgesetzt hatte, verfiel Lalla Batoul in erschütternde Schweigsamkeit. Lalla Aïcha war bis oben voll mit Gewissensbissen, sie ging auf ihre Freundin zu, küßte ihr beide Hände und beeilte sich, sie mit folgenden Worten zu beruhigen:

"Möge Allah mich mit Pest oder weißen Flecken schlagen, wenn ich je so etwas gedacht habe! Möge er mir die Krankheit auferlegen, deren Namen man nicht ausspricht, wenn diese Idee mich auch nur von weitem berührt hat! Könnte ich denn in der ganzen Gegend eine würdigere Familie finden als eure, deren vielfältigen Vorzüge und deren Großzügigkeit ein jeder kennt? Ich bin dir wirklich böse, daß du so etwas auch nur von mir denken konntest!"

Lalla Aïcha machte auf dem eingeschlagenen Weg weiter, rief alle möglichen Krankheiten auf sich und alles Unglück, um ihren Gast von ihren allerbesten Absichten zu überzeugen und um selber aus der Sackgasse herauszukommen. Nie habe sie gedacht, ihre Empfindlichkeit durch dieses unbewußte Vorgehen zu verletzen. Und wenn Lalla Batoul von ihr das Leben eines ihrer Kinder verlangt hätte, sie hätte es ihr ohne Zögern gegeben. Was sie anging, so gäbe es überhaupt kein Zögern. Doch das Mädchen habe einen Vater, und nach altem Recht stünde dem das letzte Wort in der Angelegenheit zu. Lalla Batoul gab ihre Zustimmung zu diesen Ausführungen mit einem Kopfnikken. Die eine wie die andere kannte ihre Rolle in allen Einzelheiten. Die eine wie die andere hatte Worte bereitliegen für alle möglichen Situationen; eine aufs Feinste abgestimmte Inszenierung.

Mit Augen, die den Boden furchten dachte Mina an den Mann, den diese Frau ihrer Mutter für sie anbot. Zuerst stellte sie ihn sich einäugig vor. Diese Einzelheit ließ sie nicht mehr los. Sie wußte, daß das ein Vorurteil war. Für sie waren alle Ehemänner einäugig. Moralisch einäugig. Einäugig im Herzen, denn sie waren alle alt, häßlich, verachteten die Frauen, wollten immer junge Mädchen heiraten, die leicht ihre Töchter sein könnten. Dann stellte sie ihn sich räudig vor, räudig wie die Bosheit und der Tod. Auch sah sie ihn ganz klein, klein wie die menschliche Niedertracht und Verachtung. Außerdem hinkte er, denn wie alle Männer würde er unfähig sein, ein ruhiges Gleichgewicht zu schaffen zwischen dem, was er sagte und dem, was er tat. Der Ehemann, den man ihr aufzwang und von dem die Mutter sagte, er sei der beste von allen, hatte in ihren Augen alle Fehler und Schwächen. Doch ihre Meinung, ihre Gedanken waren völlig bedeutungslos. Im übrigen fragte sie keiner nach ihrer Ansicht. Sie hatte zu schweigen und ihr Schicksal zu erwarten, in der Überzeugung, daß das Eheleben ein tagtäglicher Kampf sei. Wer nur den anderen unter seine Gewalt bringen könnte. Auf der einen Seite waren Gewalt und Ungerechtigkeit. Auf der anderen Heuchelei und List. Auch sie würde Listen spielen lassen. Sie würde lügen, Angst und Schamhaftigkeit vortäuschen; nicht weil sie eine notorische Lügnerin war, sondern um sich zu schützen vor der Tyrannei der Männer, die doch alle gleich waren.

Wenn sie ihrer Meinung Ausdruck verleihen könnte, würde sie jeden ablehnen, den sie nicht kennt. Sie würde jede Verbindung ablehnen, in der nicht von vornherein alles geklärt wäre. Gern würde sie auf ihren Status als Ehefrau verzichten, wenn sie dafür nur ihren Frieden hätte. Zu allererst würde sie dieses beengte Leben von sich weisen, in das ihre Eltern sie seit ihrer Geburt eingepfercht haben. Aufkeimende Revolte und Aufmüpfigkeit? Gedanken sind gefährlich, und Nachdenken ruft die Dämonen herbei. Mina hatte überhaupt keine bösen Absichten. Konnte sie denn die Entscheidungen ihrer Eltern übertreten? Sie brauchte vor allem Information. Vordringen zu den Geheimnissen des Lebens und sich als menschliches Wesen fühlen. Ihre Rolle ließ ihr nur Gehorsam. Sie machte sich keine falschen Vorstellungen. Sie würde also den Ihren gehorchen und diese Heirat auf sich nehmen, so wie ihre Mutter vor ihr ihre eigene.

Lalla Batoul wußte, daß die letzte Entscheidung beim Familienoberhaupt lag. Doch sie wußte auch, daß, wenn sie erst einmal die Zusage der Mutter hatte, die Sache unter Dach und Fach war. Die Männer glauben, sie träfen die Entscheidungen auf dieser niederen Welt. Aus dem Schatten ziehen die Frauen die Fäden und bringen ihre Männer dazu, Dinge zu tun, die deren Prinzipien entgegenlaufen. "Möge Allah ihnen verzeihen!" seufzte Lalla Batoul. Sie riet Lalla Aïcha, ihren Mann davon in Kenntnis zu setzen und alles für das Treffen der Männer vorzubereiten. Jeder tue, was in seiner Macht steht. Und falls der Herr des Hauses irgendwelche Bedenken anmelden sollte, so rechne sie fest auf sie, um seine Gedanken zur Façon zu bringen. Die Bedeutung und die Notwendigkeit dieser Verbindung zwangen die Frauen, sich aufs diplomatische Parkett zu begeben, damit die Hochzeit stattfinden möge.

Lalla Batoul erhob sich und warf einen letzten Blick auf das Mädchen. Lalla Aïcha unternahm alle Anstrengungen, sie noch einen Moment zurückzuhalten, stieß aber auf energische Ablehnung. Die beiden Frauen küßten sich herzlich und drückten ein paar Tränen der Erinnerung und des Glücks.

An der Tür schneuzte sich Lalla Batoul in ihren Haïk, drehte sich zu ihrer Gastgeberin und warf ihr mit durchtriebener Stimme zu:

"Nun lasse ich dich in Frieden, Asahabti! Möge Allah uns Erfüllung schenken und Euch führen auf dem Weg der Weisheit! Möge er Sorge tragen, daß ich immer nur gute Neuigkeiten von Euch höre! Ruhe und Frieden Euch allen!"

Mina war aufgestanden und hatte die beiden Hände geküßt, die sich ihr entgegenstreckten. Die Hand, die ihr durch die Haare fuhr, ließ sie vom Kopf bis zu den Zehen erschauern. Sie hielt die Augen auf den Boden geheftet, ihre Gedanken beschäftigt mit dringenderen, konkreteren, brennenderen Dingen. Soltan hörte kaum die Stimme seiner Mutter. Las auf ihren Lippen die Wendungen dieser Geschichte. Mina zitterte vor Angst und Verwirrung. Ein Mädchen, das noch nicht Zeit gehabt hatte, ihren Körper kennenzulernen, verrückten Träumen nachzuhängen. Soltan hatte nicht die Zeit gehabt, spielend eine Kindheit zu verbringen, seine Erinnerungen zu ordnen. Eigentlich hatte er gar keine. Sein drahtiger Körper war zu klein, die Phantasien der Mutter aufzunehmen, sein Gedächtnis noch zu eng, um ohne Schaden eine solche Erschütterung durchzustehen. Minas Fall war einfacher. Ihr Körper war ein abstraktes Etwas. Ihre Sexualität nichts als Schande. Ihre Mutter hatte sie gelehrt, innerlich leer zu sein, ihr Selbst zu töten. Sie war nichts; ein armes Ding, den Launen ihres Gebieters ausgeliefert. Es gab sie nicht, sie durfte nicht nachdenken über ihr Dasein oder ihr Schicksal und schon gar nicht über ihren Körper oder ihre Sexualität. Das einzige, was sie aus dem Munde der Mutter gelernt hatte, war die bedingungslose Unterwerfung unter das Verlangen des Mannes. Besonders, wenn dieser Mann ihr Mann war. Mina hatte auch gelernt zu zittern, vor all der Stille in ihrer kleinen Brust, vor all den Versäumnissen ihrer Kindheit. Angst und Frustrationen hatten den Rest besorgt. Soltan mußte Männlichkeit unter Beweis stellen und alles, was er war, über seinen Körper ausdrücken. Das Gewicht eines Mannes, sagt das Sprichwort, findet sich zwischen den Beinen. Ein Mann ist sein Geschlechtsteil; es ist die Grundlage aller männlichen Macht. Solange es aufrecht steht, steht auch der Mann aufrecht, und mit ihm die ganze Gesellschaft. Ein Mann ist ein erigierter Körper. Im Körper der Frau hat Ruhe zu herrschen.

Eines Morgens, ganz früh, wurde Mina von Panik gepackt, als sie Blut entdeckte zwischen ihren Beinen. Verzweifelt weinte sie alle Tränen, die ihr Körper hergeben wollte. Still. Auf keinen Fall durfte sie Aufmerksamkeit auf sich ziehen, noch ihrer Mutter Grund für Zweifel geben. Sie würde sie umbringen. Mina war sich ganz sicher, vor dem Schlafengehen die rituellen Worte aufgesagt zu haben, die sie auf Geheiß der Mutter auswendiggelernt hatte. Das Blut lief rot und lauwarm über ihre Schenkel. Mina weinte still. Kein Zweifel, der Fluch lag auf ihr. Satan hatte sie im Schlafe mißbraucht und ihren Körper befleckt. Ihre Ehre und die der ganzen Familie lagen im Staube. Und dabei hatte sie sie doch so sorgfältig gehütet. Welch ein Unglück! Hatte sie etwa vergessen, die Zauberformel aufzusagen, die vor bösen Geistern schützt? Inzwischen gab es nichts mehr, dessen sie sich sicher war. Hatte Iblis sie im Schlafe befleckt? Was geschah mit ihrem Körper? Dabei hatte man sie doch gewarnt vor den Gefahren des Lebens. Die Mutter hatte ihr doch immer geraten, Satan zu verfluchen und sie auf seine bösen Werke verwiesen. Diejenigen, die sich hiermit auskannten, sagten, er liege ständig auf der Lauer, um die Menschen zum Irrtum zu verführen und die Gläubigen vom rechten Wege abzubringen. Zufrieden ist er erst, wenn die Menschen ihre Ehre, ihren Stolz und ihre Würde verloren haben. Sobald ein Muslim auch nur das geringste Zeichen der Nachlässigkeit zeigt, stürzt sich Iblis auf ihn und hält ihn gepackt bis zum bitteren Ende. Zahllose Männer und Frauen haben den Verstand verloren, weil sie auf seine Stimme gehört und seinen Verheißungen Glauben geschenkt haben, denn er macht die tollsten Versprechungen. Doch sobald er dich gepackt hat, schafft er dir die schlimmsten Erniedrigungen, die gräßlichsten Qualen, auch wenn du alles tust, dich zu verteidigen; es ist zu spät. Dein Gesicht ist im Staube. So viele Frauen haben ihre Ehre verloren, da sie leichtfertig seinen Versuchungen erlagen!

Mina weinte still. Das war alles, was sie jetzt noch tun konnte.

Sie hatte Angst, dieses Blut zwischen ihren Beinen zu berühren, das sie anklagte. Die Stimme der Mutter mit ihren weisen Sprüchen bohrte sich durch ihre Schläfen:
"Du weißt nicht, wie es passiert. Aber wenn es passiert, dann ist es furchtbar. Und wenn du deinen Irrtum bemerkst, ist es schon zu spät. Wie viele Jungfrauen sind nicht schon schwanger geworden und wußten nicht, wie es passiert ist. Vielleicht haben sie eines Tages einen Ort der Reinigung betreten, ohne die rituellen Worte zu sagen, oder sie sind eingeschlafen, ohne die Gebete zu sprechen, die sie schützen und Iblis fernhalten. Dann kann dieser in den wehrlosen Körper eindringen und sein dämonisches Werk vollenden!"

Mina hatte Lumpen zusammengesucht und sie gegen ihre Wunde gepreßt, wobei sie Satan verfluchte und ein stammelndes Gebet murmelte. Sechs Tage hatte es gedauert. Sie hatte alles getan, damit die Angelegenheit geheim bliebe. Die Furcht, die sie erfüllte, war grauenhaft. Sechs Tage Blut und Entsetzen. Sechs Nächte ohne Schlaf. Heimlich wusch sie die befleckten Lumpen, schloß sich alle Stunden in der Toilette ein, um sicher zu sein, daß das Blut noch nicht durch den Stoff ihres Kleids gedrungen war. Sie vermied es, sich hinzusetzen und schaute ständig hinter sich, um sicher zu sein, daß das Blut sie nicht verfolgte. Sie zog ein zweites Paar Hosen über, zur Sicherheit. Nachts hatte sie Alpträume, sah sich ertrinken in Strömen von Blut, während ihre Mutter von weitem zusah und nichts tat, nur rote Tränen vergoß über ihrem zerrissenen Mieder. Bäume, Steine, Berge und Vögel weinten mit ihr. Mina erwachte schweißnaß, gepackt von tobender Unruhe. Dann setzte sie sich auf in ihrem Bett, schaute, ob sie noch immer blutete und weinte heiße Tränen, wobei sie ihr Gesicht in den Händen barg.

Wie sollte sie das ihrer Mutter sagen? Sicher würde sie sie umbringen, und danach sich selbst, um den Skandal der verlorenen Ehre im Keim zu ersticken. Welche Worte konnte man verwenden, um solch ein Elend auszudrücken? Mina wußte es nicht. Satan hatte sich an ihrem schlimmen Schicksal gelabt.

Die Stimme des hohlen Baumes begann wieder, die hintersten Winkel von Soltans Gedächtnis zu durchforschen. Der glaubte nun, er würde niemals seine Bedrückung und seine inneren Qualen überwinden können. Mehr denn je war er davon überzeugt, daß sein Körper, der viel zu klein war, um Träume von Ehefrauen, Haushalt und Kindern zu beherbergen, noch vor Morgengrauen Opfer der Vernichtung würde. Die Mutter war verstummt. Ihre Lippen bewegten sich nicht mehr. Doch sicherlich sprach sie weiter zu ihm aus seinem Innern heraus. Sie hob ein weiteres Mal ihre Hand zum Mund, küßte die Spitzen ihrer Finger, bevor sie sich ihrer Hausarbeit zuwandte. Diesmal machte Soltan es ihr nicht nach. Er hatte weder die Kraft noch den Willen, sich zu bewegen. Sein aufständischer Schatten malte die Umrisse eines Riesen auf die Wand gegenüber. Eine unförmige Silhouette, teigig, plump. So ungeheuer, daß sie die ganze Dekkenfläche einnahm. Er drehte sich zu der Luke, die das Fenster ersetzte und schloß die Augen. Unter seinem Blick stand der Schatten Kopf. Der Kopf anstelle der Füße. Vor Unruhe fast wahnsinnig, versuchte er, eine Stellung einzunehmen, die ihn wieder in Ordnung brächte. Er wand sich in alle Richtungen, hob die Arme zum Himmel, spreizte die Beine, machte einen Kopfstand. Nichts zu machen. Jedesmal nahm die Silhouette eine Haltung an, die seiner widersprach. Er rackerte sich ab wie der Teufel. Die Silhouette flimmerte um ihn herum und begann, sich wenige Zentimeter vor seinen Füßen aufzuspalten. Wut packte Soltan, und er sprang auf den zitternden Schatten und bearbeitete ihn mit den Füßen, so heftig er konnte, stieß Flüche und Drohungen aus. Lange verausgabte er sich dort auf dem Boden aus gestampfter Erde, schwitzte aus allen Poren, schnaubte wie ein Pferd, sprang herum wie ein Besessener. Draußen hatte der Schirokko an Heftigkeit zugenommen, und obwohl es inzwischen Abend war, war die Hitze erdrückend. Lalla Batoul wurde von diesem ungezügelten Schauspiel berührt. Niemand hätte es beenden können. Man hätte meinen können, der Teufel sei in ihn gefahren. Hatte ihn etwa jemand behext? Die Mutter würde ihn mehrere Marabuts aufsuchen lassen. Die Schwestern umringten ihn. Ein paar Nachbarn waren herbeigelaufen. Der Klatsch hatte ein neues Thema. Soltan war in Trance verfallen, er riß sich die Kleider vom Leib und trampelte sie wütend in den Staub, fluchte auf alle Heiligen und Marabuts und wiederholte jedesmal diesen Satz: "Ficken will ich die Religion deiner Mutter!"

Lalla Batoul entzündete ein kleines Feuer, verbrannte ein paar Kräuter darin, ein wenig Rautenkraut und Alaun, und räucherte damit alle Ecken und Winkel des Zimmers aus, in denen ihr Sohn umging. Der Fquih, der von den zahlreichen Kindern herbeigerufen worden war, sagte nur immer wieder in seinen weißen Bart: "Wir gehören Gott, und zu Ihm kehren wir zurück!"

Der aufständische Schatten erzitterte unter der Macht des Gestampfes. Der Fquih las mit hastiger Stimme eine Sure aus dem heiligen Buch. Die Frauen tuschelten untereinander, zufrieden oder bestürzt angesichts des Schicksals des jungen Mannes. Rachsüchtig wie sie waren, fanden sie in diesen Umständen Gelegenheit, Vergeltung zu üben an der Mutter und ihrem Plan. Dank dieses Ereignisses konnten sie ihre Enttäuschung verdrängen und ihre Boshaftigkeit besänftigen, indem sie sich ununterbrochen sagten:

"Es ist uns nichts entgangen. Er ist ja doch nur ein Besessener!"

Eine lange Viertelstunde verstrich. Das Anwesen füllte sich mit Gaffern, Geschrei und Weinen erklangen von überallher. Inmitten eines Kreises Neugieriger sprang der Junge auf dem unförmigen Flecken herum, verfolgte verbissen sein falsches Spiegelbild und schrie vor Schmerzen. Wie sollte man sie loswerden, all diese aufdringlichen Gestalten aus der Kindheit, und sich einrichten in dem Bild des Erwachsenen, das die Mutter für ihn mit jedem Tag entwarf?

Plötzlich war es still. Soltan erstarrte mitten im Kreis, stieß ein langes Seufzen aus und fiel auf dem feuchten Boden zusammen. Die Leute verliefen sich. Als er am nächsten Tag erwachte, saß die Mutter an seinem Bett. Sie allein verstand den Zustand ihres Sohnes. Sie erklärte den Nachbarinnen, die gekommen waren, sich nach seinem Gesundheitszustand zu erkundigen, die Nachricht seiner bevorstehenden Hochzeit sei so unerwartet gewesen, daß ihr Sohn vor Freude das Bewußtsein verloren habe.

Spät am Tage war Soltan in der Lage aufzustehen. Er suchte nach seinem Schatten, erst an der Wand, dann an der Decke, schließlich am Boden. Er war nirgendwo. Seine Furcht wurde noch größer. Er suchte in allen Ecken des Hauses. Nichts. Soltan verstand nicht mehr, was ihm geschah. Alle Stimmen in seinem Innern waren verstummt. Er fühlte keinen Schmerz mehr in seinem Körper, und sein Kopf war völlig leer. Die ganze folgende Nacht lang dachte er nach, und beim Morgengrauen war er zu der Überzeugung gelangt, daß er nur noch ein Schatten seiner selbst sei.

9.

Eine Woche nach den Vorgesprächen der Frauen ging Si Larbi zu Sidi Bouali, um die ganze Angelegenheit offiziell zu machen. Begleitet wurde er von zwei Honoratioren des Dorfes, dem Lehrer der Koranschule und dem Mokkadem. Die Männer waren in Weiß gekleidet. Sie trugen die Djellaba für besondere Anlässe und den Festtagsburnus.

Am Abend vorher hatte Si Larbi einen Sack Mehl, einen Fünfliterkanister Öl und einen Sack voll weißer Zuckerhüte zu Sidi Boualis Haus bringen lassen, um seinen Besuch anzukündigen. Sidi Bouali gab seiner Frau den Befehl, Boden und Wände gründlich zu putzen, zweifelhafte Flächen frisch zu kalken und die Decken auf den Fensterbänken durch frische zu ersetzen. Alles war in einem Tag getan. Es gab keine Zeit zu verlieren. Der Couscous würde über Nacht gerollt, die Hühner gerupft und ausgenommen, das Gemüse geputzt, der Zucker gebrochen. Nichts wurde dem Zufall überlassen. Den Männern durfte kein Anlaß gegeben werden für Gerede, kein Anlaß für Kritik: nichts ist unangenehmer für einen Mann, als seine Würde besudelt zu sehen. Hämisches Gerede ist schlimmer als Verleumdungen. Vorbereitungen mußten also getroffen werden, und man mußte sich dem großen Anlaß würdig erweisen.

Die fünf Männer wurden würdig empfangen. Sie tranken Tee und sprachen lange von dieser schwarzen Zeit, die das Land gepackt hatte und für die sie uns verantwortlich machten. Der Fquih untermauerte die Hypothesen der anderen mit ein paar Koranzitaten und sprach dann seinen Fluch über uns aus. Dann wurde ein gemeinsames Gebet gesprochen, in dem die fünf Männer Allah anflehten, Er möge sie verschonen, und Er möge die schlimmsten Übel auf uns niedersenden. Man sprach von jenem dort, dem Sohn des So-und-so, der schamlos durch die Straßen ging, den Hintern in eine Jeans gezwängt, ein Kettchen um den Hals und lauter Ringe an den Fingern. Vom Namen dieses anderen da, der mit den langen Haaren, den man nicht von einem Mädchen unterscheiden konnte... Wie konnte man denn einem traurigen Schicksal entgehen in dieser Welt, die zerstört wurde von der höllischen Raserei der Jugend? Unser Unglück war groß. Die Hoffnung sehr dünn. Gott hatte wahrscheinlich seinen Blick von uns abgewendet und Bitterkeit zurückgelassen, die unser Herz zerfraß. Heuschrecken waren an die Stelle des Regens getreten, und der Tod hatte unsere alltägliche Trauer erfüllt. Wir waren überzeugt, daß wir bekamen, was wir verdienten. Wir lebten in Heuchelei, Korruption und Lüge. Und unsere Führer im erschreckenden Luxus ihrer Paläste, ohne einen Gedanken an das Los ihres Volkes. Sie hatten sich um ihre eigenen Dinge zu kümmern. Der Staat war ihnen Deckmantel und

Sprungbrett, um die Armut des Volkes bis zum Letzten auszubeuten. Die Preise stiegen. In der Unordnung des Gewissens sagten wir nichts, denn wir hatten keinen Stolz mehr. Angst hatte unsere Begeisterung erstickt, so als seien nicht wir es gewesen, die die französische Besatzung besiegt hatten mit Glauben und Steinen. Das war früher. Jetzt lebten wir ein Hundeleben.

Die fünf Männer sprachen nicht von dieser Angst, denn ein jeder fürchtete den anderen. Mißtrauen war Teil unserer Verhaltensweisen geworden. Man mußte die eigene Zunge in Zaum halten. Somit war es natürlich leichter für sie, alle Schuld an der Lage auf uns zu schieben. Um dem Gespräch, das allmählich mühsam wurde, eine andere Richtung zu geben, erzählte der Fquih eine lustige Geschichte, die ihm mit einem der Dorfbewohner passiert war. Eine Frauengeschichte. Der Betreffende hatte mit einer Prostituierten geschlafen, während die ihre Tage hatte. Er wollte wissen, ob die Unreinheit dieser Frau ihn in die Hölle bringen würde oder ob er deswegen impotent werden könne. Die Männer brachen in Lachen aus. Der Mann des Volkes war noch immer völlig unwissend. Die Machthaber konnten ihn herumführen wie einen Lastesel.

Das Gespräch wurde lebhafter. Einer der beiden Honoratioren erinnerte an Aouicha. Sofort verdunkelte sich Si Larbis Gesicht. Ein innerer Krampf packte ihn, er fühlte, wie seine Gedärme sich verhärteten. Er zwang sich, nicht zu schreien oder zu seufzen. Ein undeutliches doch hartnäckiges Bild flimmerte durch sein Gedächtnis. Der Tolpatsch bemerkte seinen Fehlgriff und versuchte, das ganze mit einer Anekdote zu kaschieren. Doch es war geschehen. Si Larbi lachte nicht. Eine unangenehme Stille machte sich in dem Raum breit. Si Larbi seufzte, schaute auf die Uhr, zog ein Taschentuch aus der Tasche seines Saroual und wischte sich die Stirn. Der schmierige Schatten Aouichas erstickte das Gerede der Männer. Warum in der Asche wühlen? Si Larbi litt noch immer an der Brandwunde von früher. So schmerzhaft, als stamme sie von gestern. Die schlecht vernarbte

Wunde blutete wieder. In seinem Herzen mischte sich die Vergangenheit mit dem Namen und dem Duft der jungen Frau. Aouicha! Trotz der langen Zeit, trotz aller Vernunft und trotz des Alters! Trotz aller Ungerechtigkeiten und aller Resignation. Man liebt nur ein einziges Mal. Nicht das Herz wählt die Hausherrin. Doch wer spricht von Liebe? Wer würde das schon verstehen? Wer würde dem Kind erlauben, seine Gefühle frei auszudrücken und sich mit derjenigen zu verbinden, die es auswählt? Frau, Liebe Zärtlichkeit: Wörter, die Not säen und Schwäche. An diesem Abend verfluchte Si Larbi die Allgemeinheit, die ihn gezwungen hatte, das Gegenteil zu tun von dem, was er hätte tun sollen, das Gegenteil seiner persönlichsten Überzeugungen zu glauben. Wie ein Berg hatte die Macht der Allgemeinheit auf Si Larbi gelastet, bis sie ihn erdrückte, auslöschte, ausradierte. Segen ist kein leeres Wort. Er ist nichts, was man bekommt oder wählt. Er will verdient werden.

Das Mittagsmahl war köstlich. Zwei Paar Hühner, in Olivenöl gebraten mit kandierten Zitronen; eine Hammelkeule mit Pflaumen, die in Sesamsamen und geröstete Mandeln gehüllt waren; dann ein Couscousgericht mit sieben verschiedenen Gemüsen. Mit jedem Bissen regneten Komplimente für die Hausherrin nieder. Der Fquih und der Mokkadem aßen eilig und machten Schnalzgeräusche mit der Zunge als Zeichen ihrer Zufriedenheit. Die beiden Männer machten sich zuerst an das Fleisch, zupften die zartesten Stücke heraus, schluckten ohne zu kauen, tränkten die Finger in der Soße und schnauften die ganze Zeit. Si Larbi tat, als esse er. Die Erinnerung an Aouicha erfüllte seine Gedanken. Sie kochte für ihn, manchmal, wenn die Herrin nicht da war. Sie wußte, wie sie ihm Vergnügen bereitete. Die beiden Männer ihm gegenüber widerten ihn an. Aouicha lebte noch immer in ihm. Mit all ihrer Anmut. Mit all ihrem Glanz. Die Erinnerung an sie hatte ihn niemals verlassen. Die ganze Zeit war sie durch sein Fleisch und sein Blut gezogen. Wie eine unheilbare Krankheit. Die Männer aßen wie Vielfraße. Si Larbi war dankbar für die Stille, die eingetreten war. Das Geschnaufe störte ihn nicht bei seiner inneren Flucht. Er wußte, daß das vorübergehen würde und nutzte die Gelegenheit, um ein paar Fetzen seiner Jugenderinnerungen zu neuem Leben zu erwecken. Ein Augenblick des Friedens, während dem er sich lösen konnte von der Dummheit der anderen, um sich ganz in seine eigene zu stürzen. Hätte er die Zeit noch einmal zurückdrehen können, er hätte seinem Leben ein Ende gesetzt bei dieser ersten Umarmung, diesem ersten Lächeln, diesem Erschauern des Herzens. Für immer gezeichnet war er, er trug die Bißwunde der Liebe. So nannte er sein Gefühl. Andere sprachen von Wahn, von Hexerei. Sei's drum! Er brannte vor Liebe zu dieser Frau. Aouicha die Leidenschaft! Aouicha die Verzauberung! Aouicha! Aouicha!

Nachdem er die Hammelkeule verschlungen hatte, rülpste der Fquih mehrmals. "Wohlsein!" rief ihm einer der Männer zu. Er rieb sich die Hände und erklärte dem Gastgeber in feierlichem Ton:

"Möge Allah deinen Besitz vervielfachen und deinen Reichtum mehren für dieses köstliche Mahl, das du uns heute bereitet hast! Möge Allah Gesundheit geben derjenigen, die es zubereitet hat und dir, der du uns solche Ehre erwiesen hast in deinem Hause!"

Die anderen hatten die Hände vor sich zusammengelegt, mit den Handflächen zum Himmel. Auf jede der Beschwörungsformeln des Fquih antworteten sie im Chor mit "Amen". Der Mann des Buches rezitierte voll Eifer sein gesamtes Repertoire an Gebeten und Schmeicheleien: langes Leben den Eltern, Reichtum und Gesundheit den wahren Gläubigen, absoluten Gehorsam den Kindern und Unterwürfigkeit den Frauen. Und so beendete er seine Predigt:

"Möge Allah Sorge tragen, daß deine Nachkommenschaft sauber und recht sei, bescheiden und leicht zu leiten! Möge Allah deiner Tochter einen Jungen aus gutem Hause senden, der über sie wacht, ihre Ehre beschützt und seinen Kopf bedeckt. Möge Er sein Leben erleichtern und das Unsere!"

Ein letztes "Amen" entstieg den fünf Brüsten, die auf dem großen Sofa aufgereiht saßen. Sidi Bouali dankte dem Fquih für seine zahlreichen Gebetsfloskeln, die für ihn und die Seinen gesprochen worden waren. Die anderen wiederholten laut und in tiefer Hingabe den Namen Allahs und seines Propheten. Die Szene der Danksagungen und Lobpreisungen war ein voller Erfolg. Der Fquih zögerte bei keiner Silbe, vergaß keinen Namen, keinen Buchstaben. Alles wurde mit Kraft und Überzeugung gesagt. Alles war klar wie Quellwasser. Alles war perfekt und ebenso reichhaltig wie das Essen.

Der Herr des Hauses klatschte in die Hände und sofort kam der Tee. Ein silbernes Tablett wurde diskret am Eingang des Wohnraumes abgestellt. Das Tablett wurde dem Fquih gereicht. Als alle bedient waren, ergriff der Mokkadem das Wort und sagte zu Sidi Bouali:

"Sid Al Hadj! Ich denke, du kennst den Anlaß unseres Besuches...!"

Ohne jedes Zögern erwiderte Sidi Bouali seinem Gast:

"Ihr seid hier zuhause. Ihr ehrt diesen Ort mit eurer Anwesenheit, und mein Heim ist das eure, auch ohne Anlaß. Wenn es etwas gibt, das ich für euch tun kann, so ist euer Wunsch mir Befehl!"

"Heute ist ein großer Tag für uns alle", fing der Mokkadem mechanisch wieder an, als habe er Angst, den Faden seiner Ideen zu verlieren. "Die Engel sind glücklich im Himmel, denn wir sind hier versammelt zur edelsten Sache der Welt. Wir sind hier, heute, am Freitag, dem Tag des Herrn und aller Muslime, um dich um die Hand deiner Tochter zu bitten - möge Gott sie bewahren und beschützen - für den Sohn des hier anwesenden Si Larbi - möge Allah seine Schritte lenken auf dem Weg des Guten! Wir hoffen, daß du unsere Bitte nicht abschlagen wirst!"

Sidi Bouali antwortete nicht. Er täuschte Überraschung vor und senkte schamhaft den Kopf. Er rieb die Hände aneinander bevor er begann, seinen Ring um den Finger herum zu drehen. Die neuerliche Stille erlaubte Si Larbi, sich einen Moment lang in seine Vergangenheit zu retten. Aouicha erschien in all ihrer Schönheit und Jugend im Blick des Mannes, der dabei war, ein Manöver der Realitätsflucht zu beginnen, als Sidi Bouali den Mund öffnete, um den Männern zu antworten. Sofort verflüchtigte sich Aouichas Bild.

"Ihr wißt", sagte der Gastgeber zu seinen Gästen, "ich bin nicht fähig, auch nur einen von euch durch eine Ablehnung zu kränken. Meine Tochter ist eure Tochter. Wenn ihr mich gebeten hättet, sie euch für eine Opfergabe zu schenken, ich hätte es getan..."

Die Männer hörten aufmerksam zu. Der Augenblick war gefühlsbeladen. Si Larbi ließ seine Fluchtgedanken fahren und konzentrierte sich auf die Lippen des Gastgebers. Das Bild seines Vaters flimmerte in seinem Gedächtnis. Weit weg war seine Zeit. Weit weg war sein Leben. Es wurde ihm bewußt, daß er nun mit seinem Sohn die Gesten und Haltungen des eigenen Vaters nachspielte. Welch ein Jammer! dachte er tief drinnen. Er war zerbrochen worden von der gemeinsamen Anstrengung der Allgemeinheit und hatte Unterdrückung und Intoleranz kennengelernt. Er tat, was er tun mußte. Er hatte seine Würde unter den Männern, und die mußte er verteidigen gegen alles und jeden.

Der Mokkadem, der Fquih und die beiden Dorfhonoratioren begrüßten die Worte Sidi Boualis mit befriedigtem Kopfnicken. Ein farbloses Lächeln zeichnete sich auf Si Larbis Lippen ab, als sein Gastgeber vorgab, seine Tochter sei noch recht jung zum Heiraten. Außerdem komme das letzte Wort seinem Bruder zu, dem Älteren von beiden. Das Wort Sidi Boualis habe kein Gewicht angesichts des seinen. Er sei der Vater der ganzen Familie, seit ihr Vater - Gott sei seiner Seele gnädig! von dieser Welt gegangen sei.

"Wohl gesprochen", rief der Mokkadem aus. "Unsere Vorfahren - mögen sie alle eingehen in Sein Reich! - sagten: Der Ältere ist die Quelle deines Tuns. Wenn du nicht weißt, was du tun sollst, frag deinen Älteren um Rat, und sei er dein schlimmster Feind. Wer nur eine Nacht mehr erlebt hat als du, kennt einen Kniff mehr!"

Die Gemeinde bestätigte diese Worte mit einem schönen rhythmischen "*Allah U Akbar!*" Sidi Bouali hatte Worte der Weisheit gefunden. Da gab es nichts zu deuteln. Diese Familie lebte ihre Prinzipien. Die nun folgende Stille war geradezu rührend.

Mina war eingesperrt in einem Zimmer. Niemand durfte ihre Anwesenheit bemerken. Mit Augen, die sich nicht vom Boden lösten, dachte sie an all die Dinge, die ihrem Körper und ihrem Gedächtnis fehlten. Sie wußte nicht, wie eine Blume oder ein Stern aussahen. Sie war verdammt dazu, zwischen Mauern zu leben, sie war lebendig begraben im Hause ihrer Eltern. Ihre Mutter lauschte durch die Tür, was zwischen den Männern gesprochen wurde. So war sie über alles auf dem Laufenden und müßte ihren Mann nicht durch unpassende Fragen in Verlegenheit bringen. Die weibliche Diskretion hielt einiges aus, und die Schicklichkeit war gewahrt.

Soltan war auf dem Feld. Weit weg von den Männern, die über seine Zukunft entschieden. Die geeggten Weiten harrten in Verlassenheit, genau wie er. Ein Tropfen Wasser. Ein Wort der Zärtlichkeit und des Verständnisses. Die Arbeit wurde zur Fron. Das Warten unerträglich. Der unerschütterliche Himmel ließ nichts als die Stille seiner Klarheit erklingen. Von Zeit zu Zeit rührte eine verirrte Wolke an der Hoffnung in den Herzen. Dann klebten alle Blicke auf ihr und verfolgten jede ihrer Bewegungen. Wächsernes Lächeln zeichnete sich auf die Gesichter. Man beeilte sich, warf ein paar Samen aus und machte große Pläne. Die kleine Wolke verschwand über Nacht, und am nächsten Tag hatten die Bewohner, die sich ihren trägen Träumen hingegeben hatten, ihren übelriechenden Gesichtsausdruck wieder.

Mit jedem Schlag der Hacke sprang die Frau aus den Tiefen der Erde, um Soltan seiner Winzigkeit und Mittelmäßigkeit zu gemahnen. Oft weinte er heimlich. War er also kein Mann? Si Larbi hatte ihn gelehrt, Tränen seien die Schwäche der Frauen. Männer weinten niemals. Und doch hatte sein eigener Vater ihn eines Morgens bis ins Café geschleppt, um vor allen Bewohnern des Dorfes die bevorstehende Hochzeit Larbis mit seiner Cousine zu verkünden. Si Larbi hatte alle Tränen vergossen, die sein Körper enthielt. Hatte geweint wegen seiner Not. Geweint um die Frau mit den langen Haaren und den Gazellenaugen. Niemand hatte seinen feuchten Blick verstanden, die unberechenbaren Tränen, die unter seinen Lidern hervordrückten. Er war ein Mann unter Männern, Tränen durften seine Wimpern nicht mehr überschreiten. Nachdem er alle Qualen sämtlicher Ängste und Tyranneien erduldet hatte, fragte sich Soltan immer öfter, immer drängender, ob er denn noch immer ein Mann sei. Die Träne, die im gleichen Moment über seine Wange lief, stürzte ihn in Verzweiflung.

Der ältere Bruder, ein Epileptiker mit weißem Bart, machte keinerlei Schwierigkeiten. Er hatte den Kopf bewegt zum Zeichen seiner Zustimmung und war dann wieder in kindlichem Schlaf versunken. Sidi Bouali erhob sich und ging zu seinem Bruder, um ihm einen unterwürfigen Kuß auf die Stirn zu drükken. Die Männer begrüßten diese Entscheidung, die ein Zeichen von Intelligenz und Weisheit war. Sie standen alle auf, schüttelten sich die Hände, küßten sich, beglückwünschten sich gegenseitig mit diesem Stolz im Blicke, den diejenigen zeigen, die ein außergewöhnliches Werk vollbracht haben. Sie nahmen ihre Plätze wieder ein, hoben die geöffneten Hände zum Himmel und lasen gemeinsam mit lauter und vernehmlicher Stimme die Fatiha:

"Im Namen Gottes, des Erbarmers, des Barmherzigen! Lob sei Gott, dem Weltenherrn, dem Erbarmer, dem Barmherzigen, dem König am Tag des Gerichts! Dir dienen wir und zu dir rufen wir um Hilfe! Leite uns den rechten Pfad, den Pfad derer, denen du gnädig bist, nicht derer, denen du zürnst, und nicht der Irrenden!"

Nach diesem Koranwort war Mina, Tochter Sidi Boualis, die rechtmäßige Braut Soltans, Sohn Sidi Larbis; durch die Anwesenheit der Männer und den Zauber des Wortes. Das Schicksal selbst hatte aus dem Munde der Väter gesprochen. Jujuschrei erklangen im Patio. Noch vor Anbruch der Nacht würde es das ganze Dorf wissen. Der Fquih und der Mokkadem würden überall das Lob der Gastfreundschaft der Familie verbreiten. Klatsch besorgte den Rest.

Die Männer tranken wieder Tee in freudiger Atmosphäre. Der Fquih und der Mokkadem ließen ein paar Gazellenhörner in der Kapuze ihrer Djellaba verschwinden. Die Diskussion um den Preis entbrannte gleich nach dem letzten Glas, und sie war recht laut und heftig. Auf beiden Seiten wurde gefeilscht. Entweder war er sehr hoch, oder er war nicht hoch genug. Man mußte ein wenig heruntergehen. Noch ein paar Dirhams drauflegen. Nie war es genug für Sidi Bouali. Immer war es zu viel für Si Larbi. Jetzt bedenkt doch! Die Schwester war für viel mehr hergegeben worden. Was sollen denn die Leute sagen? Wenn sie keine Jungfrau mehr ist, bekommt Ihr alle Unkosten erstattet. Außerdem hatte sie die Schönheit der Jugend. Also wäre sie doch etwas mehr wert als ihre Schwester, die vor vier Jahren verheiratet worden war, oder die Tochter jenes anderen, die weder ihre Anmut noch ihren Liebreiz hatte. Vor allem sollte man nicht übertreiben. Eine echte Jungfrau, taufrisch! Nach langem Hin und Her gelang es dem Mokkadem, beide Vertragsparteien zur Einigung zu bringen. Der Preis würde ein wenig über dem liegen, der für die Schwester der jungen Amina gezahlt worden war, zahlbar in zwei Raten: die erste bar auf die Hand, die zweite, später zu zahlen, würde auf der Rückseite des Vertrages vermerkt. Man vertraute auf die Entschlossenheit des Mokkadem und las nochmals die Fatiha. Ein Traum zeichnete sich ab im Blick des Fquih. Er würde an der blutigen Zeremonie teilnehmen und diese Verbindung mit ein paar Koranversen segnen. Was die Geschenke anging, so kannten sie alle die Gebräuche: jedes Stück in doppelter Ausführung. Si Larbi legte das Hochzeitsdatum fest. Ein Tag vor der Zeremonie würde der Vertrag von den Adulen in Sidi Boualis Haus aufgesetzt.

Die Männer hatten ihre Arbeit getan. Nun war es an Gott, die seine zu tun, damit diese Verbindung endgültig rechtens und ordnungsgemäß würde. Preis dem Herrn der Welten!

Alles mußte in weniger als einem Monat geschehen. Beide Familien hatten es eilig, sich von einer Last zu befreien, die eine wollte einen unnützen Esser loswerden, die andere ihrem Sohn ein Sexualleben in Übereinstimmung mit den Stammesregeln und der religiösen Moral verschaffen. Beide konnten es nicht erwarten, die Kindheit in die trügerische Welt der Erwachsenen und die Wirren des Fleisches zu stürzen. Soltan war fünfzehn Jahre alt.

10

Tage folgten auf Nächte mit der Eile des Blitzes, nachdem die Männer einig geworden waren. Die Lebensfreude wandte sich wortlos von Soltan ab. Wir sahen ihn nur noch selten, und er teilte weder unsere Vertraulichkeiten noch unsere Pläne. Wir waren am einen Ufer, er befand sich nun am anderen. Wenn wir ihn zufällig trafen, grüßte er uns höflich, sagte aber kein Wort. Seine Augen hatten ihre Klarheit verloren, und wir hatten den Eindruck, daß das Kind, das wir gekannt hatten, gestorben sei. Man hätte meinen mögen, sein Körper trauere um die Kindheit und sein Schicksal sei eingeklemmt zwischen dem Schmerz und der Abwesenheit derjenigen, die nichts mehr zu hoffen haben. Nach der Dürre, den Heuschrecken und der Not hatte das Leben ihm nichts Besseres zu bieten als diese trübe Furcht.

Jeder von uns kannte die Einzelheiten und Windungen der Geschichte. In einem abgegrenzten Raum, in dem nie etwas Außergewöhnliches geschah, war diese Hochzeit ein Ereignis. Außer ein paar Zeremonien, Streitereien, ein oder zwei Abschieden pro Jahr, waren die Tage so leer wie ein Grab. Durch diese Hochzeit hatte das Dorf genug Material für monatelanges Gerede, Anspielungen, Intrigen, Gerüchte. Die Lügenschmiede hatten durch sie Gelegenheit, ihrer perfiden Phantasie freien Lauf zu lassen. Die öffentlichen Plätze wurden zum Treffpunkt, wo Informationen über diese Angelegenheit ausgetauscht wurden. Jede Einzelheit war von Bedeutung. Besonders die Frauen waren enttäuscht, wenn ein Aspekt ihrer Auslegung und ihrem Kommentar entging. Deswegen erfanden sie neue Tatsachen, um die Lügen am Leben zu erhalten und um den anderen zu zeigen, daß sie ihnen etwas voraus hatten. Was zu lebhaften Auseinandersetzungen führte:

"Dein Wort mag ja recht und schön sein, doch ich weiß aus sicherer Quelle, daß der verkaufte Grund der Mutter gehörte und nicht dem Vater. Ein Vorwand also, ihr schon zu Lebzeiten alles zu nehmen. Das erzählt man jedenfalls!"

"Der Grundbesitz ist viel weniger wichtig als das, was bei Sidi Bouali passiert ist, als die Männer zu ihm gekommen sind, um ihm die erste Rate zu überbringen. Es heißt, die Familie der Braut wollte sich aus der Sache zurückziehen, jemand anders soll einen höheren Preis angeboten haben, um Mina zu heiraten. Nur Gott kennt die Wahrheit!"

"Das stimmt doch nicht", sagte eine dritte. "In Wahrheit hat Lalla Zineb, die Heiratsvermittlerin, vergessen zu sagen, daß das Mädchen noch so jung ist und manchmal noch ins Bett macht! Gott allein ist der Beherrscher der Wahrheit!"

"Ich weiß nur", sagte eine andere, "daß ihr ein Rudel Hyänen seid, das sich mit Aas und Verleumdung vollfrißt. Möge Allah euer Gewissen zerstören und eure Zungen mit Warzen bedekken!"

Es kam unausweichlich zum Streit. Die festgefügte Menge der Frauen spaltete sich auf unter einer Flut von Flüchen und aufgelösten Haarknoten. Man brauchte schon ein kräftiges Kreuz, um in dieser aufgebrachten, scheckigen Menschentraube einen Fuß auf den Boden zu bringen. Wir betrachteten sie von weitem und wagten nicht näherzutreten, um die Gegnerinnen auseinanderzutreiben. Sie hätten uns dreckige Spanner genannt, und Schwuchteln auf der Suche nach unsauberem Körperkontakt. Außerdem war der Anblick recht unterhaltsam.

Die Sorgen der Männer lagen anderswo. Während sie Karten oder Dame spielten, gaben sie sich allen Arten von Annahmen und Andeutungen hin:

"Und wenn Mina nun nicht das Mädchen ist, für das wir sie halten? Die Neigungen ihres Vaters kennen wir ja schließlich nur zu gut. Ich sage euch, da ist etwas im Busche, so schnell wie die das Mädchen hergegeben haben!"

Ein recht alter Mann rückte seine Chechia auf das rechte Ohr und sagte mit schwankender Stimme, in der sich dunkler Spott mit falschem Mitleid mischte:

"Gott ist groß! Sidi Bouali muß nun nicht mehr länger suchen. Ein jeder hat einmal einen glücklichen Moment! Was mir viel mehr Angst macht ist, daß unser Freund Si Soltan vielleicht gar nicht in der Lage ist, seine hübsche Braut zwischen den Beinen zu kitzeln!"

Ein anderer, im Schneidersitz, inhalierte einen tiefen Zug Kif, bevor er hinzufügte:

"Möge Allah uns alle auf dem rechten Weg führen! Man sollte nicht derart schlecht reden von der Jugend. Wenn er es nicht hinkriegt, hier gibt es doch Männer, die welche aus Stahl haben, und die unserem lieben Slitin statt mit einen Handschlag mit einem anderen Körperteil aushelfen können; möge Gott ihn vor eurem Gehabe beschützen! Ich habe nichts gesagt. Allah ist mein Zeuge!"

"*Ach had achi?* Was ist denn das nun wieder? Schämt Ihr Euch denn gar nicht, in meiner Gegenwart so etwas zu sagen? Was mach' ich denn mit meinen Werkzeugen, wenn ich damit nicht einem Landsmann aushelfen kann? Ich bin immer für alle Fälle bereit, und ich erwarte dafür weder Komplimente noch Dankbarkeit von Euch! *Allah chahad!*"

Der Mann, der das gesagt hatte, war ungefähr sechzig Jahre alt. Eingewickelt in einer wollenen Djellaba, die ihre Farbe schon seit Jahren verloren hatte, betastete er sich unter seinen Kleidern ohne Rücksicht auf die anderen. Der Geruch von Kif und Müdigkeit tränkte den Ort in Häßlichkeit. Die Worte, wie Seifenblasen, zerplatzten in der Grobheit der Stimmen, in der Gewöhnlichkeit der Gesten und der unauslöschlichen Hysterie des höhnischen Gelächters. Fette Männer, aufgereiht entlang der Wand der Moschee, die auf das Wunder warteten, das sie aus ihrer bronzenen Einsamkeit herausholen würde. Zum Zeitvertreib klebten sie ihre bösen Späße an das gerade aktuelle Ereignis, bis dieses zu einer wirklich bedeutenden Angelegenheit wurde. Ihre Verstiegenheit und ihre Besessenheit endeten mit dem Ruf zum Gebet oder dem unerwarteten Ausbruch einer Rauferei.

Zwischen den giftigen Worten der Frauen und der irren Frustration der Männer spannte sich das blutrote Bild eines befleckten Lakens.

In der Hochzeitsnacht wurde Soltan in ein von einer Kerze kaum erhelltes Zimmer geführt, und bevor er die Tür hinter sich verschloß, hämmerte der Vater ihm von der Schwelle her folgende Worte ein:

"Du kommst hier nicht eher heraus, bis du nicht allen gezeigt hast, was du mit deinen Eiern anfangen kannst! Wir warten draußen. Enttäusch uns nicht, und zeig ihnen, daß Si Larbi einen ganzen Mann in die Welt gesetzt hat! Du entstammst der Rasse des Ölbaumes!"

Zweimal wurde der Schlüssel umgedreht, und das Geräusch hallte in Soltans Brust wider, dessen Furcht ihren höchsten Punkt erreicht hatte. Die Kerzenflamme tanzte im glühenden Wind, der durch die vertikale Spalte eindrang, die ein unfähiger Maurer in die Wand gebaut hatte. Soltan nahm eine Silhouette auf dem Bett war. Er riß zitternd die Augen auf. Seine weichen Beine trugen ihn kaum. Das Gesicht der menschlichen Form, die da auf dem Bettrand saß, war mit einem Rechteck aus weißem Musselin bedeckt. In dem Raum, in dem Friedhofsstille herrschte, glaubte der Junge, die Bewegungen der Flamme zu hören. Draußen unterstützten die Hochzeitsgäste die Musik durch wütendes Händeklatschen, durch Getrommel auf Darboukas und Tamburine. Die einen sangen. Die anderen tanzten mit einem Tuch um die Hüften. Immer wieder trat Stille ein. Doch da kein Schrei aus dem Brautgemach drang, begannen sie wieder mit ihrem Radau, trunken von Musik und unerfüllten Phantasien.

Minas Kinderkörper zitterte. Das Brandmal der Ehrenhaftigkeit erwartete sie. Auch Soltan zitterte, unbeweglich dort, wo der Arm seines Vaters ihn hingeschoben hatte, sprachlos. Sein besser bewanderter Freund, der einen Monat vor ihm geheiratet hatte, hatte ihn mit folgenden Empfehlungen versorgt:

"Du gehst rein wie ein Mann: mit erhobenem Kopf, stolz. Du gehst einmal im Zimmer umher und wirfst dabei ein paar Gegenstände auf den Boden! Verstehste? Du stößt Beschimpfungen aus auf das Leben und deine Freunde, sagst, ihnen fehle es an Treue und Ehrlichkeit. Sei auf der Hut: sie darf den Schnabel auf keinen Fall aufmachen. Du mußt sie niedermachen und ihr zeigen, daß du der Herr bist. Verstehste? Die Katze stirbt am ersten Tag! Wenn du deine Nummer abgezogen hast, geh hin zu ihr und reiß ihr den Schleier ohne Wenn und Aber runter. Dann befiehlst du ihr, sich aufs Bett zu legen, oder wirf sie gleich selbst hin. Verstehste? Dann reiß ihr die Hose runter und leg sie ihr unter den Hintern! Zieh ihr die Beine auseinander und plazier dein Ding mitten zwischen ihre Schenkel, dort wo das

Fleisch am weichsten ist. Und dann rein damit mit Gewalt! Verstehste?"

Soltan hatte nichts verstanden. Er hatte sich damit begnügt, blasiert mit dem Kopf zu wackeln. Sein Kamerad packte ihn beim Arm, schüttelte ihn brutal und rief ihm dann mit vorwurfsvoller Stimme zu:

"Ja aber bei meinem Ehrenwort, man könnte meinen, du weißt gar nicht, wie eine Frau aussieht! Das ist doch nicht zu fassen! Da, sag' ich dir, zwischen den Beinen"; er wies mit dem Zeigefinger auf seinen Unterleib; "du steckst deinen Schwanz, wenn du einen hast, in ihr Loch, verdammt nochmal! Du hast doch hoffentlich schon mal eine Scheide gesehen! Du bumst sie halt, schau mich doch nicht so an wie ein Idiot! Beim ersten Mal muß es hinhauen; zeig ihr, daß du zur Rasse der Männer gehörst! Verstehste? Gleich beim ersten Mal muß es sie zerreißen, sag' ich dir, sonst kannst du dich vergessen, für immer. Verstehste? Sie wird dich für einen Schlappschwanz halten. Zeig ihr, daß deine aus Stahl sind, und daß du sie zu benutzen weißt; sie wird dich umso mehr fürchten und noch größeren Respekt vor dir haben! Vergiß bloß nicht, sie mit dem ersten Stoß zum Bluten zu bringen; das ist wichtig für den Rest. Verstehste? Mit dem ersten Stoß!"

An einem Tag im Bade hatte Mina eine Freundin getroffen, die gerade geheiratet hatte. Die zwei Mädchen zogen sich allein in eine Ecke zurück und tauschten Vertraulichkeiten aus. Mina stellte der anderen all die Fragen, die ihr den Schlaf raubten. Fragen in erster Linie über die Männer, über das Eheleben, die Nächte zwischen Ehefrau und Ehemann, die schrecklichen Worte der Vereinigung, das Grauen und die Stille des Fleisches. Die Freundin, die mit einem fast senilen Mann verheiratet worden war, war erst vierzehn und hatte einen ganzen Körper voll kindlicher Träume. Als sie nach ihrer Ehe gefragt wurde, ließ das

Mädchen ihrem Kummer freien Lauf und sagte zwischen zwei Schluchzern:

"Die Ehe ist die Schwester des Todes, Habibti, meine Liebe! Ich werd' dir jetzt mal die Wahrheit sagen: alle Männer sind Ferkel; der Vater, der Bruder, der Cousin, der Onkel, der Ehemann. Alle sind sie gleich. Sie holen dich aus einem Gefängnis, um dich in ein Grab zu sperren. Ich bin lebendig begraben mit dem Alten. Du wirst es erleben! Das ist ganz und gar nicht das Paradies, das die Lieder besingen."

Über ihre intime Beziehung mit ihrem Mann erklärte sie Mina dann, in der ersten Nacht habe sie gedacht, das Ende ihrer Tage sei gekommen. Ihr Alter war schon halb eingeschlafen, als er zur Sache kommen sollte. Er löschte die Öllampe, sprach ein Gebet zwischen faulen Zähnen und bestieg dann den frischen Körper seiner jungen Braut. Die Nacht war sehr lang, und der arme Alte hatte alle Mühe, sein Glied aus seinem Siechtum hervorzulokken. Er brabbelte in einer Sprache, die sie nicht verstand. Doch am Klang seiner Stimme erkannte sie, daß er sie beschimpfte. Sie schloß die Augen und umklammerte mit den Händen den Bettrahmen, während sie auf die Erlösung wartete. Bei Morgengrauen war es ihm noch immer nicht gelungen, sich aufzurichten. Seine Verwandtschaft war vor dem Zimmer versammelt, und da kein Laut zu ihnen drang, brachen sie die Tür auf, da sie glaubten, er sei dahingeschieden, während er sich mit dem jungen Ding abzappelte. Man flehte ihn an, nicht weiter zu kämpfen und begleitete ihn in einen anderen Raum, wo die Männer ihn erwarteten, um ihn zu beglückwünschen. Eine Frau fortgeschrittenen Alters drang in das Brautgemach ein und schickte alle anderen hinaus. Als die beiden allein zurückgeblieben waren, befahl sie der Braut, die Beine zu spreizen und so liegenzubleiben. Sie befingerte sie lange von innen und versuchte, irgend etwas in sie hineinzustecken. Der Gegenstand stieß auf heftigen Widerstand. Sie hätte schreien mögen vor Schmerz und Scham. Die Frau zog den Gegenstand schließlich heraus und ging einen Augenblick aus dem Raum. Die Braut hob den Kopf. Auf dem Boden ruhten ein Ei und mehrere eiserne Instrumente. Sie hörte, wie die Alte den anderen die unverletzte Jungfräulichkeit bestätigte: das Ei war nicht durch das Jungfernhäutchen hindurchgekommen. Es entbrannte sofort eine Diskussion zwischen ihr und den anderen über die Möglichkeit, sie auf der Stelle zu deflorieren. Die Meinungen waren widersprüchlich. Die einen, und zwar die älteren, wollten, daß das hier und jetzt geschehe. Die anderen zogen es vor, dem Alten die Zeit zu lassen, seine Heldentat zu vollbringen. Schließlich einigte man sich, und die alte Frau kehrte zurück ins Zimmer. Sie packte ein Stück Holz mit abgerundeten Enden und steckte es mit Gewalt der Braut in den Leib. Die stieß einen rauhen Schrei aus und fiel sofort in Ohnmacht. Als sie wieder zu sich kam, war sie von den Frauen umringt. Sie gratulierten ihr und hielten ihr den Beweis ihrer Ehre hin.

Die junge Frau hatte Tränen in der Stimme. Sie schwieg lange, bevor sie zu Mina sagte:

"Mit dem Alten passiert es immer nachts. Er spricht sein Gebet, macht die Öllampe aus und legt sich neben mich. Er reißt mir die Hose runter und streckt sich auf meinem Körper aus. Seine Falten wiegen Tonnen auf meiner Brust. Dann halte ich den Atem an. Nichts ist schlimmer als sein Atem an meinem Ohr. Er zieht meine Beine auseinander, kitzelt mich zwischen den Schenkeln mit seinem verknitterten Fleischzipfel und beschimpft mich in seiner Sprache. Ich lasse ihn und rühre mich nicht. Ich spreche im Kopf Gebete und bitte Gott, es möge ganz schnell vorbei sein. Ich bin erleichtert, wenn er dann sein letztes Stöhnen von sich gibt. Ein Schwall warmer Flüssigkeit besudelt meinen Körper und läuft ins Bett. Jeden Morgen leg ich die Matratze zum Trocknen in die Sonne. Das Leben ist tot hier drinnen!" Sie schlug sich mit der Faust auf die Brust. "Letzte Woche hat er mich beschuldigt, unfruchtbar zu sein, weil ich noch nicht schwanger bin. Mein Leben mit ihm ist ein rechter Alptraum."

Mina hörte zu und strich mit zögernder Hand über den feuchten Rücken ihrer Freundin. In ihrem Körper öffnete sich der Abgrund, in dem sich all ihre Ängste, all ihre Verzweiflung und all ihre Leere angesammelt hatten. Sie fühlte sich in diesem Moment erniedrigt, grausam beleidigt, verloren. Sie sagte nichts. Es gab nichts zu sagen.

Das Fest hatte seinen Höhepunkt erreicht. Die Eltern warteten ungeduldig, taten so, als nähmen sie am Vergnügen der Gäste teil und hießen alle willkommen. Soltan war unfähig, vor seiner Braut solche Brutalität an den Tag zu legen. Und doch mußte er etwas tun. Die anderen warteten mit beispielhafter Strenge auf das sprechende Zeichen einer makellosen Entjungferung. Bei jedem Zirpen traten ihnen die Augen aus den Höhlen. Was würden sie von ihm denken, wenn es ihm nicht gelänge, ihre Obsessionen zu befriedigen und den Phantasien Gestalt zu verleihen, die sie verfolgt hatten, seit die Neuigkeit verkündet worden war? Soltan senkte den Kopf und sagte sich immer wieder die Zauberformel: "Ich bin ein Mann, verdammt noch mal!" Schüchtern näherte er sich seiner jungen Frau, schob eine zitternde Hand vor, um ihr den Schleier wegzuziehen und brachte noch nicht einmal diese doch simple Handlung zustande. Mina zitterte vor Entsetzen, als er sich ihr näherte. In ihrem ganzen Körper brannten die tausend Feuer der Frustration. Sie wich instinktiv zurück. Tränen kullerten über ihre wunden Wangen. Zwei Spuren Khôl liefen bis zum Kinn hinunter, bevor sie ihren weißen Schleier schwarz befleckten.

Soltan fühlte sich plötzlich in einen Rausch getaucht, wie er ihn bisher noch nicht gekannt hatte, wie eine alles einnehmende Hitze, ein Zittern, das sein Herz erfaßte und seine Gedanken einnahm. Ein elektrischer Strom durchfloß seine Muskeln und konzentrierte sich in seinem Bauch. Wie der Tod, wenn er beginnt, einem die Fußsohlen zu kitzeln. Wenn er anfängt, einem die Brust zu leeren. Er fühlte nur noch das Pulsieren seiner Arterien. Das Verlangen nach der Frau erfüllte seine Poren und zerriß sein Fleisch. Von nun an war er nur noch ein schlagendes Herz. Das Blut stieg ihm in den Kopf. Eine Art barbarische Gewalt überspülte ihn, es verlangte ihn, sich auf diesen zerbrechlichen Körper zu stürzen, um ihn zu zerreißen, zu vergewaltigen, zu zerfetzen. Er zitterte mit jeder Faser, war erregt von diesem anonymen, flammenden Körper. Sein Fleisch erschauerte vor Lust, wie es noch nie in seinem Leben erschauert war. Er machte einen Schritt. Dann zwei. Erstarrte. Wiederholte im Innern die Zauberformel. Mehrmals. Der Blick, den die verschleierte Silhouette in seine Richtung warf, stoppte sein undeutliches Vorgehen. Die Empfehlungen seines Kameraden überstürzten sich in seinem Kopf. Wo kam diese Aggression her, die in ihm hochstieg? Er schämte sich all der schwarzen Gedanken, die in seinem Geiste aufkeimten. Es wurde ihm bewußt, wie verletzlich er war und setzte sich geschlagen auf den Bettrand. Mina senkte den Kopf und verbarg ihr Gesicht in den Händen. Soltan stieß einen traurigen Seufzer aus und murmelte Worte, die diese Situation ihm eingab:

"Hör zu", sagte er zu seiner Gefährtin, "du bist jetzt mein vor Gott und den Menschen. Hab keine Angst vor mir! Ich bin wie du. Ohne Erfahrung. Ich hätte so tun können als ob. Den Mann spielen können vor dir. Dich einschüchtern. Aber ich will nicht. So bin ich eben. Deswegen müssen wir miteinander reden. Wir werden tun, was die anderen von uns erwarten. Die müssen inzwischen durchdrehen vor Wut da draußen. So lange sie kein Blut gesehen haben, gehen die nicht weg. Ein Freund hat mir geraten, deinem Körper Gewalt anzutun. Du hast mir nichts getan, weswegen ich dir wehtun sollte. Also hör zu! Wir werden so tun, als sei das ein Spiel. Wir sind zwei Freunde und wir spielen Hochzeitsnacht. Leg dich aufs Bett!"

Mina fand ihre Ruhe wieder angesichts dieser vertraulichen, beinahe kindlichen Stimme. Noch nie hatte jemand so zu ihr gesprochen. Sie bewegte den Kopf, um anzudeuten, daß sie einverstanden war und führte Soltans Willen aus. Sie würde spielen. So wie er. Wie all die da draußen, deren Erinnerung vollgestopft war mit perversen Bildern und schmerzenden Geschlechtsorganen, die ohrenbetäubend obszöne Lieder sangen und ganze Litaneien skandierten als Aufruf zur Vergewaltigung, zum rohen Akt, zu Blut und milchigem Sperma. Die allgemeine Begeisterung war auf ihrem Höhepunkt.

In den dunklen Ecken umklammerten sich flüchtige Schatten in ungeschickten Umarmungen, ließen plötzlich voneinander und versprachen sich ein Wiedersehen unter weniger lebhaften Umständen. "Vor allem darf es keiner wissen. Ich vertraue auf dich. Wir müssen recht bald heiraten. Wenn meine Familie erfährt, was geschehen ist..."

Die Serviererinnen und Köchinnen ließen sich bereitwillig den recht üppigen Hintern von Buben befingern, die möglichst bald erwachsen werden wollten. Speckiges Gelächter und das Geschrei der Menge durchschnitten die Eingeweide der Nacht. Wirres Gerede, hastige Versprechungen, dem Schicksal beherzt ins Gesicht geschleudert, erfüllten von heftigen Träumen und verkrampfter Erwartung zernagte Leiber. Mit stierem Blick auf weibliche Gesichter, die dem Fortgang des Festes folgten, vervollkommneten trübe doch keineswegs beunruhigte Jugendliche vom Dach aus das Spiel der Augen, indem sie ihren Charme für diese schmalen Schatten, für die rührende Stille versprühten.

Zwei betrunkene Männer kotzten sich die Eingeweide aus dem Leib gegen die Wand, wobei sie Beschimpfungen brüllten auf das Leben, den Himmel, die Welt und das Brautpaar, alles in einer sehr groben Sprache:

"*In'al dîne hayat!* Verflucht sei die Religion des Daseins! Ich... Arrab! Gott! Ich schwöre bei allen Weinmarken! Zehn mal in einer Nacht... Ich... Arrab! Zehn Mal, wenn ich an der Stelle dieses kleinen Nichtsnutzes wäre! Ich würd's ihr besorgen..."

"Halt den Mund", befahl der zweite, der sich kaum noch auf den

Beinen halten konnte. "Du bist ja besoffen, Alkhaoua! Hör mir mal zu! Diese ganzen Schnecken... sie alle könnt' ich; eine nach der anderen, ohne Pause! Ich hab nämlich die Eier von Antar Bnou Chaddad zwischen den Beinen! Ich..."

Die Wörter lösten sich auf im Gewirr der Stimmen und im dumpfen Geruch nach Erbrochenem. Die beiden Säufer kotzten noch lange weiter und fuchtelten dabei in alle Richtungen. Streit entbrannte zwischen ihnen wegen einer Frau, die angeblich in ihre Richtung geschaut hatte. Ein jeder behauptete, dies sei eine Aufforderung, die ausschließlich und eindeutig ihm galt. Begeisterung zog durch den dunstigen Blick der beiden. Doch sie waren schon viel zu weit fortgeschritten, als daß das Bild dieser Frau, oder irgend einer Frau, ihr Fleisch hätte in Wallung bringen können und ein paar wenige Anzeichnen von Leidenschaft in ihren Köpfen verankert hätte bis zum nächsten Tag. Ihre langsamen Bewegungen waren wie die von zwei aus den Nieten gegangenen Hampelmännern.

Soltan nahm die Hand seiner Frau und führte sie an seine Lippen. Mina erschauerte bei der Berührung dieses männlichen, fremden Fleisches. Dieser Kuß, den sie nicht verstand, beruhigte sie. Auch er verstand weder Herkunft noch Bedeutung dieser Geste. Er trug sie einfach in sich und hatte sie in aller Bescheidenheit ausgeführt. Eine Geste, die Hoffnung und Leben wiederherstellte. Mina versuchte ein schüchternes Lächeln, sie war erleichtert, es mit ihm zu tun zu haben und nicht mit einem anderen. Das Bild eines alten Mannes trat vor ihr inneres Auge und zerdrückte ihre Jugend. Eine zögernde Hand zog ihr sanft den Schleier vom Gesicht. Soltan war fasziniert von der Schönheit dieses Gesichts mit seinen ebenmäßigen, edlen Zügen. Die Augen von unendlichem Schwarz. Sinnliche Lippen, leicht gefärbt mit Rot aus Fes. Haare wie eine Frühlingsnacht. Ein Hals wie eine Taube. Der Duft von Ambra und Moschus. Er konnte es gar nicht fassen. Es war ein Verbrechen, solche Feinheit zu zerstören. Er wußte nicht, was er sagen sollte. Niemand hatte ihn gelehrt, mit Frauen zu sprechen. Er begnügte sich damit, seine Gefährtin anzuschauen, die die Augen senkte angesichts dieses hartnäckigen, eindringlichen Blickes. Er erinnerte sich des Rates seines Kameraden: "Beim ersten Versuch gleich. Sonst kannste dich vergessen!" Mina erinnerte sich an das erste Mal, als sie ihr Blut verloren hatte, als Satan - möge er verdammt sein für immer - ihren Körper in Besitz genommen und ihr die Ehre geraubt hatte. Und seitdem besuchte Satan sie regelmäßig. Jeden Monat. Ihre Furcht war pünktlich. Er schlitzte sie hinterrücks auf und verschwand dann, überließ sie ihrem Schicksal, getaucht in ihr eigenes Blut. Sie legte dann Tücher über ihre intime Wunde und wartete darauf, daß das Böse ihren Körper verlasse. Sie fühlte Scham, solange ihr Unglück andauerte und blieb davon überzeugt, daß sie allein die Schuld daran trüge. Sie hatte bekommen, was sie verdiente. Eine wahre Gläubige vergißt niemals, die Worte aufzusagen, die die bösen Geister verscheuchen und den Körper vor allen Gefahren bewahrten. Jeden Monat ergriff sie Panik. Sie wusch ihre Tuchfetzen und ließ sie unter dem Bett trocknen. Blut beherrschte ihre Träume, und es geschah häufig, daß sie weinend wach wurde mit brennenden Wangen und nervös zuckenden Gliedern. Wie sollte sie von solchem Ungemach mit anderen sprechen? Plötzliche Traurigkeit nahm ihr Gesicht ein, das sich dem Lächeln verschloß. Zwei Tränen traten aus ihren Augen: Der Junge, der nun ihr Mann war, würde bald feststellen, daß die, die er geheiratet hatte, nicht mehr normal war. Satan hatte ihre Jugend mißbraucht. Doch wer würde das verstehen? Und wenn sie ihm ihr Herz ausschüttete? Nein, sie durfte nichts sagen, zu niemandem. Man hatte ihr immer beigebracht zu lügen, zu verbergen, sich tot zu stellen. Sie würde nicht reden. Es war besser abzuwarten. Sie würde warten. Und während sie wartete, dachte sie an ihre Mutter und an ihren Vater. Sie dachte an all die anderen, die darauf warteten, daß sie blute, damit sie den Ihren Ehre machte durch das Zeugnis des belebenden Blutes ihrer Jungfernhaut. Sie dachte besonders an ihre arme Mutter, die auf der Stelle verstoßen würde, durch ihre Schuld. Mina war unglücklich. Der betäubende Lärm, der zu ihnen hereindrang, gab ihrer Furcht einen Hauch von Entsetzen. Wie Rufe aus dem Grab. Soltan sagte nichts. Beschränkte sich darauf, ihr nun verfinstertes Gesicht zu betrachten. Dabei teilte er doch tief im Innern ihren Kummer und ihre Tränen. Diese Zartheit, die er bis zum heutigen Tage nicht gekannt hatte, war geradezu unerhört. Mit einem Mal hatte er Angst, und er fragte sich im Geiste, ob sein Vater oder sein Onkel sich jemals so einer ihrer Ehefrauen gegenüber betragen hatten. War er vielleicht kein Mann? Die Schatten, die die Kerzenflamme auf die Wand warf, lenkten seine Aufmerksamkeit ab. Seine Gedanken trugen ihn weit fort, bis hin zu der Erinnerung an diese Zauberstimme, die zu ihm aus dem hohlen Ölbaum gesprochen hatte. Und jedes Wort nahm etwas von seiner Unschuld mit sich, etwas von seiner Reinheit. Alle Wörter, die er in seinem Körper gesammelt hatte, waren Zeichen der Zerstörung und raubten ihm täglich etwas von seiner Transparenz. Erschöpft von seinen gierigen Ideen streichelte er Minas Gesicht mit dem reinen Blick, nahm ihre Hand in die Seine und wartete.

11

Das Lärmen des Festes ließ an Heftigkeit nach. Die Gäste wurden langsam ungeduldig, begannen, sich schreckliche Fragen zu stellen. Zweifel und Enttäuschung machten sich in den Blicken der Leute breit. Der befreiende Schrei kam nicht. Beunruhigt weinte die Mutter der Braut in einer einsamen Ecke, zusammen mit ihrer Schwester und ein paar Nachbarinnen, die nichts mehr liebten als heftige Gefühle. Der Vater kochte vor Wut, fluchte auf das Schicksal und verdammte Mutter und Tochter zugleich. Sein Gesicht lag im Staub. Welche Schande!

"Und wenn Mina nicht mehr...?"

Die Frage machte die Runde im Publikum, und irgend jemand übernahm es, sie Soltans Vater ins Ohr zu flüstern. Ein dramatischer Moment. Si Larbis Augen blitzten vor Empörung. Wenn es nun tatsächlich so war? Wie hatte er dieser Familie vertrauen können, die er kaum kannte? "Nicht mehr jungfräulich ist?" Eine Frau eben! "Möge Allah uns keine Schande bereiten und uns bewahren vor unehelichen Kindern", sagte der Mann sich immer wieder im Innern, überzeugt, daß etwas Tragisches geschehen würde. Er bat Gott nochmals, sie zu schützen, ihn und seine Nachkommenschaft, vor Übel und Fluch.

"Und wenn Soltan selbst...?"

Die Frage wurde flüsternd weitergegeben, machte die Runde in allen Räumen und erreichte schließlich auch das Ohr des Brautvaters. Die Stimmung war erhaben. Sidi Bouali spuckte auf den Boden in Richtung des Brautgemachs. Si Larbi sah diese Geste, und fast wäre es zwischen beiden Männern zur Prügelei gekommen. Der erste beschuldigte Soltan und seine Familie. Der zweite warf Mina und den Ihren alle Laster vor. Schuld war immer der andere. Aus Prinzip. Da sie dachten, daß das nun nicht der richtige Moment sei, setzten der Fquih und der Mokkadem dem in Fahrt gekommenen Streit ein Ende, indem sie zwischen die beiden Streithähne traten. Diejenigen, die die Zwietracht angeheizt hatten, senkten den Blick und verschwanden in der dichten Menge. Die Stimmen der Frauen erhoben sich nun aus suspekten Winkeln und forderten den Saroual der Braut. Die Säuglinge wurden wach und weinten in einem großen Konzert aus Stimmen und Schreien über das Elend, das vor ihnen lag. Unter Djellabas verborgen kreiste eine Flasche billigen Rotweins zwischen den Beinen. Zwei betrunkene Jugendliche machten offen alle Mädchen an, die sich aus dem für Frauen und Kinder bestimmten Raum herauswagten. Eine zahnlose Kellnerin quetschte den Kopf eines vielleicht zehnjährigen Jungen gegen ihre üppige Brust. Eine andere vergnügte sich mit einem Jugendlichen auf der Terrasse. Sie hatte den oberen Teil ihrer Mansouria aufgeknöpft und bot dem jungen Mann so einen originellen und belebenden Anblick. Die Frau redete mit ihm und fuhr mit ihrer gefräßigen Hand durch sein Haar. Küchengeruch vermischt mit einem sauren Duft unterstrich die drückende Atmosphäre. Die Katzen machten Katzengesichter. Ziellos, von der Hitze in flüchtige Silhouetten verwandelt, waren sie sicher gelangweilt von der Kraftlosigkeit der Zeremonie, die im Augenblick dabei war, ins Drama abzugleiten. Müdigkeit und Enttäuschung hatten die Inbrunst der Sänger zusammenfallen lassen, und die Tänzerinnen, die in ihrem Schwung gebremst worden waren, blieben mitten in dem großen Raum reglos stehen wie überflüssige Holzbeine oder mechanische Hampelmänner. Eine Verwandte näherte sich Lalla Aïcha und flüsterte ihr ins Ohr:

"Möge Allah dir zu Hilfe kommen, meine Liebe! Möge Allah dir zu Hilfe kommen! Das Kind ist ja ganz in Ordnung, aber es sieht so aus, als wäre er noch kein richtiger Mann! Mach dir keine Sorgen; Gott wird es schon richten. Gott ist barmherzig!"

Sie durchquerte den Raum, wobei sie mit den Hüften wackelte wie ein Papagei und ging zu Lalla Batoul. Sie beugte sich über sie und säuselte ihr in die Ohrmuschel:

"Möge Allah sein Licht aussenden und dir zu Hilfe kommen! Die Braut ist ja gewiß aus gutem Hause, doch das Leben hält so viele Überraschungen bereit! Aber du solltest dich nicht so grämen; Gott wird es ganz bestimmt richten. Gott ist großzügig!"

Von einem Gefühl der Bitterkeit erfaßt weinten beide Mütter über ihre Ohnmacht. Die Worte der Frau zerschnitten Herz und Körper wie stählerne Krallen und stellten die Hoffnung auf ein harmonisches Einvernehmen der beiden Familien in Frage. Die Not stieß die Tür auf für allen Verdruß, und der Schmerz, der im Echo eines einzigen Schreis lag und in der uralten Legende einer Wunde, würgte jede Stimme, jeden Ruf, um der Gewalt und der Litanei der Klagen, der Gebete oder der Vorwürfe freien Lauf zu lassen. Beide Männer, grausam geprüft in ihrer Männlichkeit und ihrer sozialen Stellung, glaubten, sich nichts vorwerfen zu müssen. Das war eine Idee der Frauen gewesen. Hanebüchen, wie gewöhnlich. Die Hochzeit einer einzigen Nacht bedurfte ein Jahr der Vorbereitung. Unsere Ahnen sagten es schon. Man hätte sich Zeit nehmen müssen sich zu informieren, alles lange durchzudenken. Nun war es zu spät.

Im Durcheinander der Körper und der Wörter riß Si Larbi seine Frau aus ihrem Kummer, zog sich mit ihr in eine Ecke zurück und sagte ihr in vorwurfsvollem Ton:

"Dieses Theater muß endlich ein Ende haben. Sieh nach, was dein Schlappschwanz von Sohn macht! Seit vier Stunden warten wir, ohne Ergebnis. Geh zu ihm und sag ihm, er soll sich beeilen. Wenn er unfähig ist, uns die Farbe seiner Braut zu bekennen, müssen wir eben einen Entjungferer herbeirufen, damit der die Arbeit für ihn macht. Die Leute wollen doch nicht ihr ganzes Leben lang warten. Sie fangen ja schon an zu reden. Wenn sie keine Jungfrau mehr ist, dann soll er es uns sagen, und wir werden die nötigen Schritte unternehmen. Was für ein Zirkus! Die Leute warten schon seit Stunden auf diesen verdammten Saroual! Wenn ich nur wüßte, was die da eigentlich machen, statt uns endlich zu befreien. Amüsieren können sie sich doch später noch. Nein, diese Jugend! Kein Respekt für die Traditionen. Geh hin zu ihm, Frau, und sag ihm, er soll sich gefälligst ein bißchen bewegen! Sonst werden wir noch zum Gespött des ganzen Dorfes. Geh, Frau! Sprich mit deinem Sohn!"

Sie saßen auf dem Bettrand, Hand in Hand. Um sie herum war der Höllenlärm zusammengesunken zu grauen Gesichtern und ärgerlichen Blicken. Das Brautpaar fühlte weder Lust noch Notwendigkeit, sich zu bewegen oder zu sprechen. Die Schatten der Nacht fraßen den Raum, und die Kerzenflamme zeichnete wütende Ungeheuer auf die Wand und einen Teil der Decke. Soltan suchte Minas zweite Hand und legte seinen Kopf an ihre Schulter. Er murmelte Wörter in ihr Ohr, deren Existenz er nie für möglich gehalten hätte. Verrückte, zärtliche Wörter. Voll Ungeduld trat jemand heftig gegen die Tür. Die beiden Kinder zuckten zusammen. Draußen schäumte alles vor Wut. Soltan bat Mina, sich auf den Rücken zu legen und die Beine zu spreizen. Die Braut führte den Befehl aus mit vor Angst erstarrtem Herzen. Diesen Moment fürchtete sie. Soltan zog ihr sanft den Saroual weg und streckte sich auf ihrem Körper hin in dem Versuch, alles so zu machen, wie sein Kamerad es ihm gesagt hatte. Vor der Tür hörte er Proteste. Die Welt drehte sich in seinem Kopf. Sein kleiner Fleischzipfel baumelte nervös über dem Schoß seiner jungen Frau. Die zitterte, dachte an nichts anderes als an Blut und Schmerzen. Etwas Spitzes kitzelte sie zwischen den Beinen. Der Penis, viel zu nervös, war unfähig, seinen Platz in den flaumigen Regionen Minas zu finden, die mit ihren bitteren Tränen Hals und Haare benetzte. Man hatte ihr gesagt, sie solle genau an dieser Stelle weinen. Zeigen, daß der Geschlechtsakt sie anwiderte, ihr körperliche Schmerzen bereitete. Ihrer Keuschheit und ihrem Schmerz Ausdruck verleihen. Das Kind schuftete auf Minas Bauch, sie quälte sich mit dem Gedanken an das Blut. Und wenn Satan die Öffnung verstopft hatte nach seiner letzten Missetat? Noch nie war der Skandal so nah, so unmittelbar gewesen. Ihr Vater würde sie töten, und die Mutter auch, da sie den goldenen Regeln von Überwachen und Strafen nicht genüge getan hatte. Das war ihr Ende, das Ende der ganzen Familie.

Eine Stunde später hatte Soltan noch immer nichts zur Befriedigung der Gäste getan, deren gefräßige Augen die Holztür des Brautgemachs verschlangen. Alle Geräusche waren verstummt. Nur der Nordwind hämmerte weiter gegen die Mauern mit seinen staubigen Wirbeln, peitschte wütend gegen Türen und Fenster.

"Die Braut wird unten zu sein", sagte ein Junge mit einem Glas Tee in der Hand, der vor Müdigkeit kaum noch stehen konnte.

"Vielleicht hat sie ganz einfach ihr Jungfernhäutchen im Hammam vergessen", rief ein zweiter zynisch.

Er kaute schwerfällig auf seinem Kaugummi und zog an einer billigen Zigarette.

"Vielleicht hat ja einer von beiden ein Schloß davor", warf ein dritter aus dem Hintergrund in die Runde, wobei er mit den Fingern ein eingeschnapptes Vorhängeschloß nachmachte.

Das Lachen, das er anstimmte, ließ seinen Nachbarn erschauern.

Gallige Worte machten die Runde. Die einen sagten, Soltan sei impotent. Die anderen wußten aus sicherer Quelle, daß Mina keine Jungfrau mehr sei. Sie hatte doch so viele Cousins, und das Schicksal ist tückisch! Zwischen den Verdächtigungen der einen und den Gewißheiten der anderen lagen Haß und Schamlosigkeit. Die Schatten des Bösen beherrschten die Herzen der Leute. In ihren Körpern war nur noch Platz für Worte, die Verzweiflung und Chaos heraufbeschworen. Die Worte der Klarheit hatten den Kreis der Menschen verlassen; die falschen Zungen waren ein Schlag ins Gesicht der grundlegendsten Prinzipien von Brüderlichkeit und Toleranz, sie überließen die gesetzten Horizonte der Weisheit unserer Ahnen sich selbst; Friede ihrer Asche!

Fliegen tanzten über den vor Müdigkeit daniederliegenden Köpfen, turnten durch offene Münder und endeten schließlich immer ersoffen in halbgefüllten Gläsern kalten Tees.

In einer Ecke zogen zwei alte Männer an einer schlecht brennenden Kifpfeife. Ihr Gespräch spiegelte die Verbannung, in die ihre eigenen Worte sie getrieben hatten:

"Wenn du mit den Jungen ißt, brichst du dein Fasten am Morgen! Ich war noch ein Jahr jünger als er, als ich geheiratet habe. Nach fünf Minuten schwamm meine Frau in ihrem Blut, wie ein Schaf!"

"Dann soll er sie eben mit dem Finger entjungfern oder mit einem Stück Holz, wenn er unfähig ist, es wie ein Mann zu machen!" entgegnete der andere. "Er darf uns doch nicht hier warten lassen wie die Bettler! Ein bißchen Respekt für unsere weißen Haare!"

Ein weiterer, der ihr Gespräch verfolgt hatte, stand auf, verärgert von dem, was er da gehört hatte. Er wies mit dem Zeigefinger in ihre Richtung und bedachte sie mit diesen Worten:

"Warum diese Ungeduld und diese bösen Worte? Die Kinder sind doch noch so jung, man muß ihnen Zeit lassen! Ihr solltet euch schämen für die Taktlosigkeiten, die ihr da gesagt habt. Böse Geister seid ihr, bei Gott!"

Einer der beiden Alten hob einen Arm zum Himmel und rief mit beherrschter Stimme:

"Schweig, Dummkopf! Du weißt nicht, was du sagst!"

Der zweite fuhr im gleichen bissigen Ton fort:

"Du sagst, wir sollen den Mund halten, alter Hexer! Du solltest lieber mit ihm reden, damit er uns endlich die Freiheit gibt. Sind wir denn Bettler, daß man uns auf so unerklärliche Weise beleidigt? Verschwinde, wenn du nicht willst, daß man es dir heute abend von hinten besorgt!"

"Ich wette, er holt sich einen runter, statt sich ernsthaft um die Muschi von seinem Frauenzimmer zu kümmern", fing der erste nun wieder an, zog an seiner Pfeife und blies den Rauch ins Gesicht des ungebetenen Gesprächspartners.

Das Gerede feierte fröhliche Urstände. Eine Teekanne voll billigen Rotweins erfreute eine Gruppe Jugendlicher in einer verlorenen Ecke. Wein in der Teekanne. Darauf mußte man erst einmal kommen. Sie betranken sich in aller Seelenruhe vor allen anderen, ohne den geringsten Verdacht zu erregen. Soltan schwitze über dem zerbrechlichen, zitternden Körper seiner Ehefrau. Sein Penis hatte immer noch nicht seinen Weg gefunden. Halbdunkel und Stille. Auch Angst, und Andacht. Mina hielt den Atem an und sprach im Geiste ein Gebet, damit Gott und die Engel des Guten sie erlösten. Sie rief Satan an mit ganzer Seele, damit er ihr zu Hilfe komme. Nur er konnte sie zum Bluten bringen. Nur er war nun noch dazu in der Lage. Sie war davon überzeugt, daß er nicht kommen würde. Die Mutter hatte ihr gesagt, daß es das Vergnügen Iblis' sei, das Verlangen der Menschen gegen sie selbst zu wenden und sie auf den Weg der

Ehrlosigkeit zu führen. Soltan schnaufte, erlebte Höllenqualen, suchte seinen Penis mit der rechten Hand. Das Bild seiner Mutter, hingeworfen unter dem Körper seines Vaters, setzte sich in seinem Blick fest. Ungeduldig begann die Menge der Gäste, den Ort des Geschehens zu verlassen. Ein neuer Tag kündigte sich schüchtern am Horizont an. Die beiden Mütter weinten still. Die beiden Väter schimpften auf das Schicksal, die Ehefrauen und die Kinder, die ihnen Schande und Sorge gebracht und ihr Gesicht in den Staub gezerrt hatten. Die Lage wurde unerträglich. Sidi Bouali stieß seine Frau in eine Ecke und sagte ihr in einem Anfall von Wut:

"Sag, Tochter des Dämons, hast du deine Tochter auch richtig untersucht im Hammam? Bist du sicher, daß uns keine böse Überraschung erwartet? Hat dir die Hebamme auch bestätigt, daß sie noch komplett war? Denn wenn dem nicht so ist, kannst du dem Leben Adieu sagen; Sidi Boualis Ehrenwort! Geh und schau, was passiert, statt hier rumzusitzen wie eine Schwachsinnige! Wenn er nicht fähig ist, seine Aufgabe als Mann zu erfüllen, werden wir dieser grotesken Komödie ein Ende setzen! Schau in ihrem Zimmer vorbei und halt mich auf dem Laufenden!"

Sidi Bouali zerquetschte den Arm seiner Frau mit seinen schartigen Fingern. Die Frau weinte, überzeugt von ihrer Schuld in dieser Angelegenheit. Ihr Gesicht troff von Speichel und Schleim. Sie betete zum Herrn der Welten, daß ihre Tochter bald bluten würde, damit ihr die Schande erspart bliebe. Die Stimmung war getränkt von der Galle der Giftspritzen. Si Larbi und Sidi Bouali schauten sich an wie Porzellanhunde, bereit für den möglichen, lautstarken Streit. Die Zeremonie wurde mehr und mehr zur Beerdigung. Unbeleckt vom ungesunden Taumel der Erwachsenen spielten ein paar Kinder auf der kaum erhellten Straße. Sie hatten den Himmel für sich und alle Sterne, sie ließen die Welt des Aases dem Aas. Bis sie groß waren und die Ansichten ihrer Vorfahren übernehmen würden. Ihre Rolle war es momentan einzig, einen Lärm wie alle Teufel zu machen, um verdächtige Geräusche zu überdecken, die Schreie der Betrunkenen und die Skandaldrohungen eifersüchtiger Frauen. Lalla Aïcha und Lalla Batoul trafen vor der Tür des Brautgemaches aufeinander. Sie tauschten einen mörderischen Blick, in den die eine wie die andere ihren bittersten Groll legte. Beide waren kopflos und unglücklich, beide hofften in ihrem Innern, die andere würde die Verantwortung für diese schändliche Geschichte auf sich nehmen.

Si Larbi ahnte, was auf dem Spiel stand. Man stand am Rande einer Katastrophe. Er verschwand einen Moment, und als er wiederkam, war er in Begleitung von Bouazza, dem Entjungferer. Zehn Minuten lang wurde um den Preis der Entjungferung gefeilscht. Der Fquih und der Mokkadem mischten sich ein und erreichten einen Preisnachlaß von ein paar Dirham. Bouazza war der beste Entjungferer der Gegend. Verheiratet, Vater von acht Kindern, er machte seine Arbeit ernsthaft und ohne die Situation auszunutzen. Niemals, so sagte man, ging er weiter als nötig. Verantwortungsbewußt und effizient, beschränkte er sich auf das Durchstoßen der Jungfernhaut. Deswegen wurde er besonders geschätzt. Er vollzog niemals einen kompletten Akt mit der Braut, und er drang auch nie ganz in sie ein. Er erleichterte nur dem Ehemann den Zugang und brach sein Tun beim ersten Blutstropfen ab.

Bouazza wurde ins Brautgemach geführt und die Tür hinter ihm verriegelt. Soltan sprang auf und verbarg seine intimen Zonen, indem er die weiße Djellaba über die Beine fallen ließ. Kopflos zog Mina das Laken über Körper und Gesicht. War Satan etwa gekommen?

Bouazza näherte sich dem Bett, schob den Bräutigam sanft zur Seite und sagte zu ihm ganz leise, in väterlichem Ton:

"Keine Angst, mein Sohn! Du kennst mich doch. Dein Vater hat mich bezahlt, damit ich die Drecksarbeit für dich mache. Ich weiß, das ist manchmal nicht so einfach; besonders, wenn man nicht über meine Erfahrung verfügt. Ich werd dir zeigen, wie du es machen mußt. Bleib neben mir und schau dir die Arbeit mit eigenen Augen an! Du weißt, daß ich solche Situationen nie ausnutze, nicht so wie andere. Gott ist Zeuge meiner Ehrenhaftigkeit! Ich mach' saubere Arbeit, die beste in der ganzen Gegend. Schau nur genau hin!"

Soltan quetschte sich weiter in seine Ecke und wartete. Die Stimme war ihm weggeblieben. Das Spiel hatte angefangen, ihm zu gefallen. Doch draußen waren die anderen. All diese tragischen anderen, die eingekerkert waren in ihre Phantasien von Vergewaltigung und Blut. Sie hatten stundenlang gewartet, und nun waren sie zu allem bereit.

Bouazza legte Minas Körper bis zum Nabel frei, und wie ein Chirurg, der sich an eine schwierige und heikle Operation macht, holte er sein Glied hervor, das Soltan schwindelig werden ließ. Von Panik gepackt drückte der seine Handflächen auf die Augen, um das Gemetzel nicht mit ansehen zu müssen. Er zitterte für sich und für Mina. Dieser Mann würde sie sicher töten, mit seinem Ding da, das so dick war wie das eines Maultiers. Er würde sie durchbohren. Er würde sie umbringen mit seinem Mörser!

Bouazza holte eine kleine Dose aus seiner Tasche und beschmierte die Eichel seines Gliedes mit einer Art gelblicher Vaseline. Später sollte Soltan erfahren, daß das eine Mischung von ranziger Butter, Olivenöl und Kamelfett war. Ein probates Gleitmittel, um in enge oder verschlossene Frauen einzudringen. Bouazza verschmierte sein Mittelchen sorgfältig, und sein Organ richtete sich auf.

Soltan wurde von nervösen Zuckungen gepackt, seine Därme verwickelten sich in seinem Körper und füllten ihn mit Ekel. Bouazza beugte sich über Minas Scham und plazierte sein aufgepumptes Glied genau zwischen die beiden rosigen Schamlippen. Er sprach mit lauter Stimme ein Gebet, in dem er Allah um Hilfe bat. Mit Energie und Entschlossenheit drang er in das Fleisch des Mädchens ein. Ein kurzer Stoß. Ein Meisterstoß. Wie man einen Zahn zieht. Mina ließ einen schrecklichen Schmerzensschrei los und fiel sofort in Ohnmacht. Jujuschreie erhoben sich augenblicklich im Frauenraum.

"Ruhe!" befahl jemand. "Wartet erst einmal, bis ihr den Saroual gesehen habt, bevor ihr uns mit eurem hirnlosen Lärm auf die Eier geht!"

Beschämt schluckten die Frauen ihren Jubel hinunter und senkten die Köpfe. Bouazza zog sich zurück, ein befriedigtes Lächeln erleuchtete sein Gesicht. Er warf einen flüchtigen Blick auf seine Geschlechtsteile und seine Begeisterung schwand. Er wiederholte die Operation mehrmals, wobei er ganz eindrang in das Fleisch der bewußtlosen Braut. Er ejakulierte, bevor er sich wieder aufrichtete. Er sprach ein zweites Gebet, bat Allah, ihm beizustehen und ihm die Aufgabe zu erleichtern. Er zog seine Hose hoch, verstaute seine Zauberdose in der Tasche und kniete am Fußende des Bettes nieder. Er steckte seinen Zeigefinger in die Scheide des Mädchens und durchbohrte mit seinem nikotinschwarzen Fingernagel die Scheidenwand. Das Blut floß in Strömen. Mit der Blutung zufrieden dankte Bouazza Gott für seine zahlreichen Wohltaten. Überall war Blut. Auf den Laken, selbst auf dem Boden. Soltan war entsetzt. Mina lag da in der klebrigen Flüssigkeit mit unbeweglichem Körper. Die Festgemeinde grüßte das rote Tuch mit Freudenschreien und Trommelwirbeln. Man gratulierte Bouazza zu seiner Effizienz. Seine Popularität und sein Ansehen hatten hierdurch noch gewonnen; in aller Munde hörte man, daß Bouazza zünftige Blutungen zu verursachen in der Lage war. Ein Mann, der Wertschätzung und Vertrauen verdient. Nur er hatte einen solchen Ruf. Er trat aus dem Brautgemach mit erhobenem Kopf und stolzem Gang. Lalla Aïcha und Lalla Batoul beeilten sich, ihm die Hände zu küssen. Gezahlt wurde ohne zu murren. Sidi Bouali, zufrieden mit der geleisteten Arbeit, steckte ihm noch ein kleines Trinkgeld zu. Lalla Batoul schenkte ihm zwei weiße Zuckerhüte und ein gebratenes Huhn in einem runden Brot. Die Mädchen, voll Bewunderung, sammelten sich um den Mann, auf dem der Segen ruhte. Ein paar Frauen, die von diesem brutalen Koitus erregt worden waren, rieben ihr Fleisch an seinen Kleidern. Si Larbi lud ihn ein, mit den anderen bis zum Ende des Festes zu bleiben. Er lehnte die Einladung höflich ab. Lust hatte er schon, doch er wurde anderswo gebraucht. Im Nachbardorf mußten zwei Mädchen entjungfert werden, bevor der Muezzin zum Morgengebet rief. Man wünschte ihm viel Glück, und einige Familien machten Termine mit ihm aus für ihre Töchter. Das Laken und die Hose, beide befleckt, wurden mit Liebe auf ein Silbertablett gebreitet und vom ältesten Bruder der Braut auf gestreckten Armen herumgetragen. Die Frauen waren herbeigeeilt, um diese Braut zu beglückwünschen, da sie geblutet hatte, da sie gelitten hatte und da sie die Zerrissenheit und den Schmerz mit Würde ertragen hatte. Mina war kein Mädchen mehr. Jetzt war sie eine Frau, und man rechnete schon auf ihre Kinder. Vom Blut angeheizt betätigten sich die Frauen um sie herum, mit sprühendem Blick, salbungsvollen Worten und großen Gesten. Es gab noch Hoffnung. Gelobt sei Gott und langes Leben für Sidi Bouazza!

Mina war bleich, ihr Körper in Fetzen, verlassen, seines Schatzes beraubt. In ihrem Brustkasten hatte das Herz aufgehört zu schlagen. Die Grausamkeit der anderen blieb ihr unfaßbar, ihr Kopf hallte wider von den Schreien und dem Verlangen der Menge. "Das Leben ist eine Katastrophe, die Menschheit ein Schandmal!" dachte Mina in ihrem Innern; dieser Haufen weiblicher Körper, die den Duft nach Schwefel und Benzoe genossen, der aus einem Glutbecken in der Mitte des Raumes stieg, war ihr zuwider.

Die beiden Patriarchen hatten sich in der Mitte des großen Hofes zu einer brüderlichen Umarmung verschlungen. Die beiden Mütter lagen sich in den Armen, weinten vor Glück und stießen schrille Jujuschreie aus. Die Musiker nahmen ihre Instrumente wieder auf, und die Tänzerinnen wackelten wie wild mit dem Hintern zum Rhythmus eines schlüpfrigen Liedes. Die Flasche billigen Rotweins drehte weiter ihre Runden zwischen den Beinen. Die fetten Köchinnen boten ihre üppigen Formen jedem an, der sie befingern wollte. Witwen und Geschiedene zögerten nicht, sich betrunkene Jugendliche zu greifen, die ihnen das Fleisch kitzeln sollten und ihnen so alte Jugendphantasien wiederbelebten. Freude sprühte aus allen Gesichtern. Das Silbertablett, das nun auf einem Tisch im großen Salon stand, wurde von Fliegen umschwärmt. Man dankte Gott für seine Großmut und Nachsicht.

Vergessen in einer Ecke hing Soltan schwarzen Gedanken nach und weinte über die Bitternis seiner Erniedrigung. Seine Frau vor seinen Augen vergewaltigt! Und dieser ganze höllische Freudentaumel. Seine Augen waren angefüllt mit Haß und Vorwürfen. Seine Frau lag da auf dem Bett wie ein Ding, das der Allgemeinheit gehört, die das Fleisch ihrer Kinder auffrißt und ihnen Grenzen auf die Stirn zeichnet, die sie zu Kieseln werden läßt oder zu Vorratsbrocken für schlechte Tage.

Er fühlte sich als seelenloses Objekt, uninteressant in einem System, wo die Stimmen der Toten sich mit denen der Lebenden mischen, um gemeinsam die nachkommenden Generationen niederzumachen. Das Blut, aufgebrochen wie die Verachtung, hatte seine Adern verlassen, in denen nun Liter von Säure und Schierling flossen. Er fühlte, wie er von innen heraus starb. Wie Bäume sterben, von Würmern zerfressen. Das Fest ging weiter. Man ignorierte Soltan. Sein Vater und seine Mutter mieden ihn. Seine Kameraden hatten kein Bedürfnis, sich mit ihm zu zeigen. Die Mädchen und Frauen blickten nicht mehr in seine Richtung. Als er aufstand, bemächtigte sich die Stimme des hohlen Ölbaumes erneut seines Kopfes und grub ein Loch in sein Gedächtnis. Er hatte nicht die Zeit, überhaupt wahrzunehmen, was mit ihm geschah. Er sah, wie eine Silhouette sich ihm näherte, und als er die Augen hob, stampfte der Schatten über dem Bett, bevor er sich an die Wand heftete und ungeheure Formen annahm. Die Lippen seiner Mutter öffneten und schlossen sich um Vorwürfe. Er schloß die Augen und versank in der Schwärze.

Er erwachte vier Stunden später. Das Haus war verlassen, und die Sonne stand hoch am Himmel. Mina trug eine Schürze und verrichtete die Hausarbeit in der Küche.

12

Der Tunnel, durch den Soltan schritt, war grenzenlos. Jeder seiner Tage wurde verschlungen von der Dummheit der Leute und der Reizlosigkeit des Daseins. Er fühlte sich allein in diesem Sklavenhaus, wo die zahlreichen, plumpen Mitmenschen zu den Essenszeiten vorbeizogen. Die Bettler hatten Zuflucht gefunden unter dem entblätterten Feigenbaum dem Haus gegenüber. Das Fest dauerte eine Woche und ging am siebten Tag bei Morgengrauen mit der Lesung des Latif zuende. Die sechzig Hibs des Koran wurden von ganz besonderen Vorlesern zum Besten gegeben, die in der ganzen Region für ihre Gefräßigkeit bekannt waren. Sobald die Einladung sie erreicht hatte, begannen sie zu fasten, um soviel wie möglich bei ihren Gastgebern essen und so selbst am Essen sparen zu können. Das Mahl von Bagdad ist nicht weit! Die meisten von ihnen waren blind, und sie hatten im Rezitieren des Korans einen Weg zum Überleben gefunden, der sicher war und ohne Risiken. Sie bewegten sich durch die Welt wie Geister, im Gänsemarsch, jeder hielt sich am Ende des Stokkes seines Vordermannes fest. Eine menschliche Lokomotive, mit ihren knielangen Djellabas und ihren schlecht gestutzten Bärten. Wir machten uns oft einen Spaß daraus, ihnen die Gebetsketten wegzunehmen, die die Pilger ihnen schenkten nach ihrer Rückkehr von den heiligen Orten. Manche steckten ihnen den Finger in den Hintern, um sie zu reizen. Sie nahmen dann ihre Stäbe als Waffen, ließen sie über ihren Köpfen umherwirbeln mit heftigen Bewegungen und peitschten so die Leere, die sie von den Unschuldslämmern trennte. Die heiligen Worte machten dann Platz für ein reichhaltiges Repertoire an Schmähungen, Gotteslästerungen, Drohungen und Grobheiten. Dann gingen sie wieder los, wie Wildenten angeführt von ihrem vordersten Mann. Eines Abends, während eines religiösen Festes, das die Bruderschaft von Tolbas organisiert hatte, packte einer von ihnen das dampfende Huhn in dem Couscous, den man ihnen zum Essen hingestellt hatte, und versteckte es in der Kapuze seiner Djellaba, wobei die Soße ihm über die Kleidung lief. Nachdem sein Nachbar das Fleisch vergeblich gesucht hatte, hatte er ihn sofort im Verdacht. Er hob die Hand an seine Kapuze und fragte ihn im Rhythmus einer Koranlesung, um die Aufmerksamkeit der anderen nicht auf sich zu ziehen:

"Im Namen Gottes des Gnädigen und Barmherzigen, was ist so heiß in deiner Mütze, Freund?"

"Ein kleines Huhn wohl bereitet", antwortete der andere, wobei er den gleichen Kniff anwendete.

"Wir teilen es, sobald wir draußen; sonst sag' ich's gleich den andern!"

"Dein Teil soll dir gehören, doch jetzt halt bloß das Maul, im Namen der göttlichen Liebe! Amen!"

Soltan lächelte, als er an diese Anekdote dachte. Was für eine Bescherung! Was für ein Volk! Sie hatten ordentlich zugegriffen bei den Hochzeitsmahlzeiten und den Leuten Gesprächsstoff für Monate geliefert. Ihre Schlangenzungen gossen Gift über alles und jeden. Wie Ratten krochen sie ineinander und machten sich mit leiser Stimme an Verleumdung und üble Nachrede. Sie waren das tragische Gedächtnis unserer Gemeinschaft.

Soltan, in den Klauen seines eigenen Fehlschlages, wich den Blicken aus, mied die Öffentlichkeit und entzog sich allen Fragen zu seiner Hochzeit im besonderen und zur Sexualität im allgemeinen. Tief unten in seinem Fleisch grollte eine stumme Revolte. So, als löse sich die Haut von seinem Körper ab. Und er war seinen Eltern böse bis aufs Blut. Welche Probe und welche

Hinterhältigkeit! Besonders seine Mutter. Ein Brocken Stolz, gestrandet in einem Land der Wut, in dem ein ganzes Volk Waise seines eigenen Spiegelbildes ist! Sie hatte darauf bestanden, daß das Fest groß aufgezogen würde. Sie sagte immer wieder:

"Du bist der einzige Sohn, den Gott mir geschenkt hat. Von deiner Hochzeit müssen alle reden. Ich möchte einen Empfang, von dem die Lebenden zu den Toten sagen: Steht auf und kommt, schaut es euch an! Die Leute müssen beeindruckt werden, damit den Neidern und Mißgünstigen die Augen aus dem Kopf fallen! Das ganze Dorf werde ich einladen, damit jeder an seinem eigenen Gift krepiert. Ich werde das tun, was bisher noch niemand getan hat!"

Der Vater hatte die Hälfte des Grund und Bodens verkauft und beinahe das gesamte Vieh, denn die Familie hatte es noch nie geschafft, etwas auf die hohe Kante zu legen. Lalla Batoul hatte den Berberteppich verschachert und ihr goldenes Armband. Der Rest war als Kredit aufgenommen worden bei einem Wucherer. Die Ausgaben mußten gemacht werden ohne nachzurechnen. Die Hochzeit ist wie der Tod: man erlebt sie nur einmal. Soltan war sich klar darüber, wie lächerlich dieses Sprichwort und die ganze Situation waren. Selbst die Worte rochen nach Lüge und nach der Unordnung einfacher Wahrheiten. Er fühlte sich unbehaglich angesichts des Zynismus der Leute mit ihren Blicken voll Haß und Vorwürfen. Er gehörte nicht zu ihrer Herde. Als sei er auf der Durchreise. Ein Fremder, der nur auf die Abfahrt wartet!

Während er mit der Hacke eine Erde bearbeitete, die ebenso widerspenstig wie ein Felsen war, rief sich Soltan die Worte seines Vaters in Erinnerung:

"Man muß die Erde lieben mit der Liebe Gottes. Er hat sie für uns geschaffen und uns aus ihr. Sich der Bearbeitung der Erde hinzugeben ist eine Form der Verehrung. Gib der Erde dein Fleisch und deinen Schweiß; sie wird dich einst überschütten mit ihren unzähligen Reichtümern!"

Die Monate folgten auf Wochen, jeden Tag ein wenig mehr Trostlosigkeit, ein wenig mehr Gluthitze. Der Schatten des Hungers lauerte wie eine tönende Leere über der falschen Gelassenheit der Männer, die eine heimliche Sehnsucht in sich trugen nach den Zeiten, als sie mit der Erhabenheit der Männer der Wüste stolz waren auf ihre Vergangenheit, ihren Teil von Würde und Leben in dieser Welt einforderten. Die Frauen sorgten sich nicht um die verbaute Zukunft, ihr Blick konnte nur auf der Gegenwart voll Optimismus und Hoffnung liegen. Morgen ist doch noch fern! und sie weigerten sich, ihren großherrlichen Lebensstil durch Einschränkung ihrer Ausgaben zu opfern. Das sichtbare Äußere mußte gepflegt werden. Gut dastehen vor den anderen. Soltan allein fühlte die Last einer solchen Haltung. Trotz seiner Bemühungen errichtete das besessene Schicksal eine Mauer des Schweigens zwischen ihm und der Hoffnung. Die Erde, nur noch ein Schatten ihrer selbst, war kläglich verarmt, der Himmel, geizig mit Regen und Mitleid, überließ die Männer ihrer elendigen Selbstaufgabe, verschrumpelt wie ein Pferdeapfel in der Sonne. Das Postkartenland mit seinen dreihundert Sonnentagen im Jahr hatte sich verwandelt in ein Glutofenland mit dreihundertfünfundsechzig ein Viertel Tagen Hochsommer zum Entzücken der Touristen mit blauen Augen und weißer Haut. Kein einziger Tropfen Regen dieses Jahr! Es gab das Wasser des Wadi. Doch das war eine Geschichte für sich. Jeder der Bewohner hatte seine Zeiten, da er seinen Boden bewässern konnte. Die Verteilung war gerecht. Was nicht verhindern konnte, daß Blut floß von Zeit zu Zeit. Wegen Kleinigkeiten, wegen nichts. Ein Egoist leitete heimlich nachts das Wasser auf sein Feld, während es doch das eines andern hätte bewässern sollen. Schreie erklangen im Dunkeln. Drei Worte, zwei Beschimpfungen, ein tödlicher Hackenschlag, aus und vorbei!

Das Wasserrecht ermöglichte der Erde zu überleben. Armselig zwar, doch sie lebte. Zumindest hielt es sie davon ab zu verrekken, bis zu dem Tag, als die Zentralregierung einen Caïd schickte mit zwei Negern, die groß wie Berge waren. Wir hatten nun nicht mehr das Recht, unseren Sprecher zu benennen oder Vorschläge zu machen. So hatte der lange "Demokratisierungsprozeß in allen Sektoren" begonnen, den die politischen Führer allen von der Hauptstadt aus aufoktroyierten zum Wohle der Nation. Wir waren eingetreten in ein neues Zeitalter, in dem alle Prinzipien verkehrt würden. Der Wettlauf um die Macht verwandelte die Menschen in wilde Tiere. Der Staatsterrorismus sollte um sich greifen, das Prinzip der einen Hand, die die andere wäscht, entbehrte nun jeder Grundlage. Die Bevölkerung hatte sich in zwei Lager gespalten: Das Volk auf der einen und die Männer, die die Macht hatten, also die Verwaltung, auf der anderen Seite. Der Polizist ist ein Mann der Macht, denn er kann dich unter irgend einem Vorwand festnehmen. Der Postler ist ein Mann der Macht: er kann sich weigern, dir eine Briefmarke zu verkaufen oder kann deine Post verschwinden lassen. Der Gendarm kann dein Auto abschleppen lassen, weil er schlecht gelaunt ist oder weil der Geldschein, den du ihm zugesteckt hattest, verknittert war. Der Lehrer kann einen Schüler durchfallen lassen, weil ihm sein Gesicht nicht paßt. Der Zöllner kann eine ganze Ladung beschlagnahmen und sie mit seinen Kollegen teilen. Der Lebensmittelhändler, auch wenn er nicht wirklich der Verwaltung angehört, verkauft dir seine Ware zum Preis, den er festsetzt und nicht zum staatlich vorgeschriebenen Tarif, besonders in Notzeiten oder kurz vor einer Preiserhöhung. Ein Caïd läßt die Bettler sich heute in einer Barackensiedlung niederlassen, um sie morgen wieder zu verjagen. Ein Gouverneur sprengt einen ganzen Douar in die Luft, in dem angeblich Revolutionäre mit subversiven Ideen Unterschlupf gefunden haben. Der Staat kann eine ganze Stadt per Hubschrauber durchkämmen und aus der Luft auf Streikende und Demonstranten schießen. Usw. Und für jede Situation hat der Mann der Macht ein Alibi unter dem Schutz der Hierarchie der unmoralischen, korrupten Räuber.

Demokratie hat hier einen besonderen Klang und einen Geschmack wie Galle.
Der neue Caïd, ein tückischer und mürrischer Mensch, nutzte seine Macht schamlos aus. Er war so von sich überzeugt, daß er uns davon überzeugen wollte, er könne den Himmel davon abhalten, uns auf den Kopf zu fallen und den Blitz, uns dahinzuraffen. Wir machten uns heimlich lustig; seine schwarzen Diener waren sein Gesetz und seine Daseinsberechtigung. Sonst hätten die Männer sein schlaffes Fleisch und seinen hohlen Ruhm auf einen Schlag verspeist. Seit dem Moment seiner Ankunft im Dorf wucherte er mit seiner Autorität; er riß alle fruchtbaren Felder an sich und trieb eine Hundertschaft Fellahen auf, die sie bestellen sollten. Er zahlte sie mit Säcken voll Mehl und Kanistern voll Öl, die für das Waisenhaus bestimmt waren. Er sagte, er sei dazu für eine begrenzte Zeit ernannt worden. Deswegen mußte er sich so schnell wie möglich bereichern, mit allen Mitteln, um ein Vermögen zu machen, bevor ein anderer seinen Platz einnahm. Durch seinen Einfluß hatte er sich ganz legal alle brachliegenden Felder angeeignet, und er führte uns seine Besitzurkunden vor, die nach den Regeln von Recht und Gesetz mit dem Segen der zentralen Verwaltung aufgesetzt worden waren. Irgend jemand sagte eines Tages, daß Macht Mißbrauch und Mittelmäßigkeit mit sich bringt; daß die Diktatur die Tochter der Begierde sei. Er wurde verhaftet und vor Gericht gestellt wegen Störung der öffentlichen Ordnung und Angriff auf die Sicherheit des Staates. Er wurde in ein Gefängnis in der Hauptstadt überführt und jahrelang gefangengehalten, bevor er seine Tage im Irrenhaus beendete. Wir waren alle potentiell subversive Elemente. Eines Abends, als die Männer Karten und Dame spielten auf dem Pflaster des Platzes, machte der Ausrufer folgende Ansage:
"Es gibt keinen Gott außer Allah, und Mohammed ist sein Prophet; nur Gutes soll an eure Ohren dringen, Inschallah! Sid L'Caïd - möge Gott ihn schützen und rühmen - läßt euch mitteilen, daß die Bewässerungsmodalitäten geändert worden sind.

Von nun an wird das Wasser des Wadi montags, mittwochs, freitags und sonntags auf die Felder Sid L'Caïds geleitet werden. Er bittet euch - möge Allah ihn bewahren! - euch zusammenzusetzen, um eure eigene Aufteilung vorzunehmen, damit keine Unordnung entsteht und läßt euch wissen, daß in seinem Gefängnis noch Plätze frei sind für Unzufriedene und Aufrührer. Dankt dem Herrn für seine Barmherzigkeit und bittet ihn um Gnade und Schutz!"

"Es gibt keinen Gott außer Allah, und Mohammed ist sein Prophet..."

Die Herde senkte den Kopf und schwieg. Mit Sid L'Caïd war nicht zu spaßen. Die Bauern versammelten sich mehrmals, fanden aber nie zu einer gemeinsamen Lösung. Die Fläche der Felder bereitete Probleme. Die Verteilung war schwierig, da die Zeit begrenzt war. Zwischen denen, die ein gleiches Stundenkontingent für alle vorschlugen und denen, die eine Aufteilung nach der Fläche verlangten, gab es keinen Kompromiß. Während der vierten Sitzung verließ Soltan nach drei Stunden zusammenhanglosen Geredes den Versammlungsort. Ohne ein Wort. Es gab nichts zu sagen. Er erhoffte sich etwas anderes von diesem Treffen. Daß sie sich ihrer Situation bewußt würden und klar gegen jede Ausbeutung vorgingen. Daß der Körper, den das Geschwür der Feigheit bewohnte, endlich erwache. Daß man die Verführer endlich auf Eis legte. Doch statt die Augen zu öffnen, bewarfen die Dorfbewohner lieber ihre Brüder mit üblen Beschimpfungen, und es kam zum Konflikt zwischen ihnen. Als hätten sie nur auf einen Anlaß gewartet, ihre alten Feindseligkeiten wieder hervorbrechen zu lassen, jeder verdächtigte jeden. Verständnis und Freundschaft räumten Mißtrauen und Rivalität das Feld, und am Ende ihrer letzten Sitzung gingen die Männer als Feinde auseinander. Der Caïd sprach das Verbot jeder Bewässerungsmaßnahme aus, solange eine gütliche Einigung zwischen den Chefs der verschiedenen Clans nicht gefunden war. Dies war eines der unzähligen Gesichter dieser Demokratie, die uns zu Standbildern für Tote machte. Unsere Felder wurden alt und starben, da ihnen Wasser und Liebe fehlten. Sie trockneten aus, bekamen Falten wie die alten Jungfern, die nach Zärtlichkeit schreien. Eine hohe, dichte Dornenhecke schützte das Anwesen Sid L'Caïds. Wasser gab es dort in Fülle. Als Mann der Macht und der Entscheidung war er davon überzeugt, daß ihm das Wasser des Wadis rechtmäßig zustehe. Er war ein Mann wie ein Spiegel, der die Enttäuschung der Volksmassen nach der Unabhängigkeit des Landes reflektierte. Die Zentralregierung kannte die antinationalistischen Aktivitäten dieses Subjektes aus den Zeiten des Protektorats. Wenn die Herde schon Hunde braucht zu ihrer Bewachung, warum dann ausgerechnet diesen und nicht einen anderen, der über die Interessen unserer Gemeinschaft wachte? Derjenige, der die Antwort auf diese Frage gefunden hatte, wurde zu einer langen Gefängnisstrafe verurteilt wegen subversiver Tätigkeit, die die Sicherheit des Staates in Gefahr brachten. Er wurde im Dorf nie wieder gesehen.

Die Liebe zur Erde, von der Si Larbi gesprochen hatte, fand sich in einem Wassertropfen, der durch die Willkür eines Mannes, dem Vertreter der Ordnung, in Gefahr gebracht worden war. Die Bewohner, ausgehungert, verkauften, wenn sie sich nicht gerade stritten. Sid L'Caïd kaufte. Billig. Gegen ein paar Sack Mehl und ein paar Kanister Öl, die für das Waisenhaus bestimmt waren; eine Spende des Volkes der Vereinigten Staaten. Er baute eine Bäckerei, und die Tankwagen des Staates brachten ihre Ladung direkt in seine Lager. Das Unternehmen verursachte ihm keinerlei Ausgaben. Der Verkaufspreis jedes Brotes war sein Gewinn.

Soltan widerstand lange dem Druck des Caïd, er hoffte, der Himmel würde das Unrecht der Menschen schon richten. Doch von dieser Seite kam nichts. Schließlich mußte er es sich eingestehen: all seine Anstrengungen waren nutzlos, und die Situation war für alle verzweifelt. Dennoch weigerte er sich, das Fleckchen Erde zu verkaufen, das ihm noch blieb. "Verkaufen", so sagte er, "heißt aufgeben, abdanken, die Ahnen verleugnen und seine Wurzeln kappen. Die Erde verkaufen heißt, seinen Stolz verkaufen, ihn mit Füßen treten, 'seinen Arsch dem Feind ausliefern', wie der Mann auf der Straße sagt. Verkaufen heißt sterben!" Und Soltan war nicht bereit, sich selbst zu verkaufen. Eines Tages kam er früher als gewöhnlich zurück und erklärte vor der ganzen Familie:

"Die Erde, da ist nichts zu machen im Moment. Sie trägt nichts mehr. Außer Steinen wächst da jetzt nichts mehr! Und wir werden doch wohl keine Steine fressen! Erzählt mir bloß nichts von verkaufen. Dieser Flecken Erde ist mein Leben, daran häng' ich. Das ist mein Anteil, den der Großvater mir vermacht hat. Versteht ihr? Und was sollen wir morgen verkaufen? Ich möchte, daß dieser Fleck Erde dableibt, als Herausforderung. Möge Gott für Gerechtigkeit sorgen! Der Caïd hat kein Recht, uns wie Tiere zu behandeln. Ich werd' ihm standhalten bis zum Schluß. Nie werde ich mein Fleisch an die Hunde verkaufen! Ich werde der Nagel Jehas sein, nur um ihn zu reizen!"

Vater, Mutter, Frau und Schwestern waren aufs Äußerste überrascht, sie lauschten dieser dumpfen Stimme, die sie kaum kannten. Noch nie zuvor war er in der Lage gewesen, zwei zusammenhängende Sätze in Anwesenheit der Eltern zu sagen. Der Akt des Sprechens ist bereits ein Akt der Unabhängigkeit! Niemand wagte, ihn zu unterbrechen. Er fuhr unerschütterlich mit seinen Ausführungen fort:

"Ihr denkt wohl, das bringt nichts, er ist ja sowieso stärker. Ich weiß, er kann es letztlich beschlagnahmen. Aber das ist nicht wichtig, es gibt keine Gerechtigkeit in dieser Welt der Verräter und Bastarde! Er wird seine Macht ausnutzen, so wie er das bisher schon getan hat. Doch ich werde wenigstens nicht so schwach gewesen sein, seiner Erpressung nachgegeben zu haben. Er kriegt immer alles was er will? Mit mir wird er diesen Triumph nicht haben!"

Soltan hielt einen Moment atemlos inne. Er schaute zu seinem Vater, dann zur Mutter. Nichts in ihrem Blick drückte Wut oder Mißbilligung aus. Im Blick der Schwestern lag Verwirrung. Seine Frau runzelte die Brauen, ohne zu verstehen, was da geschah und ohne ihre Gefühle im Griff zu halten. Er hob die Augen, und Mina sah auf einmal diesen neuen Blick an ihm. Er fügte ruhiger hinzu:

"Ich habe mit Oueld el-Bachir gesprochen, dem Busfahrer. Er braucht jemanden, und er ist bereit, mich einzustellen. Ich fahre morgen früh mit ihm. Wenn alles klappt, miete ich ein Haus in der Stadt und komme dann, euch zu holen. Macht euch keine Sorgen. Allah wird sicherlich alles regeln, und ich werde bald zurück sein!"

Lalla Batoul weinte. Si Larbi ließ mit gesenktem Kopf die Gebetskette durch die Finger gleiten, gleichmäßig wie die Hoffnungslosigkeit. Die Mädchen scharten sich um Mina und verharrten reglos. Wortlos und perplex waren sie, wußten nicht, was sie tun sollten. Soltan erklärte den Seinen die Notwendigkeit dieses Schrittes, er versuchte, sie zu überzeugen, denn bis zu diesem Tag hatte er nie eine Entscheidung über die Zukunft der Familie getroffen. Solche Initiativen standen nur dem Patriarchen zu. Nur er war in der Lage zu sagen, was gut und was schlecht war für diejenigen, die unter seinem Schutz standen. Am Klang der Stimme erkannten sie alle, daß Soltan sich verändert hatte, oder gerade dabei war, sich zu verändern. Die Silhouette, die sich auf der Wand ihm gegenüber abzeichnete, nahm wieder ihre normalen Formen an. Er wußte, daß er Recht hatte. Dieser Abschied war seine letzte Hoffnung. Die Erde! Von der Erde war nun nichts mehr zu erwarten. Sie siechte dahin. Wie die Menschen, die der alltäglichen Häßlichkeit ausgeliefert waren und sich eingerichtet hatten in der Absurdität des Verzichtes und der Hoffnungslosigkeit. Fette Menschen, schwankende Zuschauer ihres eigenen Todeskampfes, die den Ruhm ihrer Unterdrücker besangen, die wiederum beim Volke Ekel hervorriefen wegen ihres ubuesken Zynismus, ihrer Häßlichkeit, ihrer unablässigen Fehlschläge in der Bearbeitung der Staatsangelegenheiten, ihrer unglaublichen Unkenntnis der Probleme von Land und Leuten, ihrer offenkundigen Verachtung des Volkes, ihrer Entschlossenheit, es ans Kreuz zu nageln, ihrer Hartnäckigkeit, mit der sie taub blieben für all seine legitimen Forderungen, ihrer Arroganz, mit der sie Riesenvermögen aufhäuften, während die, die demokratisch beschissen worden waren bei der Verteilung von Rechten und Pflichten in Not lebten, ihrer notorischen Lügen, ihrer Versprechungen und ihres schwindenden Eifers, sobald unsere Wut sich etwas gelegt hatte, ihrer schmeichlerischen Engstirnigkeit und ihres Mißbrauchs der Macht.

All diese Worte trug Soltan in sich wie ein Hochwasser führender Fluß, der so schreckliche Ungerechtigkeiten mit sich spült, daß selbst der Tod sie nicht auslöschen könnte. Wunden, Erschöpfung, Enttäuschungen, Schluchzer, Beklommenheit... stiegen auf zur Oberfläche seiner Erinnerungen und verursachten ihm Kopfschmerzen. Sohn einer verletzten Erde, die ihre eigenen Wurzeln verloren hat. Sohn eines Landes voll Wut, eines Volkes, das Trauer trug um Recht und Rede; er hatte beschlossen, seinen Blick zu lenken auf die wütende Stille der Wellen, um den Wörtern ihre wahren Farben wiederzugeben und den Träumen die Stofflichkeit des Wahns.

Die Erde! Verletzt von den Krallen schuldbeladener Würdenträger, die ihren Stolz eingetauscht hatten gegen ein Leben der Statussymbole. Villen, Autos, Wein und Frauen füllten die Löcher, die die Feigheit in ihre kahl werdenden Köpfe gebohrt hatte. Welch grausames Schicksal, ständig auf dem Boden kriechen zu müssen, ohne Hoffnung, sich jemals aufrichten zu können! Er würde nicht kriechen. Er hatte noch genügend Stolz, um Nein zu sagen zur Kleinmütigkeit. Sein Körper würde das Exil kennenlernen, ob er wollte oder nicht. Doch sein Herz würde auf immer den feierlichen Gesang der Erde bewahren.

Alle hörten dem neuen Menschen zu, der nun sprach. Soltan wurde zu jemandem, der etwas zu sagen hatte, der also fähig war zu handeln. Der Schatten an der Wand bewegte sich nicht. Die Stimme des hohlen Ölbaums, der mit Wachs bedeckt und stellenweise verkohlt war, erklang erneut in seinem Kopf und erinnerte ihn an sein Schicksal:

"Auch du wirst die Erde verlassen auf der Suche nach dem Geld. Du wirst deine Zeit vertun und in Schmerzen leben!"

Für Soltan waren Schmerz und Unglück die Trockenheit, der Wassermangel und der drohende Hunger. Schmerz, das war auch der Verlust der Würde. Der neue Caïd verkörperte das Böse, gegen das das ganze Land kämpfte. Er war nur ein Muster für die Politik der Entmenschlichung der Massen, die der Staat betrieb. Soltan weigerte sich, diese betrübliche Wahrheit anzuerkennen. Er weigerte sich, sein eigenes Leben an die Launen eines ewig blauen Himmels zu binden, der im Streit lebte mit den Menschen, den Tieren und der Erde.

Die Lippen Lalla Batouls bewegten sich, um etwas zu sagen:

"Möge Allah uns zu Hilfe kommen!"

Si Larbi sagte kein Wort. Er beschränkte sich darauf, seine Gebetskette durch die Finger gleiten zu lassen, gleichmäßig wie die Hoffnungslosigkeit, und zwischen den Zähnen Gebete zu sprechen. Mina gelang es, ein paar Tränen zu drücken, die ihre Schwiegereltern beruhigten. Die Mädchen schlugen sich auf die Wangen und beklagten ihr Los. Das Abendessen vollzog sich in der finstersten aller Stillen.

Soltan verließ seine Familie beim Morgengrauen, in aller Eile. Er wollte nicht, daß man seine Verstörung oder seinen Kummer sah. Seine Mutter weinte in der Tür. Mina hielt sich im Dunkeln mit einem Taschentuch in der Hand. Starre Schatten überquerten die Straße auf dem Weg zur Moschee. Kleine vertraute Geräusche kündigten das Ende der Nacht an. Der Vater begleitete seinen Sohn bis zum Dorfplatz. Er nahm ihn in die Arme und drückte ihn fest an sich. Soltan war gerührt. Noch nie hatte ihm sein Vater solche Zärtlichkeit gezeigt. Einen Moment blieben sie so stehen, einer gegen den anderen gedrückt. Sie wechselten kein Wort. Alles lag in dieser Umarmung. Wie eine Gabe des Himmels.

13

Die Große Stadt verschlang ihn. Nahm ihn im wahrsten Sinne des Wortes auf in ihre Eingeweide, zog ihn in ihr Räderwerk. Wie eine alte Menschenfresserin hatte sie sich auf ihn gestürzt, ihn zermalmt, verschlungen, zerlegt, ihn seiner Identität als Einzelwesen beraubt, seines Ursprungs, seiner Träume, seiner Ansprüche an das Leben. Als er aus dem Bus stieg, erkannte er, daß dieser neue Ort sein Verderben sein würde. Eine immer mürrische Stadt, in der angsterfüllte Körper in den Elendsvierteln wuchsen, wie die Ratten, getrennt von den stolzerfüllten Körpern durch den Lehm der Jahrhunderte, oft einfach durch eine Mauer des Schweigens. Er lernte rasch, die Augen zu schließen, *Ine mika.* Kenn' ich nicht, nie gesehen. Auch eine Art, über die Runden zu kommen. Am Tage seiner Ankunft, als er gerade den Fuß aus dem Bus setzte, hörte er jemanden brüllen:

"Verschwindet, Brüder, die Skorpione sind wieder da!"

Der Mann wurde verfolgt von zwei Polizisten in schmutziggrauer Uniform, die versuchten, ihn zu schnappen, um ihm seinen kleinen Kaufladen abzunehmen: ein quadratisches Stück Plastik mit Schnüren an den vier Ecken, angefüllt mit Unterhosen und Büstenhaltern. Sein Bündel über der Schulter floh der Straßenhändler schleunigst durch die bunte Menge, die von heftiger Panik erfaßt war. An einer Straßenecke schloß sich die Menge hinter dem fliegenden Händler, und er war verschwunden. Als habe sich die Erde geöffnet und ihn verschlungen. Die anderen Straßenhändler packten nun ihre Plastikvierecke zusammen und machten sich aus dem Staub. Mit ihrer Eile riefen sie erhebliche

Unordnung in der dichten Menge der Passanten hervor. Die beiden Gesetzeshüter blieben atemlos stehen und folgten dem Fliehenden mit den Augen. Sie kehrten um mit saurem Blick. Mit wütenden Stiefeltritten warfen sie die paar armseligen Auslagen durcheinander, die die Verkäufer nicht hatten retten können. Der Strudel der Menge hatte sie gepackt, sie trampelten wie wild auf den Waren herum. In diesem Gewimmel streckte ein Junge ein Bein aus, und einer der Polizisten lag der Länge nach auf dem Boden, die Nase im Dreck. Streit brach aus. Die beiden Ordnungswächter nannten die Menge Hurensöhne und Schwuchteln. Ein Arm wurde gehoben. Dann noch einer. Dann ein dritter. Und ein vierter. Der Platz verwandelte sich in einen Wald von Armen, die in Richtung der beiden Schimpfenden gestreckt wurden, die sofort in der wuselnden, in ihrer Selbstachtung verletzten Menge untergingen. Panik erfaßte Soltan, und er stieg in den schützenden Bus zurück, um die Szene durch die Scheiben des Fahrzeuges zu verfolgen. Konnte man sich denn so etwas vorstellen? Würden die Dorfbewohner ihm diese Geschichte glauben?

Als er den verstörten Gesichtsausdruck Soltans sah, erklärte ihm Oueld el-Bachir:

"Du wirst so viel Zeit haben wie du brauchst, um dich an die Ungerechtigkeit und die Wut der Großen Stadt zu gewöhnen. Weißt du, wir leben in einer Operettenmonarchie, in der die Clowns, zusammengeduckt im Schatten, nicht ablassen, uns neue Bestimmungen vor die Nase zu halten, um uns auch noch den Bissen Brot aus dem Mund zu nehmen. Wie sie da aufgepflanzt sitzen hinter ihren Luxusschreibtischen, sehen sie in unserem Elend nur eine Beleidigung für ihr eigenes Sein. Wir erregen ihre Touristen, sagen sie. Statt Arbeit zu finden für diesen ganzen nichtsnutzigen Haufen, lassen sie ihre Wachhunde auf ihn los, um ihn zu zerstreuen. Jeden Tag die gleiche Szene. Sie sind unfähig, angemessene, dauerhafte Lösungen für unsere Probleme zu finden, weil sie nicht unser Leben leben. Unsere kranken

Kinder. Unsere Krankenhäuser, in denen es keine Medikamente gibt und kein ausgebildetes Personal. Unsere Katastrophenschulen, die nur noch Analphabeten- und Arbeitslosendiplome vergeben, auch wenn die Eltern jeden Tag mehr zahlen müssen für Lehrmittel und dergleichen. Unsere Hungerlöhne angesichts explodierender Lebenshaltungskosten. Unsere Baracken voll von Wanzen, Ratten und Kakerlaken. Unsere Ohnmacht angesichts ihrer verbrecherischen Gesetze. Wir haben die Schnauze voll von ihrer unterentwickelten Demokratie, die die Geldsäcke fördert und die armen Schlucker erstickt. Ihre Lügen im Radio und im Fernsehen, damit wir ihre Willkürentscheidungen schlucken. Das einzige Land der Welt, wo die Nachrichten im Innenministerium gemacht werden! Wie könnten die uns denn verstehen? Sie sind so weit weg, so komfortabel eingerichtet in ihren Marmorvillen, die sie aus dem Ausland eingeführt haben, in ihren fetten Importautos, mit ihren Importweinen, in ihren Importfotzen... Sie haben sich nie wirklich zu unseren Problemen herabgelassen. Wenn sie eine Straße oder eine Schule bauen, dann immer mit dem Gedanken daran, was ihnen das einbringt. Weißt du, daß bei uns Staatsprojekte immer zehn oder fünfzehn Mal teurer sind als normal? Jeder will sein Stück vom Kuchen. Eine Horde hungriger Schakale, die das Land regelrecht ausbluten lassen! Du wirst so viel Zeit haben, wie du brauchst, um die Heuchelei zu verstehen. Ihre getürkten Wahlen, bei denen sie schon vorher wissen, wieviel Prozent Ja oder Nein sagen, wer in dem und dem Wahlkreis gewählt wird, ohne daß sie sich überhaupt die Mühe machen müssen, die Wahlurnen zu öffnen und die Stimmzettel auszuzählen. Ihre hastig erfundenen Oppositionsparteien, damit der Westen zufrieden ist. Ihre Gefängnisse, wo die politischen Gefangenen behandelt werden wie gemeine Verbrecher. Du wirst Dinge erfahren, daß sich dir die Haare zu Berge stellen. Was du heute gesehen hast ist gar nichts, verglichen mit dem ganzen Rest. Ihre Verwaltung mit dem rostigen Räderwerk. Ihre hanebüchenen Träume. Unsere Enttäuschung angesichts des großen Traumes unseres nationalen Befreiungskampfes. Können sie denn unsere Verzweiflung verstehen, wenn wir ihre pharaonischen Vermögen sehen im Vergleich zu unserer unerträglichen Misere?"

Der Mann unterbrach seine Rede. Ein flaschengrüner Kleinbus war aus einer Seitenstraße aufgetaucht und hatte ein Dutzend grauuniformierter Männer mit Schlagstöcken ausgespuckt. Die bunte Menge löste sich plötzlich auf und verlief sich in den Gassen. Die Händler wandten sich ihrem Geschäft zu, gleichgültig angesichts des Gemetzels, das sich vor ihren Augen abgespielt hatte. Sie würden nichts gesehen haben. Und bis auf zwei zerfetzte uniformierte Körper, die auf dem Boden herumlagen, war ja auch alles wieder in Ordnung. Die Männer im grauen Tuch inspizierten die Örtlichkeiten, Haß im Blick. Eine lastende Stille, die nur vom plärrenden Klang eines Radios gebrochen wurde, schwebte durch die Luft. Totenstille. Fußgänger zogen vorbei und machten einen Bogen um die zwei blutigen Körper. Mit erhobenen Knüppeln machten sich die Friedenshüter an eine gründliche Suchaktion, hoffend, sie fänden so Hinweise, die sie zu den Unruhestiftern führten. Innerlich wären sie lieber mit leeren Händen abgezogen, statt die Wut derjenigen zu provozieren, in deren Augen das Wort *Würde* noch etwas bedeutete. Jeder hatte ein Recht auf Leben. Jeder hatte ein Recht auf Selbstverteidigung. Die beiden durchgeprügelten Merdas krochen mit gesenktem Kopf in den Bus und setzten sich zwischen die anderen. Das Fahrzeug verschwand wie der Wirbelwind, und die Straße fand wieder zu ihrer üblichen Lebhaftigkeit und ihrer wuselnden Menge zurück. Soltan fühlte sein Herz schlagen. Vor Glück. Dieses Land war nicht völlig tot, wie er gedacht hatte. Hoffnung war noch möglich!

Die Große Stadt hatte ihn in einen neuen Mann verwandelt, der fast gar nichts mehr mit dem früheren gemein hatte. Soltan fühlte sich nicht mehr als Teil dieser großen Galeere, die das Unwohlsein einer ganzen Nation barg. Mit von der Arbeit geschundenem, vom Exil verschrammtem Körper war er Schaffner in einem Bus, der zwischen dem Norden und dem Süden des Landes hin und her fuhr; so eine Art Wandergeselle für alle Bedürfnisse. Er lud Gepäck ein und aus, verkaufte den Passagieren Fahrkarten, wechselte geplatzte Reifen, wechselte das Motoröl, wusch das Fahrzeug vor der Abfahrt, verhandelte mit den getarnten Gendarmen im Straßengraben über den Preis ihres Ausharrens in Sonne und Regen, bewachte den geparkten Bus, schrie wie ein Verdammter das Fahrtziel aus, um Fahrgäste anzulocken, sammelte die Fahrscheine der aussteigenden Reisenden ein, um sie erneut zu verwenden... Kurz, er hatte sich um alles zu kümmern und hatte keine Zeit mehr, an sich zu denken, an die Erde oder die Seinen. Er reiste jeden Tag, sah aber weder die Städte, an denen er vorbeikam, noch die Dörfer, die er durchquerte. Überall war er nur auf der Durchreise, wie im Leben auch. Trotz der ganzen Arbeit hatte er keinen Ruhetag, und schlecht bezahlt wurde er auch. Er beklagte sich nicht, er hatte ja keine Wahl. Entweder das oder gar nichts! Und er zog die Ausbeutung durch seinen Sklaventreiber von Chef der Arbeitslosigkeit vor. Denn die Konkurrenz war hart, und der Besitzer des Busses duldete kein Fehlen: "Entweder du arbeitest, oder du fliegst raus!" erwiderte der seinen Untergebenen. Wer auf den dummen Gedanken kam, krank zu werden, wurde automatisch entlassen. Soltan arbeitete für zehn, sechs Monate lang, und lieferte den Beweis seiner Ausdauer und Ernsthaftigkeit, bevor er erstmals zwei Tage unbezahlten Urlaub erhielt. Es war die erste Gefälligkeit des fetten Chefs mit den klebrigen Händen. Man erzählte sich, er sei so hart mit den Menschen, weil er sie haßte. Impotent wie er war, mußte er sich vor anderen flachlegen, er, der er doch von reiner Rasse und etwas Besseres war.

Soltan kehrte in sein Dorf zurück und richtete es so ein, daß er des Nachts dort ankam. Eine angenehme Überraschung erwartete ihn. Seine Frau war schwanger. Er strahlte vor Glück. Doch seine Freude dauerte nur wenige Minuten. Dann verdunkelte sich sein Gesicht, und er wurde schweigsam. Nach den Berechnungen seiner Mutter würde Mina in fünf oder sechs Monaten ihr Kind zur Welt bringen. Und in fünf, sechs Monaten würde er nicht da sein, um seinen Sohn zu sehen, wie er auf die Welt kam. Er würde nicht die Befriedigung erleben, seinen Sohn in die Arme zu nehmen und ihn an sich zu drücken. Sein Vater beruhigte ihn:

"Ich bin ja da! Oder hast du etwa kein Vertrauen mehr in deinen Vater? Mach dir keine Sorgen um das, was hier geschieht! Schick uns nur immer das Geld! Solange ich lebe, werde ich deine Frau und die Kinder, die da kommen werden, im Auge behalten. Ich werde für sie sterben, wenn es nötig ist! Arbeite du, und vertrau mir! Du kannst ganz ruhig sein, was das angeht. Geh, Sohn! Möge mein Segen dich beschützen!"

Soltan hatte eine Djellaba und ein Paar neuer Babuschen gekauft für seinen Vater, der ihn mit Gebeten überschüttete. Für seine Mutter und seine Frau hatte er ein Tuch von gleicher Farbe mitgebracht und ein langes Kleid für jede von ihnen. Seine Schwestern begnügten sich mit ein paar Metern Stoff. Als er sich mit Mina nach dem Abendessen zurückzog, holte er aus seiner Tasche eine kleine Flasche Parfum und eine Tafel Schokolade.

"Hier", sagte er zu seiner Frau und ging auf sie zu. "Das ist für dich. Ich wollte es dir nicht vor der Mutter geben, damit sie nicht neidisch wird und anfängt, dich zu hassen. Ich weiß was das heißt, und ich möchte nicht, daß sie etwas gegen dich hat. Sie darf nichts davon wissen, sonst werden wir noch den Tag unserer Geburt verfluchen!"

Während er sprach inspizierte Soltan den Raum. Nichts hatte sich verändert. Als hätte er diesen Ort nie verlassen. Selbst die Fliegen waren noch an ihrem Platz. Menschen und Mauern waren gemeinsam gealtert. Si Larbi trug tiefe Traurigkeit im Blick, und sein Gesicht war von Falten zerfurcht. Als habe er während der Abwesenheit des Sohnes seine Zeit zwei- oder dreimal verlebt. Das war das Produkt der kalten Wände und der leeren Tage. Das Warten auf den Tod, so wie man auf den Bus wartet, der einen an einen bestimmten Ort bringen soll. Sein Abschied hatte einen Teil des Körpers derjenigen getötet, die ihn liebten, und einen Teil seiner selbst.

Mit gesenktem Kopf betrachtete Mina das Parfumfläschchen und die Tafel Schokolade. Soltans Worte drangen nicht alle zu ihr durch. Ihre Augen kämpften gegen den Schlaf, der sie überkam. Sechs Monate Abwesenheit! Sie hatte kein Recht, ihn zu enttäuschen. Hatte er aber das Recht gehabt, sie direkt nach der Hochzeit zu verlassen? Ihr Kopf wollte ihm unbedingt solche Fragen stellen. Dabei war sie doch glücklich, ihn wiederzusehen. Sie wollte es ihm sagen. Doch man hatte sie nie gelehrt, solche Worte auszusprechen. Lieber schwieg sie.

Soltan zog zwei Geldscheine aus der Tasche und drückte sie in die Hand seiner Frau:

"Du könntest es brauchen. Das ist für deine persönlichen Ausgaben."

Und dann, in verändertem Ton:

"Weißt du, das Leben ist hart dort; aber ich komm' schon zurecht. Bald wirst du zu mir kommen, um mit mir in der Großen Stadt zu leben. Ich will nicht, daß du weiterhin in diesem Elend lebst, in dem wir nun lange genug gesteckt haben. Ich habe einen Plan: ich will den Führerschein machen und dann eine Taxilizenz beantragen. Das ist möglich. Alles geht dort mit Bakschisch. Ich spare. Ich arbeite hart, weißt du. Nach meiner Arbeit im Bus lad' ich noch Kisten aus, nachts. An dieses Geld geh' ich nicht ran; das leg' ich zur Seite für meinen Plan. Ich werde lange Zeit weg sein. Ein Jahr. Vielleicht länger. Aber wenn ich zurückkomme, dann nehm' ich euch mit. Vertrau mir und sorge gut für meinen Sohn! Ich werd' euch regelmäßig Geld schicken. Das Härteste steht mir noch bevor."

Er erzählte ihr lange von der Großen Stadt, von den endlosen Boulevards, den Autos, die in alle Richtungen fuhren, der Wut der Straßen, der Verbannung des Körpers, dem Unbehagen eines ganzen Volkes, das der Zynismus beherrschte angesichts einer vorgestanzten Zukunft auf einer Erde, die ihr Lächeln, ihre Stimme, ihren Namen und ihre Geschichte verloren hatte. Er erzählte ihr vom aufgewühlten Meer, dessen wütende Wellen wie Berge an den Felsen brachen, vom Gedächtnis dieses Landes in der Hand von Tonfiguren, den Totengräber der Träume und der Hoffnung. Er erzählte ihr von den blauen Tagen, die die Abgründe der verzauberten Legenden und der geopferten Mythen durchqueren. Von dem Drama, das dieser Nation in der Brust saß und vom Echo des uralten Gespenstes, das giert nach jungem Blut und nach Entsetzen. Von den kommenden Jahrhunderten in den Klauen der Lügensetzer und von den Versprechungen, die verschimmelten wie ein Rosenkranz aus kleinen Zwiebeln. Vom Licht im Würgegriff der bedrohlichen Stunden unseres Schweigens, unserer Feigheit, unserer Einsamkeit. Und er erzählte auch von der Gewalt der Dünen, die Asche und Vergessen zeugen. Von Maulkörben aus Lehm und Dornen, die den Schrei der Erde ersticken und den Flug der Vögel stören, den Lauf der Kinder und den Weg der trockenen Blätter auf dem Boden. Von Menschen, die nach Aas stinken und nach ungeheuerlicher Bösartigkeit. Von den Potentaten, die zu Blutsaugern geworden sind und an den Adern, den Lungen, dem Herz, dem Geschlecht des Landes kleben. Von alterslosen Kindern, die sich in den Straßen verlieren und die Phantasien alter Homosexueller bevölkern. Von Mädchen mit rotgeschminkten Lippen, verloren zwischen Zigarettenrauch und Bierdunst. Von Plakaten für Pornofilme. Vom Fluß der Menschen, der anschwillt und röhrt, wenn die Führer sein Mißfallen erregen. Von der tragischen Hartnäckigkeit der Verantwortlichen, mit der sie versuchen, die Menschen im Volk zu Lasteseln zu machen. Von unserer vielfältigen Sättigung. Von der Mauer aus Angst in unserer Brust. Von unseren unausgeführten Gesten. Von der Dichte unserer Unzufriedenheit. Von unseren Körpern, die mit dem Gewitter zum Vulkan werden. Von unserer Verwirrung angesichts unserer kranken Frauen, unserer unbeschäftigten, erschütterten, verlorenen Kinder. Er erzählte ihr lange von der Verachtung der Sklaventreiber für ihre Sklaven... Dann erzählte er ihr vom Teufel, der jedesmal seinen Körper packte, wenn er an sie dachte. Am schlimmsten war es nachts. Er kam zu ihr ins Dorf und führte sie weit weg vom Hause, drückte ihre samtene Hand in seine eigene, die aus Stein war. Das Land war grün, und das Gezwitscher der Vögel begleitete sie auf jeden Schritt. Er lachte von ganzer Seele. Sie ließ ihre langen Haare im Wind wehen, wie wiegende Wellen, die am Blau des Himmels und am strahlenden Schaum der Dünen lecken. Er verfolgte sie, das Herz angefüllt mit ihrem Parfum, ihrem weiblichen Duft. Sie blieb atemlos am Fuße eines Baumes stehen. Er flog wie ein Pfeil auf sie zu. Sie wartete auf ihn, schnaufend, mit provozierendem Lächeln. Er näherte sich ungeduldig. Sie ging auf in der Natur wie durch Hexerei. Er suchte sie hinter Bäumen und Felsen. Er rief nach ihr mit der ganzen Kraft seiner Stimme. Sie tauchte unverhofft wieder auf aus der Mitte der Sonne, rank wie eine Melodie, frisch wie ein Gedicht. Er hob die Arme in ihre Richtung, rief sie an. Er trat auf sie zu mit tränen- und schweißgebadetem Gesicht. Nahm sie bei der Hüfte und bettete sie auf den Boden. Tauchte sein Gesicht in ihr Haar und suchte ihre Brüste. Wurde verliebt und zärtlich. Sie wurde sinnlich und üppig. Er wurde leidenschaftliche Zärtlichkeit. Sie wurde aufreizendes Wogen. Heftiges Atmen in der Nacht, die die Zärtlichkeit verschlang. Hüftbewegung und Druck aus den Leisten. Taumel von Körpern und Herzen. Liebesschrei. Der Tod zum Greifen. Letztes Stöhnen und Erlösung. Soltan erwachte dann schweißgebadet, mit zuckendem, krampfendem Körper und schlaffem Glied, das feige in seiner klebrigen, schuldvollen Flüssigkeit schwamm. Er erhob sich beschämt und ging hinaus, um sich mit kaltem Wasser auf der von allen benutzten Toilette reinzuwaschen, damit er beim Morgengrauen Gott wiederfinden würde in wiedererlangter Gelassenheit und Makellosigkeit.

Die Augen auf den Boden geheftet, verstand Mina nicht die Bedeutung all dieser Worte. War etwa ihr Mann auch vom Teufel besessen? Ihr eigener Körper hatte seinen Frieden wiedergefunden, seitdem ihr diese Frau, die sie im Hammam getroffen hatte, zu Hilfe gekommen war. Eine wunderbare, beschützende Frau; die beste von allen. Ein Blick hatte genügt, um ihr Leiden zu erkennen.

"Komm, mein Kind!" hatte sie ihr mit zärtlicher Stimme zugerufen. "Laß mich dir den Rücken abseifen; wie ich sehe, bist du allein..."

Sie fühlte das Verlangen, ihr alles zu erzählen. Doch sie besann sich, hatte sie doch immer nur Zurücknahme und Schweigen gelernt. Ihre Mutter hatte sie immer gewarnt vor der eigenen Zunge, vor Offenheit und Ehrlichkeit. Immer mußte sie in diesem Schattentheater spielen, in dem Leidenschaft die schlimmsten Entgleisungen rechtfertigt; wo der Mann, er allein, durch zügellose Magie, alle Rechte hatte und die Frau alle Pflichten; wo der Mann, er allein, durch Verkürzung der Realität die Ehre in die Scham der Jungfrauen, die Kraft zwischen die Beine der Männer gepflanzt hatte. Körperverletzung und Mord wurden zu Akten der Selbstverteidigung zur Wiederherstellung beschmutzter Ehre. Sie durfte ihr nichts offenbaren. Würde Soltan denn ihre Gründe verstehen? Er geriete sicher in Wut und würde ihr verbieten, die Freundin wiederzusehen. Er würde von den Seinen größere Achtsamkeit einfordern. Hatte er sie nicht vor seiner Abreise gewarnt?

"Ich muß für einige Zeit fortgehen", hatte er ihr während ihrer letzten gemeinsamen Nacht gesagt. "Ich will nicht, daß du dich auf der Straße herumtreibst. Und ich will auch nicht, daß du dich mit den Frauen anfreundest; das sind alles Huren. Du hast hier alles, was du brauchst. Meine Mutter und meine Schwestern werden dir Gesellschaft leisten und sich um dich kümmern. Du wirst deine Eltern nicht besuchen. Wenn deine Mutter dich sehen will, soll sie herkommen. Ich werde bei ihr vorbeigehen und es ihr sagen. Hast du das verstanden? Keine neuen Bekanntschaften; heutzutage gibt es nur böse Frauen. Einmal im Monat gehst du zum Hammam, am besten mit meiner Mutter oder mit einer meiner Schwestern. Außer um ins Bad zu gehen, gehst du nicht vor die Tür!"

Mina hatte wiederum die Augen gesenkt und nichts gesagt. Sie hatte nichts zu sagen. Sie würde ihrem Mann gehorsam sein und keine Fragen stellen. Die wahre Pflicht der Frau ist es, zu tun, was ihr Mann wünscht.

Nach Soltans Abreise hatte ihr ihre Mutter eine ähnliche Predigt gehalten:

"Du gehorchst deinem Mann, meine Tochter! Er geht fort, damit du es besser hast. Er ist ein guter Junge! Er nimmt seine Verantwortung mit Mut und Entschlossenheit auf sich. Du mußt auf ihn hören und tun, was er verlangt. Wenn er dir sagt, du sollst nicht allein ausgehen, dann gehst du auch nicht allein aus!"

Sie hatte ihrer Mutter ruhig zugehört. Sie verstand die Notwendigkeit ihrer Unterwerfung und unterwarf sich ihrer Rolle als Ehefrau mit der Resignation aller Frauen im Dorfe auf sich. Die Worte ihrer Mutter trug sie schon immer in sich. Ihr Mann nahm nun den Platz ihrer ganzen Familie ein. Also schuldete sie ihm Unterwerfung und Dankbarkeit. Er war ihr Herr. Er war ihr Schicksal. Würde er ihre Freundschaft mit Aouicha verstehen?

Die Frau hatte sie zwischen ihre gespreizten Beine genommen und sorgte sich um sie von Anfang bis Ende. Sie seifte ihr den Rücken und alles andere ab. Massierte ihr anschmiegsam den Körper, verweilte an ihren runden Formen, knetete lange ihre kleinen, harten Brüste und ihre festen Schenkel, walkte ihr geduldig Schultern und Bauch, bearbeitete sorgsam Hüften und Gesäß. Sie lag auf dem Rücken mit geschlossenen Augen, völlig hingegeben an die Lust der Berührung und die Sinnlichkeit der Träume. Eine Hand blieb plötzlich auf ihrer Scham liegen. Keine Reaktion. Die dichte Dunkelheit dämpfte Bewegungen und Echo. Sie fühlte sich sicher bei dieser Frau, die sie kaum kannte.

Sie fühlte sich ihr nahe, auch wenn ihr die Bedeutung dieser zärtlichen Kapricen nicht klar war. Vielleicht machte man das so unter Frauen. Doch ihre Mutter hatte sie noch nie so gebadet. Aouicha konnte sehr viel Zärtlichkeit in ihre Berührungen legen. Geduldig und aufmerksam zog sie sanft die Beine ihres Schützlings auseinander und strich mit geschicktem Finger über deren spitze Klitoris. Mina fühlte elektrische Wellen sie durchlaufen. Sie errötete. Und ihr ganzer Körper erzitterte. Der Finger glitt nun in die feuchte Spalte. Voll Feingefühl. Dann energisch. Sie fühlte, wie ihr Körper sie verließ. Ihre Augen strahlten und ihr Gesicht war erleuchtet. Noch nie hatte sie dieses atemberaubende Wohlgefühl erlebt, nie diese dämpfige Wärme. Dieses verwirrende Streicheln, dem Glutflammen in den Leisten folgten. Und dann dieses Gemisch von Gerüchen. Der Dampf, der die Muskeln entspannt und den Nerven Erholung bringt. Krampfhafte Bewegungen erfaßten sie. Aouicha setzte ihr Werk fort, systematisch, gleichmäßig. Mina seufzte leise, biß sich auf die Unterlippe. Krümmen und Fließen. Über dem Boden schweben. Brennen und aufgehen vor heißer Lust. Der Körper nun verkrampft, nun entspannt, offen für die wilden Wellen des Sturms, verschlossen, krampfgeschüttelt wie die lange Dünung, die im offenen Meer verebbt, wie der Amboß unter den Schlägen des Hammers oder der Eisenstab mitten in der Schmiede. Blutrotes Gesicht, zur Fratze entstellt. Dann das Feuer in den Lenden. Unerträglich. Geboren an den Wurzeln der Schenkel, um den ganzen Körper zu entflammen. Gespannte Nerven, wie ein Bogen, bevor er bricht. Und diese eifrige Hand auf ihrem leidenschaftlichen, unterwürfigen Körper, sie nährt die Lust bis es sie verschlingt, ganz und gar. Sie schloß die Augen und gab sich gänzlich dem Brennen der tausend Feuer des unwiderstehbaren Hungers der Körper hin. Plötzliche Bilder von Verlust und schleichendem Tod. Alles wogte in ihrem Kopf. Die Wände tropfnaß, die weiblichen Silhouetten, nackte Brüste, Wassereimer... Zahllose kleine Ameisen auf jedem Fleckchen Haut. Völlige Hingabe an den keimenden Schmerz im Unterleib. Sie seufzte langsam aus halbgeöffneten Lippen, wie zum Hilfeschrei. Das Gesicht lächelnd, lusterstrahlt. Hingegeben. Aufgelöst im Dampf dieses magischen Ortes. Brennend heiß überall, wie der Eisenstab in der Schmiede. Ausgebreitet. Verflüssigt. Offen wie das Meer, das das Gewitter des Himmels aufnimmt mit all seinen Blitzen in einem Moment; die Blitze dieses staunenswerten Bebens der Sinne.

Mit einem Mal wurde sie sich dieses teuflischen Fiebers bewußt, das sich ihres Körpers bemächtigte. Brutales, feuriges Fleisch. Und dieser unerträgliche Körper! Woher kam denn dieses naive Sichgehenlassen, diese treuherzige Leidenschaft? Wußte sie überhaupt, was ihr Körper da durchmachte? Wußte sie wirklich, was sie da so anrührte? Schemenhaft. Zuerst dachte sie an Satan. Das konnte nur sein Werk sein. Und wenn der Wahnsinn sie gepackt hatte? Sie packte die Hand der Frau mit heftiger Bewegung, zwang sie, ihr Tun zu unterbrechen; eben in dem Moment, da der lustvolle Schmerz unwiderstehlich wurde. Und wenn diese Frau nun eine Inkarnation des Teufels war? Aufblitzende Gewalt durchquerte ihren Blick, dann fiel die Stille von ihrem Körper und schuf Raum für die unzähligen vertrauten Geräusche des Hammam. Sie fühlte, wie die Schamesröte in ihr stieg. Scham vor dieser Frau, die doch älter war als sie. Scham, diesem Augenblick der Verirrung nachgegeben und einen schuldbeladenen Taumel erlebt zu haben. Sie senkte die Augen. Streckte einen Arm aus. Öffnete den Mund, etwas zu sagen. Besann sich. Ließ den Arm sinken in einem Ausdruck von Ohnmacht und brach in Schluchzen aus. Aouicha drückte sie zärtlich an sich und flüsterte ihr ins Ohr:

"Weine nicht, mein Kind! Du bist so schön, und du darfst deine Augen nicht so ruinieren. Ich weiß, daß der Teufel deinen Körper besetzt und dich leiden läßt. Auch ich war wie du. Die Meute der ausgehungerten Hunde hat mir die Brust zerfleischt. Ich bin geheilt von diesem Übel. Ich hatte keine Wahl. Ich habe beinahe den Verstand verloren. Wenn du willst, kann ich dir helfen, dich von deinem Leiden zu befreien und deine Wunde vernarben zu lassen. Komm mit zu mir nach Hause!"

Diese Frau hatte ihr Geheimnis erkannt. Als sie vom Teufel sprach, hatte sie ihr den Eindruck vermittelt, etwas mit ihr zu teilen: einen tiefen Schmerz. Anfangs hatte Mina gezögert. Der Vorschlag dieser Fremden erschien ihr alles andere als unschuldig. Und wenn sie ihr nun eine Falle stellen wollte? Konnte sie denn so einer vertrauen? Nie verstand sie, wieso sie ihr ohne Widerstand gefolgt war.

Als die Kerze ganz heruntergebrannt war, nahm Soltan seine Frau mit Heftigkeit. Sofort reagierte sie blockiert. Dieser Körper, der sich da an ihrem rieb, erschien ihr fremd, unschicklich beinahe. Sie stieß ihn nicht zurück und ertrug ihn, solange das Verlangen des Mannes dauerte. Tief in ihrem Innern verabscheute sie diese fleischliche Vereinigung. Sie betete, daß der Akt bald vorüber sein möge. Doch Soltan nahm sie mehrmals hintereinander. Und bei jedem Ansturm hielt sie den Atem an, schloß die Augen und verabscheute dieses Fleisch, das ihrem eigenen Gewalt antat, ein wenig mehr. Als ihr Mann endlich einschlief, fühlte sie unerbittlichen Haß gegen das männliche Sperma.

Trotz ihrer Müdigkeit und ihres Ekels begleitete sie die Nacht auf ihrer letzten Reise. Die Wand gegenüber öffnete sich wie ein Sarg und verschlang die Hoffnung auf eine Aussöhnung mit dem Schlaf. Und ihre Lider, auf denen zu viele schmerzliche Erinnerungen und erstickte Ängste lasteten, weigerten sich, sich aufeinander zuzubewegen in dieser traumlosen, unbegrenzten Nacht.

14

Die Tage vergingen, dann Wochen, Monate in üblicher Monotonie, wie eine Wunde, die nicht vernarben will, ein langer Tunnel ohne Ende. Soltan arbeitete Tag und Nacht. Wie ein Lasttier, er litt an der Verbannung und der Einsamkeit der Männer, die zu alt sind für ihren Körper. Den Kopf voll mit heftigen Gedanken und bitteren Erinnerungen, ging er seinen Weg, das Rückgrat gebrochen von getrübten Tagen und Nächten ohne Schlaf. Er durchschritt die Feindseligkeit der Gesichter mit der Kraft der Verzweiflung. Wie konnte er denn ein ganzes Leben verleben in der lärmenden Unordnung des Alltäglichen? Wie konnte er nur so lange Zeit das Leben in der Großen Stadt ertragen, während er um seine Wurzeln trauerte und sich sehnte nach seinen Ursprüngen? Jahrhunderte trennten ihn von den Seinen. Die Erde war zum Traum ohne Namen geworden, nichts als eine Legende, vergraben in trauriger Leidenschaft, verblaßt durch inzwischen mechanisch gewordene Bewegungen, durch allzu finstere Gedanken und erstarrtes Lächeln im Winkel dieses blinden Jahrhunderts. Die Hoffnung hatte nun ein neues Antlitz. Unruhig und dunkel. Die Sterne hatten seinen Himmel verlassen, und die Sonne hatte nicht mehr ihre wahre Wärme. Er hatte verstanden, daß an dem Tag, da er beschloß, sein Dorf zu verlassen, die Geschichte der Erde für ihn zuende gegangen war. Trotz aller Trostlosigkeit war sein Herz trunken vor Liebe für die Steine und den Staub zu Hause. Dieser Abschied war ein Sprung, ein kleiner Tod, der einen Teil seiner Jugend mit sich nahm. Diesen Tod hatte er umso deutlicher gespürt, als er zum ersten Mal nach Hause zurückgekehrt war. Die Welt, in die er zurückkam, hatte etwas von der Unschuld verloren, die er gekannt hatte. Er wiederum hatte diese tragische Sonne verloren, die sonst immer in seinem Blick gelegen hatte. Beide erlebten sie nun ein trostloses Drama, in dem die Leidenschaft sich erschöpfte zwischen heimlichem Abschied und verwirrender Rückkehr. Bedrohung stand in der Luft. Selbst das Weiß der Wände hatte nicht mehr den alten Glanz. Die Scheidung war vollzogen. Die Nabelschnur durchtrennt zum Triumph des Vergessens und der Wut verhexter Träume.

Erst zwei Jahre nach seinem ersten Besuch konnte er in sein Dorf zurückkehren. Seine Frau hatte ein Mädchen zur Welt gebracht, das nach Aussage der Mutter seine Augen und seine Gesichtszüge hatte. Ein Mädchen, kein Junge, wie er gehofft hatte. Das Leben hatte ihm immer Steine in den Weg gelegt. Er wußte das. Ein erstes Mädchen, das war nicht weiter schlimm. Die Furcht war mit dieser ersten Geburt zur Welt gekommen. Er war sicher, beim nächsten Mal würde es ein Junge werden. Die Eingebung sagte ihm, er solle sich nicht grämen. Eine weitere Überraschung erwartete ihn. Mina war wieder seit einigen Monaten schwanger. Sie hatte versucht, ihm ihren Zustand zu verheimlichen, doch er hatte es bemerkt. Wie war so etwas denn möglich? Er wurde furchtbar wütend. Beschimpfte erstmals seine Frau. Wurde gewalttätig. Ohrfeigte sie heftig. Drohte, sie zu verstoßen. Mina weinte, ohne die Gründe seiner Wut zu verstehen. Lalla Batoul fand das Verhalten ihres Sohnes anomal und ungerecht. Die Große Stadt hatte ihren Einfluß ausgeübt auf ihren Sohn, und sie bedauerte diese plötzliche Veränderung. Nie zuvor hatte sie an ihm solche Heftigkeit und solche wütende Skepsis erlebt. Sie erkannte, daß sie dabei war, ihre Autorität über dieses Kind zu verlieren, das sie im Respekt der Stammesregeln erzogen hatte, in Unterwerfung und Keuschheit. Sie mußte etwas tun, wenn sie nicht zusehen wollte, wie die Erziehung, die sie ihm mit so viel Mühe verabreicht hatte, in tausend Stükke zerfiel. Sie erhob sich mit bekümmerter Miene und stellte sich zwischen die zwei Streitenden. Dann sprach sie folgendermaßen zu ihrem Sohn:

"Schämst du dich denn nicht, so vor deinem Vater und deiner Mutter zu sprechen? Schämst du dich nicht, sie so zu beschuldigen und uns damit gleichzeitig auch? Sind wir etwa unfähig, sie zu bewachen? Die Große Stadt hat dich verändert! Ich erkenne meine Erziehung nicht wieder, und ich weigere mich, das als die Frucht meiner langen Jahre des Wachens und der Aufmerksamkeit anzuerkennen!"

Stumme Auflehnung schüttelte Soltans Körper. Er verstand die Aufregung seiner Mutter nicht ganz. Entweder oder. Entweder war seine Frau eine Hure, dann mußte er sie erwürgen, um die Beleidigung auszulöschen, die sie ihm zugefügt hatte; oder sie war eine Heilige, wie diese Jungfrau im Koran, die den Propheten der Christen zur Welt gebracht hatte. Sie war weder das eine noch das andere. Die Mutter lieferte eine andere Erklärung des Phänomens:

"Gott hat es so gewollt"; sagte sie im gleichen finsteren Ton.

"Allahs Wege sind unergründlich. Und Er liebt die Verirrten nicht. Deine Frau hätte Zwillinge zur Welt bringen sollen. Sie sind nicht zur gleichen Zeit gekommen, weil der Herr nicht wollte, daß du völlig enttäuscht bist, da du zur Geburt deines Sohnes nicht hier sein konntest. Deswegen ist deine Tochter zuerst gekommen, ihre Geburt war nicht wichtig. Sie ist die Ältere. Durch die Geheimnisse der Natur hat deine Frau die zweite Geburt aufgespart, bis du dabeisein konntest. Es ist das schlafende Kind! Solche Dinge kommen vor, das weißt du genau! Gott ist groß, mein Sohn; wir müssen uns seiner Barmherzigkeit hingeben. Dein Sohn ist im Leibe seiner Mutter eingeschlafen, als du sagtest, du wärest am Tage seiner Geburt fern von hier. Er wollte in den Armen seines Erzeugers geboren werden. Erst vor wenigen Monaten ist er wieder erwacht, weil er fühlte, daß du zurückkommen würdest..."

Soltan beruhigte sich, umgestimmt vom überzeugenden Ton der Mutter. Das schlafende Kind! Wieso hatte er denn nicht gleich daran gedacht? Er bedauerte sein Verhalten und senkte beschämt den Kopf vor derjenigen, die ihn neun Monate lang in ihrem Leib getragen, alle Leiden der Welt ertragen hatte usw. Tief in seinem Innern sagte eine Stimme immer wieder verzweifelt:

"Wir sind ein Volk, das zur Fortpflanzung verdammt ist. Solange wir da sind, zeugen wir. Sind wir fort, zeugen wir weiter!"

In der Nacht, als Soltan seine rauhe Hand über Minas Bauch gleiten ließ, drängte sich ihm die Szene vom Nachmittag wieder auf, und seine Erinnerung führte ihn zurück in seine Hochzeitsnacht, als er nicht in der Lage gewesen war, Gewalt anzuwenden, um seine Stellung als Mann auf die feste Grundlage unbestreitbarer Männlichkeit zu stellen. Mina erschauerte bei der Berührung durch diese fremde Hand. Damit sie nicht an das denken mußte, was ihr Körper nun durchmachen würde, erinnerte sie sich ihrer ersten Begegnung mit Aouicha im Hammam. Soltan nahm seine Hand weg, und hob seine Qachabiya bis zur Taille. Er löschte die Kerze und murmelte ein Gebet zwischen den Zähnen, bevor er den Körper seiner Frau bestieg. Er hatte die gleichen Schwierigkeiten wie beim ersten Mal. Schließlich ejakulierte er irgendwie, ohne Lust und ohne Verlangen.

Aouicha hatte Mina regelmäßig wiedergesehen. Ungefähr alle zwanzig Tage, wenn sie ins Bad ging. Mina fand immer eine Möglichkeit, allein hinzugehen. Die beiden Frauen wuschen sich schnell und gingen dann zu dem kleinen Haus, in dem Aouicha mit zwei oder drei anderen Mädchen wohnte, deren Gesichter für Mina jedesmal neu waren.

Am ersten Tag hatte Mina Aouicha ihr ganzes Drama erzählt und dabei die Tränen unterdrückt: Iblis nahm ihren Körper in Besitz mit der Regelmäßigkeit des Mondes. Sie hatte ihr vom Blut erzählt und auch von ihrer Angst und Verstörung. Aouicha hatte sie in den Arm genommen und sie getröstet. Hatte sie ihr Leiden nicht bereits erraten, als sie sie zum ersten Mal sah? Nur sie hatte die Wunde verstanden. Selbst ihre Mutter hatte keinerlei Verdacht geschöpft. Aouicha hatte die Tränen ihres Schützlings fortgewischt und ihr ganz sanft gesagt:

"Mach dir jetzt keine Sorgen mehr! Ich bin da, um dir zu helfen! Gott hat mich zu dir gesandt, denn ich verstehe, was du fühlst. Als ich so alt war wie du, hat niemand mir eine helfende Hand hingestreckt. Ich will Gutes tun, denn ich habe erlitten, was kein anderes menschliches Wesen je erlitten hat. Ich weiß, was das bedeutet, und ich erkenne auf den ersten Blick die unverstandenen Mädchen, an denen der Schmerz nagt und denen es an Zuneigung fehlt."

Mina hörte dieser leicht vibrierenden Stimme mit jeder Faser ihres jungen Ehefrauenkörpers zu. Nie hatte jemand mit so viel Milde zu ihr gesprochen, nie ihr mit solcher Aufgeschlossenheit zugehört. Die Mutter schlug sie oft, um sie an Unterdrückung zu gewöhnen und sie bereit werden zu lassen, ihre Stellung als minderwertiges Wesen zu akzeptieren, dem nach Belieben Dienst und Hingabe abverlangt werden können. Ihr Vater sah sie nicht einmal. Eine Mauer aus Schweigen und Verachtung trennte sie. Bei Tisch, wenn sie denn einmal mit ihm aß, fühlte sie ihn kilometerweit entfernt. Wie zwei Fremde. Als flösse in ihren Adern nicht das gleiche Blut. Gezwungen, allen etwas vorzumachen und dem Vater die Entwicklung ihres Körpers zu verheimlichen. Schließlich verbarg ihre Mutter sie gänzlich dem Blick ihres Mannes. Verabscheute er sie? War sie etwa sein Feind? Es fiel ihr schwer, das zu verstehen. Dann war da ihr Mann. Sie wußte nicht, was sie von ihm halten sollte. Anfangs hatte sie genauso viel Angst wie er. Nach der Hochzeitsnacht hatte sie verstanden, daß sie auf ihn nicht zählen konnte, trotz aller Freundlichkeit, die er ihr gegenüber gezeigt hatte. Was war das für ein Schicksal, das sie in zur Rohheit vertrocknete Hände getrieben hatte, in Arme, die ihr in ihrer Verletzlichkeit keine Stütze sein konnten? Aouicha strich zärtlich über die Wangen der jungen Frau und fuhr fort:

"Du mußt mir voll und ganz vertrauen, wenn du willst, daß wir mit diesem Teufel fertig werden, der dich immer wieder bluten läßt! Ich kenne Fquihs, die sich damit auskennen und dich heilen werden. Sie werden es schon richten, und du wirst für immer geheilt sein von diesem schrecklichen Übel. Vertrau mir!"

Aouicha hatte Mina auf eine Matratze gelegt, um, wie sie sagte, ihren Körper zu untersuchen. Sie faßte sie an, streichelte sie lange, systematisch, leidenschaftlich. Mina ließ es ganz und gar mit sich geschehen. Sie erlebte einen Taumel der Lust, ein heftiges Gefühl, in dem sich Genuß und Schmerz mischten. Niemals hatte sie auch nur geahnt, daß ihr Fleisch solche Intensität, solche Heftigkeit erleben könnte. Sie fühlte sich undeutlich glücklich, von heftigem schlechtem Gewissen geplagt. Sie war sicher, das war ein Werk Satans: möge der Fluch ihn treffen! Sie war überzeugt, daß alles Fleischliche schlecht war, schmutzig und von Gott und den Engeln verboten, und sie verachtete sich. Sie war auf ewig verdammt, war überzeugt, die Engel tadelten sie für jede einzelne ihrer Bewegungen in jedem Augenblick ihres Lebens. Aber Aouicha war doch so gut und so treu sorgend! Um sie von dem Bösen zu befreien, das ihren Körper befallen hatte, hatte sie einen ersten Fquih gerufen, um das Übel erst einmal zu diagnostizieren, das die seelische und körperliche Gesundheit ihrer Freundin untergrub. Der Mann mit dem schwarzen Bart schloß sich mit ihr in ein Zimmer ein und zog sie aus, bevor er sie auf ein Schaffell legte. Mina schloß die Augen und hielt den Atem an. Aouicha hatte sie vorgewarnt:

"Stell vor allen Dingen keine Fragen! Du mußt diesem Heiligen vertrauen, wie du mir vertraust. Er ist der beste Fquih der ganzen Gegend. Er wird dich untersuchen und dann ein Amulett für dich schreiben. In deinem Falle ist es nötig, daß die Schrift ins Innere deines Körpers eindringt. Wundere dich nicht, wenn er versucht, seine Weisheit über dein Geschlecht in dich zu legen. Die heilige Schrift kann dann nur umso besser deine Krankheit ausmerzen. Ich hab' ihn schon einmal dabei beobachtet. Weißt du, je tiefer die Schrift in deinen Körper eindringt, desto sicherer ist die Heilung. Ich habe schon gesehen, wie er, um ganz sicher zu gehen, seinen Penis genommen hat und heilende Worte darauf geschrieben hat. So bringt er selber die Zeichen dort hin, wo sie gebraucht werden. So tritt er direkt mit dem Übel in Verbindung und hebt es auf. Schließ die Augen und gib dich hin! Vertrau mir und Gott! Alles wird gut. Du wirst schon sehen!"

Ausgestreckt auf dem Schaffell, nackt, mit geschlossenen Augen hörte Mina, wie der Mann Gebete in seinen Bart sprach. Eine rauhe Hand legte sich auf einen ihrer Schenkel. Die andere schabte über ihre Schamhaare und kletterte zu ihren Brüsten. Mina war voll Vertrauen. Ungeschickte, profane Berührungen wechselten mit wirren, unregelmäßigen Gebeten. Die einleitenden Handlungen dauerten gute zehn Minuten. Dann nahm der Mann seinen erigierten Penis und schob ihn heftig in die fast noch mädchenhafte Scheide der jungen Frau. Sie verschluckte einen Schmerzensschrei. Sie fühlte, wie ihr Fleisch sich dehnte unter dem Gewicht des Mannes, der, so dachte sie, die Zauberschrift ins Innere ihres Körpers bringen sollte. Aouicha war gut zu ihr. Mina spreizte die Beine, um das Eindringen zu erleichtern. Aouicha hatte recht. Dieser Taleb war sicherlich der Allerbeste. Er machte seine Arbeit verantwortungsvoll. So wie er es anstellte, mußten seine Worte einfach Wirkung zeigen. So ernst nahm er die Sache, daß er die Operation gleich mehrmals vollzog, um sicher zu sein, daß Wort und Wahrheit auch wirklich dort hinkamen, wo sie sein sollten. Als er mit seinem sorgfältigen Hin und Her fertig war, dankte der Fquih Gott für dessen Beitrag, kleidete sich an und ging hinaus. Minas Körper war schweißgebadet, und sie fühlte große Erschöpfung.

"Das ist normal", hatte ihr Aouicha erklärt, "das ist die Wirkung der heiligen Schrift. Morgen wirst du dich besser fühlen. Und jetzt, wenn du möchtest, daß die Schrift wirklich hält und ihre Wirkung zeigt, jetzt mußt du das ganze mindestens vier oder fünf Mal wiederholen, so sagt der Fquih, damit Iblis endgültig abgeschreckt wird. Die Tinte hält nicht ewig, weißt du. Ich muß mich jetzt drum kümmern, daß er wiederkommt. Vor allem darfst du zu niemandem etwas sagen. Versprich mir, daß die Sache ein Geheimnis bleibt zwischen Gott, dir und mir! Es geht um dich! Die Schrift benötigt Diskretion, um ihre Wohltaten zu entfalten! Vergiß nicht: Wenn jemand von deiner Behandlung erfährt, waren all' unsere Bemühungen umsonst, denn dann verliert die Schrift automatisch ihre Kraft, und du müßtest dann ohne mich fertig werden!"

Mina sagte nie ein Wort zu irgend jemandem. Niemand hätte sie verstanden. Nicht einmal ihr Mann. Nicht einmal ihre Mutter. Sie war voll Vertrauen, trotz dieses brennenden Schmerzes in ihrem Körper und trotz dieser großen Müdigkeit. Als sei sie verbannt in ihr eigenes Fleisch und als ob ihre Gedanken und Erinnerungen sich verwandelt hätten in Stacheldraht um ihr Gewissen. Doch Aouicha war eine wunderbare Frau; die beste von allen, dacht Mina, die ganz verwirrt war vor Dankbarkeit und nicht wußte, wie sie sich erkenntlich zeigen konnte für solche Großzügigkeit.

"Du brauchst mir nicht zu danken", hatte sie zu ihr gesagt, als der Fquih das Haus verlassen hatte. "Du mußt mich als deine Schwester betrachten, und zwischen Schwestern braucht man keine solchen Förmlichkeiten. Du wirst für mich die Schwester sein, die das Schicksal mir verweigert hat. Zieh dich jetzt fertig an und geh nach Hause! Deine Leute dürfen keinen Verdacht schöpfen. Sie wären unfähig, unsere Beziehung zueinander richtig zu verstehen, ebenso wie die Opfer, die ich für dich bringe. Du mußt dein Geheimnis im Brunnen verbergen, verstehst du?"

Mina hatte ihren Haïk über den Kopf geworfen, ihren Eimer gepackt, ihr Bündel, und war nach Hause gegangen. Als sie am Abend in ihrem kalten Bett lag, sprach sie ein Gebet vor dem Einschlafen und bat Allah, den Akt dieses heiligen Mannes zu segnen, damit sie genese.

Ein zweiter Fquih kam, ein dritter, dann ein vierter, und viele andere nach ihm. Nie war es der Gleiche. Nie stellte Mina Fragen, denn sie war voll Vertrauen. Denn sie war voller Hoffnung. Das Drama, das in ihr herrschte, konnte ihr jede Prüfung abverlangen. Das Drama von Unwissenheit und Einsamkeit.

Und jedesmal vollzog sich der Akt der heiligen Schrift unter Verachtung des Körpers, unter dem Schweigen des Himmels, unter Schuldgefühlen und Anonymität.

15

Soltan verbrachte einige Tage mit seiner Familie. Es gelang ihm nicht, seine Eltern davon zu überzeugen, zu ihm in die Große Stadt zu ziehen. Si Larbi wies den Vorschlag seines Sohnes zurück und hielt es nicht für nötig, seine Ablehnung durch Argumente zu stützen. Lalla Batoul sagte nichts. Sie begnügte sich damit, sich der Meinung ihres Mannes anzuschließen, damit er nicht wütend würde. Dabei hätte sie gern den Ort ihres Daseins gewechselt. Soltan war traurig. Ein wenig verstimmt. Mina hingegen war erleichtert. Gott befreite sie von der Autorität ihrer Schwiegereltern. Endlich würde sie frei sein. Endlich würde sie wirklich zur Mutter und zur wirklichen Herrin ihres Hauses werden. Für Soltan bedeutete die Tatsache, daß er die Eltern allein im Dorfe zurücklassen sollte, Verrat. Für ihn hieße das, sie im Stich zu lassen. Was würden die anderen von ihm halten? Gott würde sicher seinen Segen von ihm nehmen, wenn er die verließ, die alle Anstrengungen auf sich genommen hatten, um ihn zum Manne zu machen. Die Pflicht verlangte von ihm, daß er sich für sie aufopfere, nur durch sie gab es Aussicht auf Erfolg und einen Platz im Paradies. Die Erde hatte er bereits mit seiner ersten Abreise verraten. Seine Eltern verriet er durch diesen vollzogenen Bruch. Er ging fort, hin in eine Welt ohne Gesicht, doch voll von so vielgestaltigen materiellen Kompensationen und so drükkenden Zwängen, daß sie nur vorläufig eine Lösung für die Probleme des Menschen lieferte; wer Gott kennt, erfüllt seine religiösen Pflichten regelmäßig und wartet auf das Paradies, in dem er den Lohn erhält, der ihm zusteht für das, was er vollbracht hat. Der Mensch in der Großen Stadt ist wie eine durchnumerierte Legende, eine Geisel von strapazierten Zeichen und Transparenz. Ein anonymes und einsames Echo inmitten einer wogenden Menge voll erstickter Stimmen, mit einem Verdienst, der eben genügt, um weiter im Schlamm zu waten und so den Privilegierten des Landes ein bequemes Leben ermöglicht, weit weg vom Schmutz und von den Schwierigkeiten des Alltäglichen. Vor die Wahl gestellt zwischen dieser neuen Form der Not und dem Untergang, wählte Soltan die Zuflucht der getretenen Herzen, Vergessen und Umherirren. Das Geld der Großen Stadt verbrannte ihm Finger und Herz. Bitteres Geld und unsagbares Leiden. Mit der einen Hand gab er aus, was er mit der anderen bekam. Magerer Lohn für schmutzige Arbeit und endlose Tage. Er ging weg, um zu fliehen vor der Feindseligkeit der Gesichter und um das schmerzhafte Warten zu brechen auf ein Wunder, das es nicht eilig hatte. Dieser Abschied erlaubte eine magere Hoffnung, über die Ruinen zu triumphieren, die das Wüten der Schakale der neuen Welt hinterließ. Soltan wußte, daß er keine Wahl hatte in diesem ausweglosen Leben. Und das Jenseits war ja auch ein unsicherer Genosse! Er dehnte seinen Besuch im Dorfe aus, in der Hoffnung, seine Eltern mochten ihre Meinung ändern. Er ließ einflußreiche Männer bei seinem Vater für einen Umzug werben. Das war ein Kunstkniff. So könnten die Leute nicht mehr reden, und er hätte ein ruhiges Gewissen. Nun würden alle sagen, das Kind habe alles getan, was Moral und Tradition von ihm verlangten. Eines Abends fing er ein letztes Mal davon an, und sein Vater sagte zu ihm zwischen zwei Seufzern:

"Geh, mein Sohn! Und möge Allah dir den Weg ebnen. Deine Mutter und ich, wir sind nun alt. Wir werden auf unsere Stunde warten, hier auf der Erde unserer Ahnen. Wir haben nicht mehr die Kraft, von Ort zu Ort zu ziehen, mit allem, was wir hinter uns herschleppen. Wir können unsere Gewohnheiten nicht mehr ändern. Unser Platz ist hier, nirgends sonst. Mein Segen wird dich begleiten, wo auch immer du deinen Fuß hinsetzt. Vergiß uns nicht! Das ist alles, was ich von dir erbitte. Die Kraft ist vergangen, und das Auge wird schwach. Deine Schwestern können uns nicht helfen, sie sind ja nur Mädchen. Geh, mein Sohn, und möge Gott deine Schritte leiten auf den Weg des Guten und der Wahrheit. In unserem Alter geht man nicht mehr fort. Deine Mutter hat das Dorf noch nie verlassen. Ihr ganzes Leben ist hier. Wie könnte man sie da jetzt entwurzeln? Kann sie anderswo leben als hier? Und was würden die Leute über uns sagen? Hast du daran auch gedacht?"

Lalla Batoul hatte die Hände vors Gesicht gepreßt, um ihre Tränen zu verbergen. Die Mädchen folgten der Rede des Vaters mit einem leichten Stich im Herzen, wenn sie sich das Leben außerhalb des Dorfes vorstellten. Gern wären sie zu neuen Horizonten aufgebrochen, gern hätten sie etwas anderes erlebt als das Eingesperrtsein, den Zynismus des Himmels und der Menschen und dieses ewig gleiche Warten. Soltan hörte zu mit gesenktem Kopf und tränenfeuchten Augen. Mina fühlte große Erleichterung. Doch sie hütete sich, diese zu zeigen. Si Larbi hörte auf zu sprechen, wischte sich die Augen mit dem Ärmel seiner Djellaba und gab dann seinem Sohn gute Ratschläge. Er nötigte ihm das Versprechen ab, sofort wieder ins Dorf zurückzukehren und dort zu leben, wenn es wieder regnen sollte, denn eines Tages mußte das ja geschehen. Allah würde sich ihrer schon erinnern und seine Milde beweisen. Für die Kinder und die Tiere, die nicht sprechen und niemandem etwas zuleide tun. Glücklich darüber, daß die Familie ein Dach besaß, sie zu schützen. Der Onkel würde die Erde in Soltans Abwesenheit bearbeiten. Alles würde weitergehen wie vorher. Plötzlich änderte Si Larbi seinen Tonfall und sprach mit imposanter Stimme:

"Wir müssen weitermachen, während wir auf deine Rückkehr warten, trotz der Ungerechtigkeit des Himmels und der Unparteilichkeit der Behörden, trotz der Trockenheit und der Heuschrecken, trotz allem. Wir sind ein Volk, das nicht aufgibt, und nichts und niemand wird unsere tiefsten Überzeugungen besiegen!"

Si Larbi legte seine Hand auf die Schulter seines Sohnes und klopfte sie freundschaftlich. Soltan hob den Kopf, und ihre Blikke kreuzten sich. Versteckte Zärtlichkeit und Komplizenschaft lagen zwischen ihnen. Gerührt und verstört bückte er sich, um die Hand seines Vaters unterwürfig und dankbar zu küssen. Es war kein einfacher Reflex mehr, sonderen eine bewußte Geste der Bewunderung und der tiefen Liebe.

Soltan war zu schnell groß geworden. Seine Eltern hatten ihn vor der Zeit eingeführt in das Leben der Erwachsenen. Ehemann und Vater zugleich war er, nachdem er Kindheit und Jugend unter der Erosion eines eingekerkerten Daseins verbracht hatte, eingezwängt zwischen der alles verschlingenden Leidenschaft einer gierigen Mutter und der Extase eines Vaters, der endlich seine Stellung und seinen Platz unter den Männern des Dorfes wiedergefunden hatte. In Wirklichkeit hatte er keine Kindheit gekannt und keine Jugend erlebt. Seit seiner Geburt war er ein Mann gewesen. Ein Mann inmitten unnützer, unscharfer Frauen. Si Larbi hatte alles unternommen, um ihn zu einem Mann nach allen Anforderungen der Härte zu machen. Dieses Fortgehen nun brachte ihm den Respekt der Erwachsenen und die Bewunderung der Jungen des Dorfes ein, die alle den gleichen Traum hegten und nur darauf warteten, endlich wegzugehen.

Soltan senkte den Kopf aus Ehrerbietung vor diesem Symbol der Weisheit und der Autorität. Sein Blick fiel auf seinen Schatten, der wie ein Tuschefleck den ganzen erdigen Boden bedeckte. Trotz der enormen Größe der Silhouette und der Entfernung, die ihn von ihr trennte, sah er eine erstaunliche Ähnlichkeit mit seinem eigenen Bilde. Das war seine Silhouette, da gab es keinen Zweifel.

Diesmal sagte seine Mutter nichts. Sie begnügte sich damit, alle Tränen zu vergießen, die ihr Körper enthielt. Tag für Tag ging sie von einem Haus zum anderen und gab den anderen Frauen Gelegenheit, ihr Weinen und ihren Kummer zu teilen. Das Fortgehen ihres Sohnes war ein Unglück. Ihrer Meinung nach war dieser Abschied wie der Tod, der Tod der Anwesenheit, des alltäglichen, körperlichen Kontaktes. Jeder Abschied dieser Art, der die Gespräche der Menschen bevölkerte und ihre leeren Tage ausfüllte, war ein Drama. Eine Wunde, die die Erde verletzte und deren sie sich lange erinnern würde.

Si Larbi hob die Augen zu seinem Sohn und setzte seinen Monolog fort mit vor Rührung gebrochener Stimme:

"Wir geben der Erde immer weiter unsere Liebe und den Schweiß, den sie seit jeher von uns verlangt hat. Sie ist da, um bearbeitet zu werden. Und wir wurden geboren, um sie zu bearbeiten. Allah ist barmherzig, mein Sohn. Er wird schließlich den Menschen die Dürre ihrer Herzen verzeihen und seine Milde über die Erde senden. Man darf nie verzweifeln. Eines Tages wird die Erde wieder zu dem werden, was sie früher einmal war. Wir müssen hoffen und diesen Tag erwarten!"

Lalla Batoul weinte in ihre Hände. Eines der Mädchen warf einen mitleidigen Blick auf den Bruder, der die Augen abwandte. Si Larbi schlug das Kapitel der guten Ratschläge auf:

"Einen Rat gebe ich dir, mein Sohn. Achte wohl auf die Worte, die deine Lippen sagen werden! Dort ist eine andere Welt, dort sind andere Menschen, eine andere Mentalität. Jedes Wort ist dort verdächtig, und die politische Polizei ist überall auf Straßen und Plätzen. Manche versauern in den grausigen Staatsgefängnissen wegen eines unglücklichen Wortes. Wenn du Schmerzen hast, geh an einen abgelegenen Ort, grab ein Loch und vertrau ihm all' deinen Schmerz an! Nur die Erde kann Geheimnisse bewahren. Wenn du möchtest, daß alle von einer Sache erfahren, zieh deine Frau ins Vertrauen! Wenn du eine wichtige Entscheidung treffen mußt und du nicht weißt, was du tun sollst, so frage deine Frau um Rat. Doch tu immer das Gegenteil von dem, was sie dir rät. Manchmal können Frauen intelligent sein, doch ihre Gedanken stehen auf dem Kopf!"

Der Vater machte eine nachdenkliche Pause. Lalla Batoul bestätigte alle seine Worte mit zustimmendem Kopfnicken. Sie wußte, wem diese Worte galten. Ihr jedenfalls nicht. Si Larbi fuhr mit feuchter Hand durch seinen Bart und küßte seine Fingerspitzen, als wolle er den bösen Geist abwenden und zeigen, daß er sein Schicksal hinnehme. Soltan hatte diese Geste schon oft bei seinem Vater gesehen. Ihre genaue Bedeutung kannte er nicht. Der Vater fuhr mit seinen Ratschlägen fort:

"Vorsicht vor dem schwarzen Kopf, und vertraue niemandem! Mißtraue dir selber! Wenn du dort nur einen Moment abgelenkt bist, so verlierst du ein Auge! Leg deinen Mund in Zaum, und sag nur, was gesagt werden muß! Hör nur, was du hören sollst, und schließ die Augen vor dem, was nicht für sie bestimmt ist. Dort haben sogar die Wände Ohren! Sei ein Wolf in dieser Höhle dort und heule mit ihnen! Verteidige deine Ehre und deinen Bissen Brot unter Einsatz deines Lebens! Sei ehrlich und diskret, stolz und bescheiden, großzügig und sparsam... Sei ein beispielhafter Vater und ein guter Ehemann! Sei ein Mann, mein Sohn!"

Si Larbi konnte seine Rede nicht fortsetzen. In seiner Kehle hatte sich ein Knoten gebildet, er hatte sich zur Wand gedreht, um die Tränen zu verbergen, die dabei waren, seine Stimme zu ersticken. Alles weinte. Lalla Batoul erhob sich, um die letzten Sachen ihres Sohnes in der großen Kiste aus Thujaholz zu verstauen. Die Mädchen weinten, weil man ihnen beigebracht hatte, bei solcher Gelegenheit zu weinen. Soltan saß vor seinem Vater, sagte kein Wort. Seine Augen waren nun trocken, so als habe er alle Tränen vergossen, die in ihnen waren. Er hatte nicht die geringste Lust, so zu tun, als sei er niedergeschlagen, und vor seiner Mutter und seinen Schwestern herumzuflennen. Etwas war gestorben im Innern seines Körpers, seines Kopfes. Das Leben verändert die Menschen, dachte er. Das Unglück auch. Dennoch schämte er sich, keine Träne zum Vergießen zu haben vor der versammelten Familie, jetzt, wo sie so eine schmerzliche Prüfung durchlebte. Niemals hatten Soltan oder seine Schwestern ihren Vater weinen sehen, auch nicht unter den dramatischsten Umständen. Die Tränen dieses stolzen, harten Mannes verstörten die Mädchen und beschwichtigten Soltan. Sein Vater war ein Mann wie er, ein tief sensibles Wesen, kein Übermensch.

Aufrecht in einer Ecke, die flache Hand auf der Wange, gelang es Mina, den anderen den Eindruck von Leiden und Verstörung zu vermittlen. Das kam gut an. In einer solchen Situation seinem Kummer Ausdruck zu verleihen war notwendig für den Zusammenhalt der Familie. Eine solidarische Gemeinschaft in Tränen und Unglück. Ihre Erinnerung zog sie hin zu Aouicha, die alles getan hatte, um sie aus ihrer Niedergeschlagenheit herauszuholen. Ein kleines Detail verwirrte sie. Sie konnte sich die letzte Sitzung ihres Exorzismus nicht erklären, die sehr eigenartig abgelaufen war und bei ihr den bitteren Geschmack des Verrats hinterlassen hatte. Einen Geschmack von mit Blut vermischtem Urin in ihrem Mund. Die heiße Luft strich über die gesprungenen Körper der Gebäude. Die Zeit war wie erstarrt. Die Straßen verlassen. Nur die schwarzen Fliegen lebten weiter vom Aas der Tiere, die die Gluthitze niedergewalzt hatte. Die schwarzen Fliegen nahmen das Dorf in Besitz, das die Menschen verließen. Dicke Fliegen, klebrig, die von der Fäulnis der Kadaver unserer Tiere lebten. Mina drehte sich beim Gehen um, um sich zu versichern, daß niemand ihr folgte. An diesem Tag war nicht viel los im Hammam, und sie wusch sich umgehend. Die Meisterin des Bades hatte ihr verständige Blicke zugeworfen und ihr ins Ohr geflüstert:

"So eilig, meine Liebe! Glücklich derjenige, der kosten darf von der Reinheit deiner Säfte! Geh, Kind! Und möge dein schönes Hinterteil noch heute Erfüllung finden!"

Mina war errötet beim dreckigen Lachen dieser Frau, sie war geflohen und dachte, ihr Geheimnis sei soeben entdeckt worden. Aouicha erwartete sie an der Schwelle ihres kleinen, niederen Hauses. Sie trocknete ihr die Tränen und beruhigte sie. Diese Frau scherzte doch immer, mit allen Badenden. Der Akt der Reinigung war besonders vieldeutig, ist er doch eng verwand mit dem der Kopulation. Mina beruhigte sich und nahm ihren Haïk ab. Bevor sie sie in das dunkle Zimmer führte, sagte Aouicha folgendes zu ihr:

"Du weißt, mein Liebes, ich tu was ich kann, um dir zu helfen", sagte sie. "All die Fquihs, die gekommen sind, konnten dank ihrer Schrift Iblis einschüchtern. Ich habe Fachleute um Rat gefragt, die mir eine endgültig wirksame Methode verraten haben. Ich laß' dich nicht allein. Ich steh' das bis zum Ende mit dir durch. Hör mir gut zu. Die, die sich auskennen, sagen, immer nur ein Fquih bedeutet einen langen Weg mit unsicherem Ausgang. Vergiß nicht, daß Satan listig ist. Wenn du wirklich willst, dann mußt..."

Mina erschauerte beim Vorschlag ihrer Freundin. Satan könne nicht lange widerstehen angesichts des Zusammenspiels verschiedener Schriften. Und gerade seien Männer in der Gegend, die in solchen Dingen ein seltenes Wissen hätte, und Aouicha habe sie eingeladen. Eine Gelegenheit. Die müsse man unbedingt nutzen. Ein Geschenk des Himmels. Wenn Mina einverstanden sei, würde sie sich ihnen zu Füßen werfen, um sie um Hilfe anzuflehen für ihre liebe Schwester. Nur die vielfache Schrift sei in der Lage, eine endgültige Heilung zu bewirken. Allein gegen diese Weisen, die aus der Wüste kamen, wäre Satan im Handumdrehen besiegt. Nur ein bißchen Geduld und Mut seien notwendig, um aus dem Tunnel herauszukommen. Endgültig. Mina zögerte, doch Aouicha fand die nötigen Worte, um sie zu überzeugen. Ihre Freundin wollte ja nur das Beste für sie. Eine wunderbare Frau. Mina vertraute ihr. Also gut. Alle auf einmal, und möge Satan verflucht sein für immer!

Sie war sauber. Der Körper entspannt von Dampf und heißem Wasser. Ihre schwarzen Haare waren noch feucht. Ihre Familie hielt Mittagsruhe. Draußen kämpften Mauern und Straßen gegen den Hochsommer. Im Zimmer warteten zwei Neger, muskelbepackt und an die Wand gelehnt. Ihre Augen schleuderten Blitze. Mina wollte zurückweichen, doch Aouicha schob sie sachte bis in die Mitte des Zimmers und half ihr beim Ausziehen. Sie forderte sie auf, auf das Bett zu steigen, das seltsamerweise mitten im Zimmer stand. Sie spreizte ihr die Beine so weit wie möglich. So blieb sie einen langen Augenblick. Die rosafarbene Scham. Mina offen wie ein Apfel im Paradies. Hingegeben. Ein schnaufender Atem, stockend, erhob sich in einer Zimmerecke. Sie fühlte ihn ganz nahe bei sich. Sie schloß die Augen und versuchte, an etwas anderes zu denken um zu vergessen. Die beiden Neger entledigten sich ihrer Kleider, einer nach dem anderen. Keine Scham war in ihren mechanischen Bewegungen. Aouicha näherte sich der jungen Frau und fuhr mit fiebriger Hand über ihre harten Brüste. Ein ungeduldiger Finger drang tief in Minas Fleisch ein. Mina stöhnte auf vor Schmerzen. Auf das Streicheln der Frau folgten die Berührungen der Neger. Auf die Berührungen Bisse. Aouicha zog ihr Kleid mit einer Handbewegung aus. Darunter trug sie nichts. Hingekauert vor dieser Opfergabe aus Jugend und Reinheit saugte Aouicha an einer Brust, biß sanft in einen Schenkel, streichelte eine Hüfte... Einer der beiden Neger näherte sich ihr und, ohne ihr die Zeit zu lassen sich umzudrehen, drang mit Gewalt in dieses fleischige Hinterteil ein. Gefühl des Zerreißens.. Gemisch aus Schmerz und Lust. Mina hielt die Augen geschlossen. Der Mann verharrte tief in Aouicha. Mit offenem Mund wie eine Ertrinkende, die nach einer Luftblase schnappt. Mina fühlte, wie die Schrift brutal in sie eindrang, dann den Atem eines Fquih auf ihrem Gesicht. Sie hielt einen weiteren Schrei zurück und den Atem an. Sie kämpfte heftig, um ihre Tränen zurückzuhalten. Sprach im Geiste ein Gebet. Dachte an ihre Tochter. An ihren Mann. An Satan auch. Biß die Zähne ganz fest zusammen und erlitt die erste Penetration. Dann eine zweite. Eine dritte... Ihr Körper gehörte ihr nicht mehr. Die Neger nahmen sie mit ihren tausend Händen, tausend Blicken, tausend Variationen. Ein regloser Körper. Mina war nur noch ein Objekt. Mal ein Kreis, mal ein Dreieck. Gegenwehr war nötig. Aouicha bewegte sich nun hin und her, bettelte den Mann an, ein wenig auf ihrer Wiese zu verweilen. Sie stöhnte leicht. Schrie. Von Krämpfen geschüttelt. Brüllend. Erstickt. Pumpte energisch mit dem Becken. Gekrümmt. Schweißtriefend. Fast betäubt.

Mina ließ schweigend die aufeinander folgenden Penetrationen über sich ergehen. Sie hatte Angst zu schreien. Verachtete sich. Widerstand lange dem Verlangen, ihre Abscheu und ihren Schmerz auszudrücken. Angst, die Augen zu öffnen und Satan vor sich zu sehen. Die Schrift floß in ihr. Sie fühlte sie tief in ihren Eingeweiden. Erfüllt und schwankend. Fast nicht mehr erträglich.

Zur gleichen Zeit schuftete Soltan in der großen Stadt, rieb seine Jugend auf zwischen den Kisten der Marktschreier und den Fahrten des Busses.

Plötzlich ein Schrei. Kein Schrei wie die anderen. Als ob man jemandem den Gnadenstoß versetzt. Ein langer Seufzer, dann eine nicht enden wollende Klage. Mina schrak zusammen, Panik hatte sie erfaßt. Sie öffnete die Augen und stand mit einem Sprung auf. Sie blieb einen Augenblick reglos stehen, und ihre Augen gewöhnten sich an das Halbdunkel, in das der Raum getaucht war. Sie rieb sich die Augen, glaubte, in einem bösen Traum zu sein. Auf der Bank gegenüber saß der Caïd, halbnackt. Er betrachtete die Szene bebend, die Hand verloren im Haar eines zwölf- oder dreizehnjährigen Mädchens, das sich abmühte, mit ihrem Mund wieder Leben zu bringen in die schlaffe und ausgesprochen seltsam geformte Rute dieses Staatssymbols.

Auf einem niedrigen Tisch lagen Banknoten verstreut zwischen leeren Bierflaschen und ausgedrückten Zigarettenkippen. Dieser Regenwurmmann war ein Monument der Häßlichkeit. Ein Vertreter des Gesetzes ist verachtenswert unter dem Gewicht seiner kleinen Hoden, dachte Mina während sie sich anzog. Die beiden Neger, glänzend vor Schweiß, standen nackt da in tadelloser Haltung, die schlaffen Glieder erbrachen ihre letzten Spermatropfen auf den erdigen Boden.

Mina vergrub sich in ihren Haïk und packte ihre Badesachen. Bevor sie ging, küßte Aouicha sie sanft auf beide Wangen und

sagte zu ihr mit einem teuflischen Lächeln auf den Lippen:
"Vergiß nicht, mein Liebes, deinem Schwiegervater die besten Grüße auszurichten! Und sag ihm, daß die Eiche, die er hatte fällen wollen, noch immer steht! Geh nun, Kind; und möge Gott deinen Schmerz begrenzen!"

Früh am nächsten Morgen band Soltan sein Gepäck auf den Rücken des Maultiers, küßte seine tränenreichen Schwestern, küßte seinen Eltern die Hand, nahm seine Tochter auf den Arm und bestieg das Grautier. Einige Nachbarinnen schauten durch die Jalousien vor ihren Fenstern, um Stoff zu sammeln für künftiges Gerede. Die Hunde ließen ihr Gebell erklingen in der Frische des Morgenlichtes.

Diskret und schweigsam, ein Bündel mit Lebensmitteln auf dem Kopf, ging Mina hinter dem Tier her, wobei sie von Zeit zu Zeit mit den Füßen in dem weißen Tuch hängenblieb, das ihren Körper von den Haaren bis zu den Zehen einhüllte.

Als sie das Dorf hinter sich gelassen hatten, stieg Soltan ab und forderte seine Frau auf, seinen Platz auf dem Rücken des Maultiers einzunehmen; jetzt waren sie weit weg, geschützt vor neugierigen Blicken und sarkastischen Bemerkungen.

Während dieses Marsches zerfloß Soltans Silhouette mehr und mehr und verschwand schließlich ganz, wurde aufgesogen vom Staub der steinigen Wege.

16

Mina kam nach zwei Tagen des Marschierens zu Hause an. Das Haus war groß. Zwei Zimmer nur für sie. Für sie, die daran gewöhnt war, von anderen abzuhängen, nichts eigenes zu haben, sich fremd zu fühlen, wo immer sie auch war. Anfangs hatte sie sich vor dieser Abreise gefürchtet, ließ sie doch Aouicha zurück. Sie ließ die heilige Schrift fahren und dieses sibyllinische Brennen beim Herannahen eines jeden männlichen Körpers, der die

Aggressivität von Jahrtausenden in sich trug. Sie wußte nicht mehr, was sie denken sollte, seit jenem Tag, als sie den halbnackten Caïd hatte stehen sehen vor diesem Mädchen mit den zarten Händen und den feuchten Lippen. Hatte sie ihn wirklich gesehen, oder spielte ihr nur ihre Phantasie einen Streich? Sie war sicher, daß sie ihn gesehen hatte. Und er war die Häßlichkeit selbst gewesen. Ein Mann wie Hundedreck auf einem Müllhaufen. Ein Mann mit allen Häßlichkeiten. Trotz dieses unangenehmen Gefühles in ihr, diesem Gefühl von Verrat und Verstörung, hatte die Schrift der Männer ihre Wirkung gezeigt. Mina blutete nur noch gelegentlich. Die vielfache Schrift hatte Satan schließlich davon abgeschreckt, regelmäßig von ihrem Körper Besitz zu ergreifen. Sie war erleichtert. Als habe sie die Freiheit wiedererlangt, die ihr die Kräfte des Bösen seit ihrer Geburt weggenommen hatten. Die Wände ihres Gefängnisses waren zu Staub zerfallen durch eine Laune des Schicksals oder ein Augenzwinkern des Himmels. Wie war das nur möglich? Eine Wohnung, in der sie die Herrin sein würde. Die Vorstellung, die Lekkerbissen zuzubereiten, die ihr schmeckten, statt das herunterzuschlingen, was man ihr vorsetzte, faszinierte sie. Sie fühlte sich wohl. Zum ersten Mal in ihrem Leben fühlte sie sich auch leicht, trotz des inzwischen schon rundlichen Bauches. Sie hatte den Eindruck, endlich atmen zu können. Sie genoß diesen Vorgeschmack von Freiheit, den sie wie ein Frühlingslachen in ihrer vor Glück vibrierenden Kehle fühlte. Fürs erste beugte sie sich der Rolle, die ihr anstand und täuschte Verzweiflung vor, improvisierte herzergreifende Tränen. Den Kopf gebeugt und die Gedanken anderswo.

Das Leben ordnete sich nach und nach wie ein Rätsel in dieser neuen, wirbelnden und brutalen Welt. Abenteuerliche Gewohnheiten stellten sich ein in ihrem Heim. Soltan arbeitete den ganzen Tag und noch einen Teil der Nacht. Er aß selten zuhause, wegen der Inanspruchnahme durch seine Kunden und wegen des besonderen Betriebes zwischen Mittag und zwei Uhr. Die Arbeit war einträglich, und bald erwies sich Soltan als der beste Taxifahrer der Stadt. Er war höflich und zuvorkommend, ein rechtschaffener Mann. Außerdem verfügte er über eine besonders gefragte Eigenschaft: er war diskret. Dank dieser Gabe gelang es ihm, für seine männlichen Kunden weibliche Gegenstücke zu finden und umgekehrt. Dafür bekam er dann ein Trinkgeld vom Kunden, ein kleines Dankeschön von der Kundin und einen Bakschisch vom Besitzer des Hotels, in das er seine Leute zu bringen pflegte. Schnell hatte er die Spielregeln und den Einsatz solcher Aufträge verstanden. Sex verkaufte sich. Und er verkaufte sich gut. Und seine Kunden waren bedeutend, einflußreich und wohlhabend. So war er beschützt und verdiente viel Geld. Bei normalen Fahrten machte er es wie seine Kollegen: er benutzte nie das Taxameter und ließ die Fahrgäste bezahlen nach Aussehen, Tageszeit oder Stadtviertel, in dem das Fahrtziel lag. Eine weitere Facette dieser Demokratie, in der wir lebten wie die Tiere im Dschungel, wo die Menschen Halsabschneidern aller Art ausgeliefert waren, sowie der intellektuellen und moralischen Armseligkeit der politischen Führer. Soltan hatte zu sich selbst gefunden in Schiebereien und Diebstählen. Nichts konnte ihn aufhalten, und die, die die nötige Autorität hatten, um es zu tun, waren schlimmer als er. Da war nichts zu machen. Und nichts zu erhoffen. Waren die Menschen denn alle potentielle Tyrannen?

Er schickte sein Geld den Eltern. Regelmäßig. Sein Vater und seine Mutter überschütteten ihn mit ihren Segenswünschen. Weder ihnen noch ihm mangelte es an irgend etwas. Arbeit solcher Art machte Soltan keine Angst. Er hatte nichts zu verlieren. Und da sowieso niemand Skrupel hatte, war er zum Wolf unter Wölfen geworden. Das Land wandelte sich zur Raubtierhöhle.

Bei der Geburt seines letzten Kindes waren zehn Jahre seit seiner Hochzeit vergangen. Er hatte fünf Töchter. Ausschließlich negative Geburten. Gott hatte bisher seinen Schoß noch mit keinem männlichen Nachkommen segnen wollen. Er sagte zu seiner Frau:

"Wir machen weiter, bis wir den Sohn haben. Es ist doch unmöglich, daß dein Leib nur Larven hervorbringt! Ich will meinen Sohn, sonst schick' ich dich zu deiner Mutter zurück. Wie groß ist doch mein Unglück! Du solltest dich an einen großen Marabut wenden, statt mit diesen Beutelschneidern von Fquihs deine Zeit zu vertun! Das ist doch einfach nicht normal. Alle meine Freunde haben Söhne, nur ich nicht. Fünf Töchter, eine nach der anderen, wie in der Fabrik. Ich bin doch ein Mann wie alle anderen. Du funktionierst nicht normal! Ich brauch' einen Jungen, verstehst du? Da muß irgendwas mit deinen Geschlechtsorganen nicht in Ordnung sein, Frau! Schau dir Zina an! Sie ähnelt niemandem in meiner Familie! Sie hat dunkle Haut und Haare kraus wie Halfa. Geh zu einem guten Fquih, damit er dir einen Zaubertrank gibt. Das Übel sitzt in dir, Frau! Nie können wir wissen, wo unser Heil liegt. Möge Allah unser Dasein mit der Ankunft eines Jungen erleuchten!"

Diese fünfte Geburt war ein regelrechter Schock für das Paar. Minas Blick wurde düster und beunruhigt. Soltan verschloß sich in halsstarriges, verträumtes Schweigen, das Gesicht verriegelt für jedes Lächeln und jede Freude. Seine Worte waren nur noch Geräusche seiner Zunge oder seiner Lippen. Seine Blicke, die nun zur Bitterkeit neigten, verwandelten sich in Vorwürfe oder heimliche Wut. Die Stimmung war gespannt, nervös, aufgeladen mit Ahnungen. Soltan kam so spät wie möglich nach Hause. Wenn alle schon schliefen. Morgens ging er eilig fort, ohne auch nur zu frühstücken. Mina hatte Angst vor diesem unerbittlichen Schicksal. Sie, die Erzeugerin von Töchtern, hatte nur noch Worte, um von Mangel und Verzweiflung zu sprechen, den Kopf schwer von heftigen Gedanken. Das Verbrechen lag ganz nah. Sie fühlte sich schuldig, ihren Mann in seiner Selbstachtung verletzt zu haben, ihn in den Augen der anderen zu erniedrigen, indem seine Männlichkeit in heftigste Zweifel gezogen wurde. Der Tod machte sich langsam breit in ihrem Heim, und Soltan hielt es nicht mehr für nötig, mit seiner Frau die Ehe zu vollziehen. Jeder Fleischesakt mit ihr beschwor die Gefahr herauf, weitere Larven zu zeugen.

Der erste Fquih, an den sie sich wandte, teilte ihr mit, sie sei Opfer eines bösen Zaubers. Sie sei das Ziel übersteigerter Eifersucht einer Nachbarin, und die habe ein Amulett, das ein großer Hexenmeister aus dem Süden für sie verfertigt hätte, unter der siebten Stufe der siebten Moschee der Stadt vergraben, damit ihr Schoß nur weibliche Kinder hervorbringe. Um aus ihrer Not herauszukommen, müsse sie die Siebenerprüfung über sich ergehen lassen. Sie müsse sich sieben Spanische Fliegen besorgen, sieben Haare einer verwaisten Ratte, die Haut einer sieben Tage alten Schlange, das siebte Ei einer Silbertaube, sieben Paradieskörner aus der Sahara, sieben Salbeiblätter aus dem Senegal und sieben Eschenfrüchte aus dem Jemen. Das alles müsse dann sieben Tage trocknen auf sieben verschiedenen Tabletts. Dann müßten die einzelnen Substanzen in sieben verschiedenen Kupfermörsern zermahlen werden. Das so entstandene Pulver müsse mit sieben Tropfen Orangenblütenwasser, sieben Tropfen Rosenwasser und sieben Gramm reinen Honigs aus Ouazzane vermischt werden. Dieses Gemisch dann sieben Vollmondnächte auf einer Terrasse liegen, die mit sieben weißen Schleiern bedeckt sei. Nach diesen sieben Nächten müsse Mina jeden Morgen einen Teelöffel der Mixtur auf nüchternen Magen einnehmen, sieben Tage lang.

Der zweite Fquih zeichnete Quadrate und Rechtecke auf blaues Papier, bevor er sprach. Die Zeichen sprachen von einer uralten Rache, deren Ursprünge zurückgingen auf einen alten Streit zwischen zwei Clans des Stammes. Der Clan der Rivalen ihrer Schwiegerfamilie habe die Dienste eines bedeutenden jüdischen Hexenmeisters aus Sous in Anspruch genommen, der ihnen ein Amulett verfertigt habe, das die Männlichkeit der Gegner angreife. Ihre Ehefrauen würden nur noch Töchter gebären. Der Fquih gab ihr Kräuter mit, die nach einem genauen, peinlichst zu beachtenden Ritual verbrannt werden mußten. Er gab ihr auch ein Amulett, das sie in einem Eimer Wasser auslöschen sollte, aus dem sie dann drei Schluck trinken müsse, bevor sie sich mit dem Rest im Mondschein reinigte. Nach diesen Verrichtungen müsse sie einen schwarzen Ziegenbock herbeibringen und drei Nächte hintereinander im Heiligtum mit dem frommen Mann verbringen, der jedes Mal bis zum Morgengrauen aus dem Koran lesen würde.

Einige Monate des Unglücks hatten das Lächeln in den Mundwinkeln aller Familienmitglieder erstarren lassen. Soltan war mehr ab- als anwesend. Wenn er zurückkam, suchte er umgehend Streit mit seiner Frau, um sofort wieder zu verschwinden. Eines Abends, als sie mit ihrer jüngsten Tochter schlief, hatte er sie brutal aus dem Schlaf gerissen und ihr in verdrießlichem Ton gesagt:

"Man hat mir erklärt, Frau, wieso wir nur Töchter haben. Ich hab' es ja geahnt, aber ich wollte nichts sagen. Züchtige Frauen gebären Söhne. Die, die Genuß suchen, bekommen Töchter. So ein Übel! Du mußt natürlich deinen Spaß haben, Frau! Und noch dazu vor mir! Dein unseliger Saft ist schneller als der meine in deiner Gebärmutter und befruchtet dich. Deswegen kommt aus unserem Schoß nur Verzweiflung. Du muß schon eine rechte Hure sein, daß du dich so benimmst mir gegenüber! Welches unsägliche Verbrechen wirfst du mir denn vor, daß du mich so erniedrigst vor meinen Freunden wie vor meinen Feinden? Du solltest Mutter und Ehefrau sein, keine Hure. Paß beim nächsten Mal auf und laß meinen Saft vor dem deinen ankommen. Sonst wird Allah dich verfluchen bis zum Tag des jüngsten Gerichts, und ich werde dich zu deiner Familie zurückschikken. Du kannst diese Erklärungen natürlich nicht verstehen, die sind viel zu wissenschaftlich für dich. Ich verlange nur, daß du dich beim Orgasmus zurückhältst. Laß mich allein kommen, verstehst du? So werden wir dann unseren Sohn bekommen!"

Mina hatte nichts verstanden. Sie hatte getan, was man ihr beigebracht hatte: weinen und zu den Heiligen beten.

Die Behandlung des zweiten Fquih erwies sich als wirksam, denn ein Jahr später entband Mina von einem hübschen Jungen. Soltan war närrisch vor Freude. Sein heftigster Wunsch war in Erfüllung gegangen. Mina strahlte vor Glück. Sie fand ihren Platz im Herzen ihres Mannes wieder, der wiederum seinen wahren Platz unter den Männern zurückbekam. Die Drohung der Verstoßung verdampfte im wiedergefundenen Lachen und Hoffen.

Am Tag der Taufe seines Sohnes wollte Soltan früh nach Hause zurückkehren, um die Gäste zu empfangen. Seine Eltern waren vom Dorfe in die Stadt gekommen, um ihren Enkel zu sehen. Auch Lalla Aïcha und Sidi Bouali waren anwesend. Aus Anlaß der vorherigen Geburten waren sie nie gekommen. Diesmal war es etwas anderes. Der Erbe war da; ein Mann, auf den man zählen konnte.

Soltan erzählte allen seinen Kunden von dem glücklichen Ereignis, wollte sein Glück mit aller Welt teilen. Er lachte laut, gestikulierte heftig, während er mit dieser letzten Kundin sprach, die er unterwegs aufgelesen hatte. Er beschrieb ihr die Gesichtszüge seines Sohnes, seine schönen Haare, seine kleinen Füßchen, seine Augen, die von den entzückenden Linien der Wimpern noch unterstrichen wurden. Alle meinten, er gliche ganz erstaunlich seinem Vater. Allah hatte ihn erfüllt. Er sagte zu seiner Kundin:

"Das Glück trägt das Gesicht eines Sohnes, Lalla! Ein Haus ohne Sohn ist verlassen, tot. Stellen Sie sich den Himmel ohne Sonne vor. Ich habe fünf Töchter. Und keiner von ihnen ist es gelungen, mein Herz zum Tanzen zu bringen. Jede Geburt war eine traurige Angelegenheit und hatte einen Nachgeschmack von Exil und Verdammnis. Außer dieser letzten. Endlich ist meine Sonne aufgegangen. Die ganze Familie ist aus dem Bled gekommen, um meinen Mann zu sehen. Ich danke Gott für seine Barmherzigkeit!"

Die Kundin saß hinten im Auto und schwieg. Ihr Schleier war feucht. Ihr Kind bewegte sich nicht in ihrem Arm. Soltan drehte durch vor Glück, vergaß, den Blinker zu betätigen oder rechtzeitig zu schalten. Er würde zwei Tage frei nehmen und bei seinem Sohn bleiben. Sie brauchten einander.

Trunken vor Glück sprach Soltan mit unzähligen Gesten. Auch lachte er oft. Als seien Gesten und Lachen unabdingbar dafür, daß er seine Euphorie ausdrücken konnte. Die Frau weinte lautlos. Die Worte des Mannes waren Sensenschläge mitten in ihr Herz. Ihr Kind bewegte sich nicht. Es atmete kaum. Voll Überschwang erzählte er diesem Fahrgast von dem beglückenden Gefühl, einen Sohn zu haben und endlich ein richtiger Vater zu sein. Sie weinte. Er redete immer weiter, unbeeindruckbar vom Übel anderer. Die Egozentrik der Großen Städte war in ihm. Ein Wolf unter Wölfen. Mit von Unglück verkrampftem Gesicht, den Blick auf die Bitterkeit ferner Tage gerichtet, weinte die Frau, gepackt von quälenden, verschleierten Erinnerungen.

Vor einiger Zeit schon war es. Vor ein paar Monaten. Sie dachte nicht, daß es zum Drama kommen würde. Er war freundlich und schien sich wirklich für sie zu interessieren. Sie machten gemeinsame Pläne. Er sagte, er habe diejenige gefunden, die er suchte. Die Zeit verging. Er hatte ihr versprochen, sie zu heiraten. Rot und Schwarz hatten sich vermischt eines Nachts. Es mußte etwas geschehen. Heirat war der einzige Ausweg. Drei Monate waren vergangen, dann vier. Er hatte immer wieder überzeugende Argumente. Im fünften Monat war seine Mutter krank geworden, sagte er. Sie konnte nicht reisen. Noch ein paar Tage warten. Der sechste Monat kam und brachte keine Veränderung in ihrer Beziehung. Außer ihrem Bauch, den sie nur noch schwer verbergen konnte, hatte sich nichts geändert, und die Versprechen hatten zu nichts geführt. Eines Tages hatte sie ihn angefleht, seine Pläne endlich in die Tat umzusetzen. Sie konnte nicht mehr länger warten. Ihre Lage war verzweifelt. Sie sagte zu ihm mit ihrer gebrochenen Stimme:

"Hör zu! Das Kind ist nun da, und es braucht einen Vater. Wir können nicht länger warten. Du mußt dich schnell entscheiden. Meine Eltern wissen noch von nichts, aber ich werde ihnen meinen Zustand nicht mehr lange verheimlichen können. Du mußt dein Versprechen einhalten, nur du kannst mich vor der Entehrung retten. Ich flehe dich an, laß mich nicht allein. Mein Vater würde mich umbringen, wenn er davon erführe. Wenn du es nicht für mich tun willst, tu es für deinen Sohn, der nichts Böses getan hat!"

Der Mann hatte weiter Versprechungen gemacht. Zum Monatsende. Nur so lange noch, bis er die Vorbereitungen getroffen, seine Familie informiert und seine Mutter aus dem Bled herbeigeholt habe... Dann war sie gegangen, vertrauensvoll. Er hatte auf das Heilige Buch geschworen. Sie würde warten bis zum Monatsende. Nur ein paar Tage noch. Sie würde Geduld üben. Ihr Kind würde zur Welt kommen, und es würde einen Vater haben. Es würde einen Namen haben, und sie würden beide außer Gefahr sein. Sonst würde ihr Vater sie töten. Sie würde zum Gespött des ganzen Viertels werden. Niemand in ihrer Familie würde es noch wagen, direkt zu ihr hinzuschauen oder sie anzusprechen. Die anderen Männer würden nur noch von dem Augenblick träumen, da sie sie vor sich auf den Rücken oder auf den Bauch legen könnten. Eine Frau ohne Ehre mußte doch eine leichte Beute sein für die Lust und die Extravaganzen der Allgemeinheit. Er mußte sie heiraten, sonst würde ihr Leben im Unglück enden. Ihr Kind würde in der Anonymität der Bastarde leben, die noch nicht einmal das Recht hatte, sich in die öffentlichen Meldelisten eintragen zu lassen. Sie weinte ohne Unterbrechung. Die Zeit verging, unabänderlich. Wie hatte sie nur so leicht nachgeben können?

Am Ende des Monats hatte sie sich aufgemacht, den Vater des Kindes wiederzutreffen, das sie heimlich in ihrem nun schon deutlich gerundeten Bauch trug. Das Geschäft war geschlossen. Sie wartete. Stunde um Stunde. Nichts. Vielleicht war er krank? Ein Unfall? Sie fragte bei den anderen Händlern nach.

"Er ist mit unbekanntem Ziel weggegangen", sagte ihr eine gutturale Stimme. "Er hat alles verkauft. Er hat gesagt, seine Mutter liege im Sterben, und er müsse bei ihr sein. Vor fünf Tagen ungefähr ist er abgereist. Er ist noch nicht einmal vorbeigekommen, uns Auf Wiedersehen zu sagen. Die Leute sind schon seltsam manchmal. Er hat nicht gesagt, wo seine Mutter wohnt. Und vorher hatte er nie von ihr gesprochen. Wenn er Ihnen noch etwas schuldet, dann müssen Sie sich Gott anvertrauen und Wasser über Ihre Brust schütten. Er hat alles verkauft! Fort! Mit unbekanntem Ziel. Er sagte, seine Mutter..."

Die Frau hörte nichts mehr. Alles hatte sich plötzlich in ihrem armen Kopf verworren. Alles drehte sich um sie. Ein dichter Nebel legte sich auf ihre Augen, und dann ein schwarzes Loch.

Als sie wieder zu sich kam, lag sie im Bett eines schäbigen Krankenhauses. Die Schwestern, schlecht gekleidet, schlecht erzogen, spuckten in ihre Richtung und stießen Beleidigungen aus. Alle nannten sie nur *die Hure*. Ihr Vater hatte sich öffentlich von ihr losgesagt in Gegenwart zweier Adulen, die ein amtliches Dokument aufsetzten, das der örtliche Cadi unterschrieb. Er verstieß seine Frau und drohte, sie beide zu töten. Er erzählte jedem, sie hätten Eier auf seinem Gesicht zerschlagen, sie hätten ihn erniedrigt, verraten. Er verkaufte seinen gesamten Besitz und zog in eine andere Stadt, wo niemand ihn kannte. Die Frauen sollten die Entwürdigung des Fehltrittes allein tragen. Die Männer gingen weg, hinterließen nichts als Leere.

Soltans Stimme riß die Frau aus ihren düsteren Träumen. Das Taxi war an der Adresse zum Stehen gekommen, die die Frau angegeben hatte. Sie rückte ihren Haïk zurecht und suchte ihren Geldbeutel, fand ihn aber nicht. Es war ihr unangenehm, sie wußte nicht, wie sie sich entschuldigen sollte. Sie stammelte wirr und peinlich berührt:

"Ich bin wirklich untröstlich, Sidi! Ich hab' kein Geld dabei. Ich muß meine Brieftasche irgendwo verloren haben. Es tut mir wirklich leid. Hören Sie! Ich laß' mein Kind hier und geh' schnell rauf in meine Wohnung Geld holen. Es dauert nicht lange. Ich geh' nur die Treppe rauf und komm' gleich wieder runter. Ich zahle Ihnen die Zeit, die sie warten müssen. Verzeihen Sie! Gott wird sie belohnen!"

Soltan wartete fünf Minuten, dann zehn, dreißig. Er wurde langsam ungeduldig, auch ein wenig unruhig. Das Kind wurde wach und begann zu schreien. Die Zeit verging. Niemand kam, um es ihm abzunehmen. Als er mit seiner Geduld am Ende war, stieg er aus seinem Taxi, nahm das Kind auf den Arm und klopfte an alle Türen des Gebäudes. Von der Frau keine Spur. Er erkannte, daß er einer Fatma auf den Leim gegangen war. Er ging zum nächsten Polizeirevier und erzählte die ganze Geschichte einem mürrischen Polizisten, der seine Aussage aufnahm. Als er gehen wollte, fragte der Polizist in gleichzeitig brummigem und sarkastischen Ton:

"Und was ist mit dem Kind, soll das etwa bei uns bleiben? Du glaubst doch nicht, daß wir ihm die Brust geben werden? Das ist keine Kinderkrippe hier. Nimm es mit, denn dich hat das Schicksal ausersehen, zeitweise seinen Vater zu ersetzen. Sobald wir diejenige gefunden haben, die es ausgesetzt hat, werden wir dich benachrichtigen. Wir haben deine Adresse. Jetzt geh! Allah wird es dir lohnen, ein Menschenleben gerettet zu haben!"

Soltan ging hinaus und verfluchte diesen Tag. Er wußte, daß diese Sache Jahre dauern würde. Die Polizei würde die Verbrecherin sicher niemals finden. Sie würde sowieso schon gar nichts unternehmen, um überhaupt irgend etwas zu finden. Wenn nicht der Zufall... Doch damit rechnete Soltan nicht allzu sehr. Er hatte sich drankriegen lassen wie ein richtiger Bauer. Besser wäre er zuhause geblieben oder hätte das Kind irgendwo an einer

Straßenecke abgelegt, statt seine Bürgerpflicht zu tun. Es gab keinen Grund für solchen Eifer. Er dachte an alle möglichen Lösungen und stellte schnelle Berechnungen an. Jeder Ausweg brachte Risiken mit sich, und er wollte keine eingehen. Schließlich schickte er sich in das Offensichtliche, senkte den Kopf und kehrte nach Hause zurück.

Die Gäste waren bereits angekommen. Die Familie befand sich in Minas Schlafraum. Die Gäste belegten das andere Zimmer. Die Mädchen spielten auf der Straße mit ihren Freundinnen. Die Augen der Frau richteten sich auf das Päckchen, das ihr Mann im Arm trug. Ein warmer Blick erleuchtete ihr Gesicht. Jetzt hatte sie alle möglichen Geschenke verdient. Hatte sie ihm nicht einen Sohn geschenkt?

Soltan blickte um sich, bevor er schüchtern mit seiner Geschichte begann. Alle umringten ihn. Die Gäste hatten sich unter die Familie gemischt. Die Atmosphäre war plötzlich gespannt. Die Blicke verwandelten sich in Sägeblätter, und in den Herzen wohnte Haß. Die Worte drangen nur mühsam aus Soltans Mund und brachten Verwirrung in die Körper. Er war noch nicht fertig, als seine Frau sich auf ihn stürzte und sein Gesicht mit ihren Krallen zerkratzte und brüllte:

"Du bist ein unwürdiger Ehemann, ein Stück Aas! Du glaubst, ich werde diese lächerliche Geschichte einfach so schlucken? Da täuscht du dich aber. Ich bin geduldig gewesen und resigniert. Ich bin ehrlich gewesen und habe nie etwas von dir verlangt. Ich habe dein Unglück ertragen und geteilt und nie ein Wort gesagt. Ich habe alle Feigheiten der Frauen am Herd ertragen. Aber das hier: nein und tausendmal nein! Heute bringst du mir dieses Kind an, am Tag der Taufe deines Sohnes, und du verlangst, daß ich an deine Unschuld glaube? Hundesohn! Sohn einer alten Hure!"

Soltan sagte nichts. Er war erschlagen von dieser Flut von Beschimpfungen, die dem Mund seiner Frau entsprangen. Nie hatte sie vor ihm die Stimme erhoben oder ein Schimpfwort verwendet in seiner Anwesenheit. Er hatte niemals geahnt, daß in ihr solche Abneigung sein könnte, solch heftige Wut.

Mina machte noch lange weiter mit ihren Vorwürfen und Schmähungen. Sie sprach von der häufigen Abwesenheit ihres Mannes, seiner späten Rückkehr. Sie habe ihm niemals das Leben vergiften wollen, da sie ja keine Flügel hatte, ihm immer nur Töchter schenkte. Jetzt lagen die Dinge anders. Der Sohn war da, er war ihre Schulter, ihre Sonne. Dann warf sie ihm vor, niemals das Mittagessen mit ihr zu teilen und abends immer erst sehr spät zurückzukommen. Sie habe ja alles von Anfang an geahnt. Es gab eine andere Frau in seinem Leben. Sie kenne sogar den Namen des Hotels, in das er sie regelmäßig brachte. Sie könne nicht mehr schweigen. Sie unterbrach sich einen Augenblick, um Atem zu holen, und setzte dann mit gleicher Wut und gleicher Heftigkeit hinzu:

"Ich weiß alles, und schon seit langem. Du gehst mit einer Hure deines Rangs. Ich seh' ja von hier aus die Szene, die sie dir gemacht hat. Und nur um mich zu ärgern am Tag meines größten Glückes, ist sie abgehauen und hat dir diesen Bastard dagelassen. Ich seh' sie vor mir, mit ihren Hurenaugen und ihren schwarzen Zähnen vom Alkohol und Zigarettenrauch. Sie will, daß du dich entscheidest zwischen ihr und mir. Und weil du zögerlich schienst, hat sie dich stehenlassen, und du warst allein mit dem Beweis deiner Sünde und deines Verrates!"

In ihrer Erregung packte Mina den Stößel des Mörsers und warf ihn mit aller Kraft auf ihren Mann. Blut spritzte und Soltan schlug der Länge nach auf den Boden. Schreie erhoben sich. Die Männer liefen in alle Richtungen. In der Aufregung schlug jemand vor, schwarzen Pfeffer auf die Wunde zu streuen, um den Blutfluß zu stoppen. Schließlich kam ein Krankenwagen, und die Polizei nahm sich der Sache an. Soltan sollte in die Notaufnahme gebracht werden. Das Fest verwandelte sich in eine Trauerfeier, und Unordnung kehrte ein ins Heim.

Die Gesichter waren gespannt, die Atmosphäre und die Gespräche bleiern, die Blicke böse. Gespaltene Zungen rekonstruierten die Ereignisse. Sein Sohn? Die einen waren sich ganz sicher. Andere hatten gar Beweise: das Kinn des Kindes ähnelte dem Soltans. Und habt ihr seine Augen gesehen? Es gab keinen Zweifel. Die Ähnlichkeit war verblüffend.

Schreie der Beklemmung erklangen von überallher. Lalla Batoul weinte, das Gesicht in den Händen verborgen. Einige Nachbarinnen brüllten grundlos. Die Umstände verlangten, daß sie ihre Solidarität kundtaten. Ausgestreckt auf einer Bahre verlor Soltan sein Blut inmitten des stürmischen Tumultes von Stimmen und Schreien.

17

Nachdem der Krankenwagen abgefahren war, stellten sich die beiden Schwiegermütter jeweils an ein Ende des Zimmers und begannen, sich gegenseitig zu beschimpfen. Sie vergaßen ihre Freundschaft und die Familienbande, die sie einst so sehr herausgestellt hatten.

"Du hast völlig recht", rief Lalla Batoul und schäumte vor Wut, "du hast recht, wenn du sagst, mein Sohn sei ein Waschlappen. Geschieht ihm recht, denn er wollte ja unbedingt dieses Stück Dreck heiraten, das ich ernährt und beschützt habe im Namen des Blutes und der Freundschaft! Man kennt euch ja im Dorf. Du selbst hast deinen Hintern zu Markte getragen, bevor du dann diesen allseits bekannten Homosexuellen geheiratet hast. Eure älteste Tochter geht in der Stadt auf den Strich, und euer ältester Sohn singt mit den Chikhates. Ich hatte ihn vor euch gewarnt. Hoffentlich erinnert er sich jetzt meiner Worte. Er wollte ja nicht auf mich hören! Ich hätte ihm eine bessere Ehefrau gefunden, wenn er nur meinem Rat gefolgt wäre, statt sein Leben zu binden an ein Flittchen, das sie selbst in der Hölle nicht haben wollen! Ihr seid..."

Vom anderen Ende des Zimmers brüllte Lalla Aïcha, die von zwei kräftigen Frauen gehalten wurde, zu Lalla Batoul herüber: "Möge Gott deinem Leben ein Ende setzen! Meine Tochter ist mehr wert als deine ganze Sippschaft zusammen. Du alter Drachen! Ich kenne dich, und ich hab' mich mit aller Kraft gegen diese Verbindung gewehrt, weil ich fühlte, daß sie nur Unglück bringen würde. Möge Allah die bestrafen, die diese verwünschte Heirat herbeigeführt haben. Auch ich kenne dich; zwei Männer sind über deinen Körper gerutscht, bevor du Larbi geheiratet hast. Du hast sie beide getötet. Sie waren alt und krank, aber doch nicht so, daß sie schon in ihrer Hochzeitsnacht sterben mußten! Und deine Töchter? Reden wir doch von denen, da du schon deine Zunge an meinen wetzt. Keiner will sie haben. Du rennst von Haus zu Haus und bekniest die Leute, sie zu heiraten; wie eine Bettlerin! Geh! Möge Gott deine Wurzeln mit Stumpf und Stiel ausreißen! Tochter der Barackenstädte! Man bringt dir Respekt entgegen und schon willst du in den Himmel! Tochter eines...!"

Sidi Bouali und Si Larbi versuchten, ihre Frauen zu beruhigen, erregten sie aber nur noch mehr. Man hätte meinen können, sie lauerten auf die erstbeste Gelegenheit, um ihrer angestauten Gewalt und Aggressivität freien Lauf zu lassen. Mina stand neben ihrer Mutter mit dem Kind auf dem Arm. Sie weinte und schimpfte gleichzeitig. Eine Tante war in Trance verfallen und rollte auf dem Boden umher, riß sich die Haare aus, das Gesicht voll Rotz und Spucke. In dieser unerträglichen Kakophonie glaubten die Männer, harte Maßnahmen ergreifen zu müssen, um diesem grotesken Skandal ein Ende zu bereiten. Sidi Bouali packte seine Frau beim Arm und wetterte wider ihr unannehmbares Benehmen. Inmitten der Schreie, Tränen und Klagen drang nur ein Satz an das Ohr der wütenden Frau:

"Wenn du nicht augenblicklich aufhörst mit deinen Launen, Frau, dann verstoße ich dich auf der Stelle, und zwar drei Mal!"

Lalla Aïcha sah rot. Niemand hätte sie mehr zurückhalten können. Sie war außer sich und zitterte vom Kopf bis zu den Füßen. Sie spuckte mehrmals auf den Boden, krempelte die Ärmel ihres Gewandes hoch und ging auf ihren Mann zu, wobei sie ihm voll erstickter Wut sagte:

"*Sir asidi!* Gut! Worauf wartest du noch, um mich zu verstoßen? Davon träumst du doch schon von Anfang an: Verstoßung! Jedesmal, wenn irgend etwas fehlschlägt, drohst du mir, mich zu verstoßen. Lange habe ich Geduld gehabt. Ich habe meine Verachtung und meine Abscheu immer für mich behalten. Aber ich kann nicht mehr. Schieb sie dir doch sonstwo hin, deine Verstoßung! Ich habe dich schon lange verstoßen, denn ich habe dich nie geliebt oder geachtet. Ich habe widerwillig mit dir gelebt. Ich war ein Kind, und du warst so alt wie mein Vater, als du mich geheiratet hast, als du meine Kindheit getötet hast und meine Kleinmädchenträume. Ich habe im Schatten deines Alters gelebt, und ich werde deinen furchtbaren Stolz nicht vergessen, als du dein Verbrechen an mir begangen hast in unserer Hochzeitsnacht. Du hast meinem Körper Gewalt angetan und meine Freiheit geraubt. Jedesmal, wenn du mich nahmst, habe ich den Atem angehalten, und bei jeder deiner Bewegungen sagte ich in meinem Innern: Hoffentlich verreckt er, hoffentlich hält er nicht bis zum Ende durch! Verstoß mich nur! Ich bin nie deine Frau gewesen. Doppelt verriegelt, eingehüllt und verschleiert mein Leben lang, ignoriert und gefangen... ist das etwa ein Leben? Die Verstoßung ist das schönste Geschenk, das du mir machen kannst, nach so vielen Jahren unter der Herrschaft deiner alten Knochen. Katzen und Mäuse leben besser als wir!"

Die gleiche Szene spielte sich zwischen Lalla Batoul und ihrem Mann ab. Er hatte kaum das Wort *Verstoßung* ausgesprochen, als sich seine Frau auf ihn stürzte und ihm das Gesicht mit ihren Fingernägeln zerkratzte. Man hätte meinen können, ihr Körper sei von einem Dämon besessen. Sie schlug, kratzte, biß, brüllte.

"Gott hat euch alles erlaubt, und ihr habt immer Recht, wenn ihr eure Rechte mißbraucht. Ich hab dich schreien lassen, und du dachtest, ich sei schwach. Ich habe dir erlaubt mich zu schlagen, ohne zu reagieren, und du dachtest, ich hätte keinen Stolz und keine Würde. Du irrst dich, Armseliger! Man hat mich Unterwerfung und Selbstaufgabe gelehrt, und ich habe sie dann meinen eigenen Töchtern eingepflanzt. Aber warum? Für wen? Damit ein nasser Lappen wie du mich mit Verstoßung bedroht wegen jeder Kleinigkeit! Für einen lausigen Kerl, der keinen Respekt hat für meine Person, meine Gedanken, nicht für die Jahre, die ich mich aufgerieben habe in seinem Dienst! Für einen Weichling, einen Angsthasen, der jedesmal mir seinen Bizeps vorführt, wenn ihm draußen ein Mann quergekommen ist. Du hattest immer die Gewalt über mein Leben und meinen Tod. Jetzt nicht mehr, denn ich werde dich lehren, mich kennenzulernen und die Frau zu respektieren, die du dein Leben lang erniedrigt hast!"

Sie schlug auf ihren Mann ein mit der ganzen Kraft ihrer Verzweiflung. Die Männer waren pikiert. Die Frauen schrien und verteilten unauffällig Schläge an die beiden Männer, die zu ihren Füßen saßen und denen Blut, Spucke und Rotz über das Gesicht liefen. Alle Versuche, die Streitenden auseinanderzubringen, waren ergebnislos. Die alten Männer schrien auf angesichts der Ungeheuerlichkeit. Haarknoten und Kopftücher lösten sich in Fetzen auf. Sogar die Kinder hatten nun Gelegenheit gefunden, um ihre Streitereien untereinander auszutragen, und hieben aufeinander ein wie Besessene, jeder verteidigte die Ehre der Seinen. Das ungebetene Baby weinte in den Armen eines Mädchens, das versuchte, es zu beruhigen, indem es seinen Kopf gegen die Brust drückte.

Angesichts der widerstreitenden Aussagen der beiden Eheleute, beschloß der mit der Untersuchung der Sache beauftragte Richter, Soltan einem Vaterschaftstest zu unterziehen. War es sein Kind? Während sie die Ergebnisse der Analysen erwartete, sagte Mina immer wieder zu ihrer Mutter:

"Ich wußte, daß es dazu kommen würde, Mutter! Anfangs hatte

er ja recht, sich an mir zu rächen, denn ich habe ihm nur Töchter geboren. Aber jetzt nicht mehr, denn mein Sohn ist da. Du wirst sehen, es ist sein Sohn. Meine Ahnung täuscht mich nie. Dieser Bastard ist sein Sohn!"

"Ich habe es auch irgendwie geahnt, Tochter", rief die Mutter unter Tränen aus. "Ich hatte schon so einen Verdacht an dem Tag, wo er dich mir weggenommen hat, an dem schwarzen Tag deines Exils. Ich wußte, daß er etwas Böses im Schilde führte. Doch uns trifft keine Schuld; wir sind nur arme, wehrlose Frauen. Schuld an allem ist dein Tattergreis von Vater, der dich billig verkauft hat. Er ist die Ursache all unseren Unglücks. Möge Gott für Gerechtigkeit sorgen! Nur er ist fähig, uns für die Tyrannei der Männer zu rächen. Alle Männer sind gleich, Tochter! Also sollen sie alle verflucht sein!"

Die medizinischen Tests wurden mehrmals wiederholt. Die Ärzte verstanden überhaupt nichts mehr an diesem Fall eines Vaters zahlreicher Kinder. Das Ergebnis des letzten Tests bestätigte die vorhergehenden: Soltans Wasser war krank; er würde nie ein Kind zeugen können. Der Schlag war endgültig. Und wie eine Sicherung, die durchbrennt, oder ein Faden, der reißt, verfiel der Mann in Wahnsinn. Endgültig.

Als er aus dem Krankenhaus trat, hob er einen Stock auf und verließ die Große Stadt in einer besonders hellen Nacht. Niemand wußte, welches sein Ziel war. Er machte einen langen Pilgergang zu Fuß, und als er einige Tage später im Dorf seiner Geburt ankam, erkannte ihn niemand. Er war abgemagert, und seine dreckigen Haare klebten ihm im Nacken. Mit seinem leichenblassen Gesicht und den hohlen Wangen erinnerte er an einen Toten, der seinem Grab entstiegen war. Seine zerfetzten Kleider und sein von einem Ölkanister aus Plastik bedeckter Kopf verliehen dem Erscheinungsbild dieses Menschen etwas gleichzeitig Vulgäres und Morbides. Nur in den Augen lag noch ein Ausdruck trauriger Revolte, in dem sich alle Zeichen grenzenlosen Leidens und alle Male unmenschlichen Schmerzes gesammelt hatten.

Einige von uns dachten, daß er es sei, doch niemand wagte, Vergangenes aufzuwühlen und auch nur die Möglichkeit einer Ähnlichkeit zwischen einem Gesicht und seinem Abbild zu behaupten. Die Leute bestanden darauf, daß man einen solchen Zusammenhang besser nicht herstellen solle. Das Bild, so sagt man, ruft den Tod herbei!

Der in Lumpen gekleidete Mann ließ sich auf dem Platz hinter der Moschee nieder. Die Bewohner des Dorfes machten es sich zur Gewohnheit, zu ihm zu gehen und ihm zuzuhören. Seine Anwesenheit wurde uns zur Notwendigkeit, um auf die Verstörung reagieren zu können, in die uns seine Worte stießen, und auf diesen geborstenen Schatten, der ihm überallhin folgte, Tag und Nacht. Seltsamerweise zeigte diese Silhouette am Mittag eindeutig die Formen des Mannes. Er nannte sie seine "treue Schwester für Regentage".

Beim Gebetsruf des ersten Freitags nach seiner Ankunft im Dorf breitete er seine Decke aus, setzte sich im Schneidersitz darauf und verkündete dann der Menge, die das Haus Allahs verlassen hatte:

"Wir leben in einer Operettenmonarchie, in der die Clowns, zusammengeduckt im Schatten, nicht ablassen, unser Leben zu reg-lementieren und all unsere Ziele und ungeahnten Träume zu ersticken, die in uns vergraben sind aus Angst vor Vergeltung. Wagen wir es doch endlich, mit einer einzigen Stimme diesem korrupten Caïd und all seinen Verführern zu sagen: Mögen Erde und Wasser zurückkehren zum Volk Gottes!"

Plötzlich verdunkelte sich der Himmel. Ohne daß irgend etwas einen solch unerwarteten Wetterumschwung hätte ahnen lassen, türmten sich dicke Wolken wie Berge über dem Dorf. Heftige Blitze zerrissen den Raum und blendeten die Menschen. Mit zum Himmel gestreckten Armen tanzten wir mitten auf dem Platz wie glückliche Kinder. Nur der Fremde teilte unsere Euphorie nicht. Im Schneidersitz beäugte er mißtrauisch den Horizont. In der Ferne brach ein Gewitter aus. Lächeln und Freude fanden in die Gesichter zurück. Eine keusche Hoffnung strahlte in allen Blicken. Wir waren wie trunken unter der Last der Wolken, die über unseren nackten Armen nicht brechen wollten. Der Regen kam nicht. Ein unheiliger Wind blies unseren Himmel wieder rein, der seine Gelassenheit ebenso schnell wiederfand, wie er sie verloren hatte, und unsere Hoffnung verfiel zu Staub.